마왕인 내가
노예 엘프를 신부로 삼았는데
어떻게 사랑하면 되지?
7

지음/테시마 후미노리 · 일러스트/COMTA · 옮김/권미량

NEXT

커버 그림 · 본문 일러스트 **COMTA**

Contents

"여름이다! 바다다! 수영복이다! 오늘도 세계는 사랑의 힘으로 가득하구나아아아아아!"

무슨 말을 하는 건지 잘 모르겠지만, 느닷없이 울려 퍼진 그 목소리에는 이미 현실감이 결여되어 있었다.

그곳은 아무도 살지 않는 작은 섬.

큐아노에이데스만 한 마을이 쏙 들어갈락 말락 할 정도의 크기. 중앙에는 파란 잎이 달린 이국의 나무들이 가득한 숲. 따뜻한 햇살과 시원한 바닷바람이 키워낸 이 섬의 토양 덕분일까. 멀리서 봐도 무수히 많은 열매들이 열려 있다는 것을 알 수 있다.

휴양하기에는 최적의 장소인데…….

"……어이, 잠깐. 왜 고메리 네가 여기 있지? 무엇보다 지금은 겨울이잖아?"

〈마왕〉 자간은 깜짝 놀라 물어보지 않을 수 없었다.

고메리는 낙원이라도 살짝 엿본 것처럼 한껏 신난 모습이다.

어디서 손에 넣었는지, 미녀의 모습을 한 노파는 우아한 검은색 비키니를 입고 있었다. 실제로는 고메리라는 것을 알고 있어도 들떠서 돌아다니다 보니……, 다양한 부분이 흔들려서 눈을 어디에 둬야 할지 모르겠으니 제발 좀 그만뒀으면 좋겠다.

——키메리에스는 없나? 어서 이 노파를 데려갔으면 좋겠는데!

자기도 모르게 부하에게 도움을 요청하고 싶어진 자간, 그 옆에서 네피가 씁쓸하게 웃었다.

"이 수영복, 고메리 님이 준비해주신 거라고 해요."

오늘도 아름다운 순백의 머리에 감청색 눈동자. 쫑긋 솟은 뾰족한 귀를 즐겁게 흔들며, 자그마한 입술에는 엷은 미소를 머금고 있다.

최근 들어 한층 더 표정이 부드러워진 듯 보이는 건 결코 기분 탓이 아니리라.

오늘은 평소처럼 앞치마에 원피스가 아니라 가슴의 컵과 사타구니를 간신히 가리는, 속옷처럼 노출이 심한 수영복을 입었다. 그렇지만 허리에 파레오를 두르고 있어서 신기하게도 청초한 인상을 준다.

익숙하지 않아서 그럴까, 이리저리 몸을 비트는 모습은 똑바로 보기 힘들 정도로 사랑스럽다.

고메리는 긴 머리를 쓸어 올리며 아득한 눈을 한다.

"스승님의 감시를 피해 동지 마뉴엘라에게 연락을 해서 이 수영복을 받은 다음, 류카온까지 도망을 오는 여정이었어. 정말 죽는 줄로만 알았지."

"꼭 그렇게까지 해서 여기에 올 필요가 있는 거냐……."

"나의 왕이나 되는 자가 이상한 말을 하는군. 전 세계의 이종족이 모이는 장로 회의다. 수많은 이종족 아가씨들을 한 번에 눈으로 쓰러뜨릴 수 있는 유일무이한 기회라면 목숨을 걸 가치가 있고말고!"

귀기 서린 표정으로 이야기하는 노파의 모습에 자간은 자기도 모르게 압도당하고 말았다.

——그런 일로 일일이 목숨을 걸었다가는 키메리에스도 몸이 버텨나지 못할 텐데…….

보통 고메리에게 제동을 걸어주는 건 사자 수인인 키메리에스인데, 지금은 자간이 성을 비워서 대신 성을 지키고 있다.

그 순간 자간은 깨달았다.

네피가 자신의 가슴과 고메리를 번갈아 보더니 안심했다는 듯 한숨을 흘리고 있었다. 혹시 가슴 크기를 신경 쓴 걸까? 그야 물론 스무살 전후의 모습인 고메리의 가슴은 네피의 가슴보다 훨씬 크지만…….

——어라, 고메리의 가슴이 더 큰데 왜 안심하는 거지?

그리고 깜짝 놀란다.

자간과 네피가 만난 지 벌써 반년이 지나려 한다. 그때까지 엘프의 마을에서 학대를 받아 온 네피는 제대로 된 식사도 하지 못했을 터.

그런데 자간과 함께 살게 된 이후, 식사의 질도 높아지면서——그야 자간의 식생활이 너무 비참해서 보다 못해 만들어준 것이지만——몸이 더 성장했을지도 모른다.

——그래……. 네피는 그런 식으로 신경 쓰고 있구나.

네피의 새로운 일면을 알게 되니 얼굴이 헤벌쭉해질 것 같다.

"——음, 지금 막 날카로운 사랑의 힘을 느꼈는데."

고메리가 자못 진지한 얼굴로 돌아본다.

——이제 이 노파만 좀 얌전히 있어주면 좋겠는데…….

머리를 싸매고 있는데, 또 다른 목소리가 울려 퍼진다.

"……? 아, 고메리다. 언제 왔어?"

미니 삽과 양동이를 들고 당장이라도 달려가고 싶은데도 꾹 참는 것처럼 다가온 사람은 딸인 포레였다.

포레는 가슴부터 허리까지 다 가려지고 프릴로 장식된, 스커트까지 달린 종류의 수영복을 입었다. 보름 전에는 고메리에게 뒤지지 않는 미녀의 모습이었지만, 지금은 원래의 소녀 모습으로 돌아왔다.

"으음——! 이 강렬한 사랑의 힘! 나를 승천시킬 작정이냐? 참 고맙구나!"

고메리는 모래사장 위에 털썩 쓰러지면서 두 손으로 네모난 창을 만들어 포레의 모습을 그 안에 담았다.

"나의 왕! 지금 굉장한 마술이 생각났다! 이 광경을 영상으로 만들어서 거울 같은 매체에 영원히 보존해두는 건 어떻게 생각하지? 나, 천재 같지 않아?"

"아, 예전에 자간 님이 비슷한 마술을 가르쳐주셨어요."

네피가 추억에 젖은 얼굴로 두 손을 마주 치며 대답한다.

——아아, 그러고 보니 그런 마술도 만들었었지…….

자간도 그때 일을 떠올리며 고개를 끄덕이자, 고메리가 벌떡 일어나 다가온다.

"뭣이라! 크흐흐, 역시 나의 왕. 내가 생각해낼 정도의 일은 이미 실천에 옮겼다 이건가. 그렇다면 그 달달한 추억 이야기를 한 번 들어볼까!"

"……유감스럽게도 즉흥적으로 만든 탓인지 결함이 많은 마술이었다. 네피에게 가르쳐준 후로는 한 번도 사용하지 않았어."

"에에에에엥? 왜지? 아깝잖아! 네피 아가씨의 지금처럼 보기 드문 모습이나, 사소하지만 사랑스러운 몸짓을 기록으로 남겨두고 싶다는 생각이 들지 않아? 나라면 항시적으로 발동시켜서 벽 속……. 아, 그건 너무 부족해. 성 전체에 묻어둘 거다."

"그, 그렇게 파렴치한 짓을……. 아니, 음. 과연."

잘 생각해보니 근사한 제안인 것 같다. 뭐, 성 곳곳에 설치해두는 건 말도 안 되지만, 자간이 고안한 기록 마술은 종이를 매체로 한다. 책 같은 형태로 담아두는 건 나쁘지 않다.

"자간 님, 진지하게 고민하시면 안 돼요."

네피는 뾰족한 귀 끝을 살짝 붉히며 수줍은 듯 말한다.

"흐음! 좋아……. 아주 좋은 표정이다, 네피 아가씨!"

또 엄지와 검지로 사각형을 만들어서 네피의 표정을 담는 것처럼 보는 고메리.

"……응? 그러고 보니 나의 왕이 만든 마술은 어떤 부분에 결함이 있었지?"

"강하게 떠올린 광경을 투영하는 마술이었는데, 표면적인 의사가 아니라 심층 의식을 투영하게 되더군. 그래서 피사체를 선택할 수가 없었다."

"호오? 그럼 무엇이 찍혔지?"

네피는 귀뿐만 아니라 얼굴까지 빨개졌다.

고메리가 굶주린 짐승 같은 눈빛을 하고 네피를 향해 바싹 다가

간다.

"네피, 아가씨, 자세히 이야기 좀 해봐. 나라면 사랑의 힘……이 아니라 결함을 한층 더 살려서……도 아니고, 개선할 수 있을지도 모른다!"

노골적인 욕망에 태클을 걸 기분도 들지 않는다. 결국 네피는 그 집념에 굴복해서 중얼거렸다.

"……그게, 몇 번을 반복해도, 자간 님 밖에, 찍히질 않아서."

"오오! 이 얼마나 훌륭한 사랑의 힘인가!"

고메리는 가슴을 누르며 웅크리고 앉아서 과감하게 말한다.

"크흐흐, 네피 아가씨가 투영한 나의 왕이 어떤 모습이었는지 나도 보면 좋았을 텐데."

"아, 안 돼요! 부끄러워서 보여드릴 수 없어요."

네피답지 않게 강한 부정의 말이었다.

하지만 그래서 고메리는 알아차렸다.

"에, 아직 남아 있는 거냐?"

"어, 그건, 저……."

자간은 버리라고 했지만 네피는 10여 장에 달하는, 그 투영된 종이를 아주 소중히 가지고 돌아갔다. 그렇게 설명하자――새빨간 핏방울이 꽃처럼 흩어졌다.

"앗, 고메리 님?"

"자간, 고메리가 또……."

새하얀 모래사장이 붉게 물들어 있었다. 자신이 만든 붉은 물웅덩이에 누운 고메리는 더없이 행복한 얼굴이었다.

"크으, 내가 감당하지 못할 정도라니, 이 얼마나 대단한 사랑의 힘인가……."

자간은 그런 노파를 보고 한숨을 쉬면서 그날 아침 일을 다시 떠올렸다.

"몸은 좀 어떠냐, 포레?"

침대 위에 있는 딸에게 물어보자, 포레는 호박색 눈으로 불만스럽게 쳐다본다.

초록 머리 사이로 튀어나온 두 개의 뿔은 유서 깊은 용의 것. 아직 탱글탱글한 팔다리는 기껏해야 열 살 정도 밖에 안 되는 어린 소녀, 인간으로서도 용으로서도 앳된 모습이 여전히 눈에 띄었다.

침대에 걸터앉아 그런 양녀의 머리를 쓰다듬어주는 자간은 평소처럼 로브에 진홍색 망토를 걸친 모습이다. 딸을 바라보는 은빛 눈동자에는 〈마왕〉답지 않게 다정한 빛이 저절로 떠올라 흔들리고 있다.

그곳은 대륙과 류카온의 경계에 있는 해역, 그 깊은 곳에 존재하는 해저도시 아틀라스티아다. 수중이지만 인어들의 힘으로 지상에서와 똑같이 숨을 쉴 수 있고 땅을 밟을 수도 있다는, 신비로운 영토다.

자간이 이 땅을 지배지로 삼으면서 포레도 방을 얻을 수 있게 되었다. 값비싼 곳인지, 바닷속인데도 대기로 가득 채워져 있다.

——그나저나, 3주나 햇빛을 못 본 셈이 되나.

자간과 포레의 나이가 뒤바뀐 사건이 있은 지 벌써 3주나 지났다. 사건이 해결되고 나서부터 세어도 보름이 된다.

자간은 완벽한 청년의 모습을 되찾았으며 포레도 원래의 어린 소녀로 되돌아갔다. 서로의 몸을 좀먹고 있던 저주도 간신히 풀렸지만, 그때 대부분의 마력을 잃은 포레는 아직 완쾌하지 못한 상태였다.

포레는 침대 위에서 부루퉁한 얼굴로 뺨을 부풀리고 있다.

"괜찮다니까 그러네……."

이불을 아무렇게나 내팽개치고 침대 위에서 예의 없이 책상다리를 하고 앉아 있는 포레는 늘 입는 민족의상이 아니라 잠옷 차림이다. 초록 머리를 세 가닥으로 야무지게 묶고서, 언제든 일어나서 놀 수 있다며 주장하고 있다.

자간은 어쩔 수 없다는 듯 포레의 머리를 톡톡 두드린다.

"넌 괜찮다고 생각할지 몰라도 네 마력은 예전의 절반 정도 밖에 회복되지 않았다. 걱정하지 말라는 건 무리야."

"하지만 지루하단 말이야."

"음……. 그건 어쩔 수 없다. 나중에 그림책이라도 읽어줄 테니까 얼굴 좀 펴."

"세 권 정도, 읽어줄 거야?"

"알았다, 알았어."

포레는 여전히 지루해 죽겠다는 얼굴을 하고 있었지만 기분은 풀어진 것 같았다.

――그나저나 ,이런 식으로 대충 넘어가는 것도 슬슬 한계인 듯한데…….

현룡(賢龍)의 딸인 포레의 마력은 방대했다. 그 마력을 단지 소비한 것뿐이라면 몰라도, 저주에 의해 잃어버린 것이다. 한숨 자고

나면 회복되는 게 아니기에, 치료를 위해 이 해저 도시의 수호를 맡긴 〈천린·용식〉으로부터 마력을 제공받아서 회복 중이다.

그렇다 보니 이 땅을 떠날 수는 없었다.

여기서 문제가 되는 건 치료가 아니었다. 이 상태로는 완쾌까지 아직 2주는 더 걸린다는 점이다. 벌써 3주나 이곳에 있다는 부분을 생각하면 완쾌까지 꼬박 한 달은 걸린다는 소리다.

포레는 비교적 얌전한 편이지만, 그래도 열 살짜리 아이에게 잠자코 한 달이나 방안에 틀어박혀 있으라고 하는 건 무리다.

기분 전환이 될 만한 게 필요하다. 그것도 가급적 빨리.

끙끙거리며 고민하고 있는데 방문을 작게 두드리는 소리가 들렸다.

"포레, 일어났어요?"

그렇게 물으며 문을 연 사람은 네피였다.

이곳에 왔을 때는 우아한 드레스를 입고 있었지만, 어쩔 수 없이 장기 체류를 하면서부터는 자간의 성에서처럼 군청색 원피스에 새하얀 앞치마를 걸친 시녀 차림이다. 당분간 신세를 지게 되어서 이 신전의 가사를 거들어주고 있다고 한다.

참고로 네피와 같이 있고 싶은 마음에 자간도 도와주려고 했지만, 아틀라스티아 주민은 완강하게 거절했다. 〈마왕〉이 해선 안 되는 일인 모양이다.

네피의 얼굴을 보니 자기도 모르게 시선이 향하는 곳은 분홍색 입술이었다.

――입맞춤, 했었지…….

자간은 피투성이였고 심지어 어린 소년의 모습을 하고 있었다. 게다가 마력의 '통로(패스)'를 만들기 위한 것이라는, 로맨틱한 분위기라곤 찾아볼 수 없는 상황이었지만 그래도 맞닿은 입술에서 느껴지는 부드러운 감촉은 평생 잊을 수 없는 감각이었다.

그런 시선을 깨달은 것일까, 네피도 귀 끝을 붉게 물들이며 당황하고 있다.

"자, 자간 님도 계셨군요. ……저기, 상담 드리고 싶은 게, 있는데요."

횡설수설, 그래도 애써 평정을 유지하며 네피는 말했다.

——이렇게 당황하는 네피의 모습도 꽤 신선하군.

자간이 쑥스러운 일을 요구해서 당황하는 모습은 자주 보지만, 수줍어하면서도 무슨 말인가 하려는 상황은 별로 없다.

그런데 그렇게 말하는 네피의 시선은 포레를 신경 쓰는 것처럼 힐끔힐끔 그쪽을 향하고 있었다.

——무슨 일이지? 포레가 들으면 곤란한 일인가?

난처해하는 네피의 얼굴은 참 좋아하지만, 진짜로 곤란하게 만들고 싶은 건 아니다. 자간은 톡 하고 다시 한 번 포레의 머리를 두드린 뒤 자리에서 일어나 네피 옆으로 다가갔다.

"무슨 일이지?"

"저기, 잠깐 귀를……."

네피의 재촉에 자간은 고개를 옆으로 돌리고 귀를 가까이 댄다.

——이건 뭐지? 바닷속인데도 달콤한 향기가 나잖아.

이 방과 이 주위는 대기로 가득 채워져 있지만, 그래도 바다 속이다. 이렇게 말하는 건 좀 그렇지만 모든 곳에서 비린내가 났다.

그야 몇 주나 머물다 보면 후각이 마비되어서 전혀 신경 쓰지 않게 된다. 하지만 그 탓인지 더 이 꽃처럼 달콤한 향기는 사막에 나타난 오아시스처럼 마음을 촉촉하게 적셔주었다.

네피는 자간의 귀에 두 손을 대더니 작은 목소리로 속삭인다.

"실은 릴리스 씨를 비롯한 다른 분들이 바람도 쐴 겸 근처에 있는 섬을 산책하는 게 어떻겠느냐고 하셨어요."

간질간질한 느낌에 등에 소름이 돋았다. 겨우 그것만으로도 행복에 젖은 얼굴을 하고 있는데 이내 그녀가 한 말의 의미가 머리를 강타했다.

"섬이라고?"

"네. 무인도인데 이 시기에도 자연 경관이 매우 아름답다고 해요. 포레를 데리고 가면 안 될까요?"

옳거니, 하고 자간은 고개를 끄덕였다.

안 그래도 바람을 쐬게 해줘야 되나 생각하고 있었는데, 릴리스도 같은 생각이었던 모양이다. 마술사는 아니지만 꽤나 유능한 소녀다. 하지만 괜히 좋았다가 말 가능성도 있기 때문에 이렇게 작은 목소리로 상담해주는 것이다.

"여기서 가까운가?"

"글쎄요. 배로 15분 정도 걸리는 거리라고 들었어요)

"흐음……. 뭐, 그 정도라면 〈용식〉의 마력 제공도 가능하겠지. 때마침 포레도 갑갑해하던 참이니 잘됐군."

그렇게 대답하자 네피의 표정도 환해졌다.

"지금 당장 포레에게 가르쳐줘도 될까요?"

자간이 고개를 끄덕이자 네피는 포레의 침대를 향해 달려갔다.

"포레. 밖에 있는 섬에 놀러가지 않겠어요?"

"섬? 그래도 돼?"

"네. 자간 님도 괜찮다고 말씀하셨어요."

포레가 믿을 수 없다는 듯 쳐다보자 자간은 고개를 주억거려 주었다.

"——너무 좋아."

포레는 기쁨을 감출 수 없는 듯 네피를 끌어안았다.

"정말 잘됐어요."

네피는 흐뭇해하며 포레의 머리를 쓰다듬더니, 마주 끌어안아 주었다.

◇

"그 모습을 보아하니 기분 전환을 하러 갈 수 있게 된 것 같군."

외출을 하려면 준비가 필요하다. 자간이야 그대로 나가면 되지만 네피와 포레 같은 여자는 그럴 수 없다.

그래서 나름 배려한답시고 방 밖으로 나가자, 그곳에서는 한 소녀가 기다리고 있었다.

구릿빛 머리를 옆으로 묶고 심홍색 눈동자에는 부드러운 빛이 어른거렸다. 세례 갑옷은 입지 않았지만, 새파란 예복을 입고 허리춤에는 성검을 찼다.

자간의 맹우이자 교회의 성기사장인 샤스틸이다. 얼마 전까지는 늘 우물쭈물했지만 최근에는 꽤 많이 침착해진 것처럼 보인다.

그런데 자간은 그런 소녀에게 의아한 시선을 보냈다.

"뭐야, 아직 여기 있었냐?"

너무하다면 너무한 말이지만, 샤스틸은 한숨을 한 번 쉬기만 할 뿐 당황하지는 않았다.

"……나 원. 당신이란 사람은 여전하군."

머리를 감싸면서도 냉정한 반응을 보이는 모습에 자간도 지금은 '직무 중'인 샤스틸이라는 것을 깨달았다. 사생활에서는 덜렁이 중의 덜렁이인 소녀지만 직무 중에는 유능하다.

서로 다른 이유가 있어서 이곳에 있지만 협력 관계이기도 하다. 자간은 마음에 걸리던 부분을 물어본다.

"장로 회의라는 게 그렇게 오래 걸리나?"

비록 식객이지만 〈마왕〉과 성기사장 정도 되면 나름대로 해야 할 일도 있는 법이다. 이렇게 얼굴을 보는 건 거의 보름 만이었다.

"각 종족의 대표를 오랜 시간 붙들어두고 있을 수는 없으니까. 회의 자체는 끝났지만 이종족들의 현재 상황 보고와 호소, 내밀한 상담 등, 교회의 책무는 많아. 그래서 난 아직 돌아가지 못하고 있는 것뿐이다."

"그런 건 문관들에게 맡기면 되잖아."

"안 그래도 쿠로카와 리처드가 많이 도와주고 있어. ……네프테로스도."

혼자 일을 떠안고 있는 건 아닌 모양이다.

하지만 그렇다면 더더욱 큐아노에이데스로 돌아가도 될 것 같은데…….

――즉, 문관들에게 맡길 수 없는 안건도 있다는 뜻인가.

그렇게 생각하자 제일 먼저 떠오른 건…….

"포레의 사건에 대해 조사하고 있나?"

그렇게 지적하자 샤스틸의 눈이 살짝 커다래진다.

"……당신에게는 뭘 감출 수가 없군."

그리고 어쩔 수 없다는 듯 머리카락을 만지작거린다.

"그 사건, 이해할 수 없는 점이 너무 많아. 당신들 이야기에 따르면 알시에라라는 인물이 중요 참고인인 것 같은데, 모습을 감춘 것도 모자라 어디로 갔는지 파악할 수도 없어. 만약 그 인물이 범인이라면 도대체 목적은 뭐지? 그 목적은 실패했을까, 아니면 성공했을까?"

불길한 흡혈귀 소녀, 알시에라.

포레가 폭주한 원인과도 깊은 관련이 있는 것 같지만 그와 동시에 자간 일행을 도와주는 듯한 움직임도 보여주었다. 과연 그 정체는 무엇일까.

마음 같아서는 쫓아가서 끝장을 내고 싶지만…….

――네피는 적이라고 생각하지 않는 것 같다.

그렇다면 다짜고짜 죽이는 건――밤의 일족에게 그런 표현은 적절하지 않지만――조금 고민해봐야 된다.

어쨌든 샤스틸은 직접 얼굴을 보지 않았기 때문에, 정보를 모으려 해도 뜬구름을 잡는 듯한 기분일 것이다. 하지만 이 사건 같은 경우는 포레에게도 접근할 가능성이 높으므로 자간도 협력할 생각이었다.

"정체를 알 수 없는 녀석이었으니까. 하지만 그 녀석, 신경 쓰이는 이름을 말하더군."

"〈아자젤〉……, 말이야?"

확인하는 듯한 샤스틸의 말에 자간도 고개를 끄덕였다.

실제로 존재하는지도 확실하진 않지만 열세 번째 성검의 이름으로 적어도 교회의 손에는 없는 것 같다. 동일한 이름의 조직이 존재하고 있긴 해서 그것이 아자젤의 존재를 뒷받침해주고 있다.

――상당히 특별한 물건인 모양인데…….

단순히 교회가 분실한 성검이 아닌 것 같다.

"역시 아자젤에 대해 뭔가 아는 눈치였어. 아자젤을 찾아다니다 보면 언젠가 다시 나타나겠지."

"그럴지도, 모르겠군. 그쪽 문제는 당신에게 맡기지."

"그렇지만 현재로선 아무 단서도 없단 말이야."

샤스틸도 속수무책인 상황인지, 팔짱을 낀 채 신음을 흘리고 있었다. 그러더니 문득 떠오른 것처럼 목소리를 높인다.

"아, 그러고 보니 꼭 말해둬야 할 일이 있어. 조사가 장기화될 것 같아서 교회에서 증원을 해주게 되었다."

"호오, 그럼 너도 돌아가는 건가?"

"그렇게 되면 얼마나 좋겠어……. 그런데 그들은 내 부하가 아니야. **이런 곳**이다 보니 일부러 '호전파(好戰派)' 사람을 보내진 않겠지만, 당신은 얼굴을 보지 않는 게 좋을지도."

교회 사람이라고 해도 천차만별이다.

샤스틸은 우호적이지만, 그녀의 부하인 쿠로카는 원래 아자젤——교회 안에서도 특히 마술사를 증오하는 파벌이었다. 게다가 교회라는 조직 자체가 마술사를 적으로 여기고 있다 보니 마술사와 우호적인 인간이 적을 수밖에 없었다.

하지만 자간은 어깨를 으쓱일 뿐이었다.

"이곳은 이제 내 영지다. 그런데도 내 기분을 상하게 하는 게 어떤 의미인지 모르는 멍청한 놈이라면 어차피 오래 살진 못할 것 같은데?"

"인간은 공포에 질려도 폭주하는 동물이야. 제아무리 성기사라도 인간. 〈마왕〉과 눈을 마주치고도 아무렇지도 않을 자는 얼마 없어."

"……? 그래? 네 부하들은 아무렇지도 않은 것 같았는데……."

그야 샤스틸에게 볼일이 있어서 교회에 들이닥쳤을 때는 자간을 보고 두려워했지만, 그래도 공포로 인해 이성을 잃고 공격해 오는 일은 없었다. 그 모습에 자간도 부하들을 잘 교육시켰다며 감탄했지만.

고개를 갸웃거리자 샤스틸은 어이없다는 듯 머리를 흔들었다.

"큐아노에이데스에 근무하면 그렇게 될 수밖에 없어. 마을에 내려오는 당신은 싫어도 눈에 띄니까."

자간은 비프론스 같은 적이 사건을 일으키지 않아도, 물건을 사거나 마왕전에 볼일이 있어서 사흘에 한 번 꼴로 마을에 나간다. 〈마왕〉이 된 초반에는 의도적으로 힘을 과시한 적도 있어서 쿠우처럼 마술과 관련이 없는 아이까지 그의 얼굴을 알 정도였다.

자간은 신음하듯 중얼거렸다.

"최근엔 위압적인 행위도 하지 않는데, 그렇게 하면 공포와 적의까지 사라질까?"

무의미하게 두려움을 사는 것도 의미는 없지만 그렇다고 경시당하면 그건 그것대로 곤란하다.

자간 혼자라면 아무래도 상관없지만 자간의 명성이 나빠진다는 건 그만큼 네피와 포레, 다른 부하들이 위험에 노출된다는 뜻이기도 하다. 가끔은 자의적인 모습을 보여주는 게 좋을까.

그렇게 고민하는데, 샤스틸은 당혹스럽다는 듯 머리를 싸맸다.

"아니……. 그렇게 네피와 흐뭇하게 지내는 모습과 자식을 끔찍이 사랑하는 모습을 보여줬으면서 어떻게 두려워하라는 거냐고. 그 모습이 이젠 큐아노에이데스의 명물이 된 것 몰라?"

"뭐, 라고……? 어떻게, 그런……."

자간은 현기증이 났다.

――흐뭇하다니……. 아니 마을 사람들이 그 모습을 봤나?

그야, 자신 역시 네피를 잘 리드하고 있다고 말하기 힘든 상황이라는 건 알고 있다. 데이트 제안을 하는 데만도 일주일이나 우왕좌왕했다. 막상 제안을 하고 나서는 제대로 된 옷도 준비하지 못했는데, 어린아이로 변하는 바람에 결국 부끄러운 모습만 보이고 말았다.

하지만 그건 네피이기 때문에 보여줘도 괜찮다고 할까, 어쩔 수 없다고 생각하지만. 샤스틸은 말할 것도 없고 큐아노에이데스의 명물 취급을 받고 있다니!

일찍이 없었던 충격에 사로잡혀 있자 샤스틸도 자신의 실언을 깨닫고 당황한 표정을 지었다.

"아, 아니야. 바보 취급하는 게 아니라 그건 그것대로 주위에 좋은 영향을 주고 있으니 내 입장에서는 오히려 고맙다고 생각해!"

샤스틸(덜렁이)의 위로까지 받고 있다는 사실이 그의 정신에 더 큰 타격을 입혔지만 자간은 〈마왕〉이다. 기력을 쥐어짜내서 일어났다.

"흐, 흐음……. 민중이 어떻게 생각하든 〈마왕〉은 그런 사소한 일은 신경 쓰지 않는 법이다."

"그, 그렇지."

샤스틸이 가엽다는 듯 맞장구를 쳐주자 자간은 눈물이 살짝 맺혔다.

「크하하, 꼴좋다, 자간. 덜렁이보다 더 한심해서 어쩌자는 거냐.」

귀에 거슬리는 그 목소리는 샤스틸의 발밑——정확하게는 그림자 속에서 들려왔다.

굳어버린 자간의 얼굴을 본 샤스틸은 일이 더 골치 아파졌다는 듯 머리를 싸맸다.

"발바로스. 얻어터질 거라는 사실을 알면서도 왜 늘 그런 말을 하지?"

「평소엔 아무 의미도 없이 마구 얻어맞잖아. 이럴 때 복수하지 않으면 언제 하겠냐?」

그렇게 말하고 샤스틸의 그림자에서 슥 얼굴을 내민 자는 덥수룩한 머리를 한 젊은 마술사였다. 바닷속이라 그런지, 안 그래도 짙은 다크서클에 건강과는 거리가 멀어 보이는 얼굴이 한층 더 음울해 보인다.

자간의 원수 같은 친구, 발바로스다.

"애당초 당신의 그런 말과 행동이 얻어맞는 원인이라는 생각은 안 들어?"

"뭐야. 너도 나 못지않게 무시당하면서 지금 자간의 편을 드는 거야?"

"사람을 보고 덜렁이라고 부른 횟수로 따지면 당신이 훨씬 더 많아 보이는데?"

그 착한 샤스틸이 이마에 핏대까지 세워가며 말하자, 발바로스는 자못 이상하다는 듯 고개를 갸웃거렸다.

"앙? 덜렁이는 욕이 아니지 않나?"

"……마술사에게 논리가 통하지 않는 건 어쩔 수 없지만, 그건 너무 억지 아냐?"

"뭐어? 네게서 덜렁이를 빼고 나면 재미없는 여기사 밖에 더 남냐? 덜렁이도 아닌 네 녀석과는 나도 더 이상 함께할 생각 없어."

"응?"

"뭐?"

말하고 나서야 자신의 실언을 깨달은 모양이다. 발바로스는 아무 말도 못한 채 얼굴을 붉으락푸르락 하다가 흙빛으로 변하는 등, 동요하기 시작했다.

──그러고도 잘도 다른 사람에게 덜렁이라고 했군…….

자간도 샤스틸은 덜렁이라고 생각하지만 네피의 친구이기도 해서 입 밖으로 내서 말하진 않았다.

동요하는 발바로스는 두 손을 허둥지둥 내저으며 둘러댄다.

"자, 잠깐만! 그게 아니야. 이건 그거다. 그러니까 덜렁이인 넌 나보다 한 수 아래니까 지켜주는 거라고 할까, 내가 더 잘한다고 할까, 그래서, 그러니까──."

짝 하는 날카로운 소리가 복도에 울려 퍼졌다.

자간이 깜짝 놀라 눈을 휘둥그레 뜨는 가운데 샤스틸이 발바로스의 뺨을 힘껏 때리고 있었다.

"아얏……."

뺨을 맞은 충격으로 그림자 밖으로 튕겨 나온 건지, 발바로스도 엉덩방아를 찧은 채, 무슨 일이 일어났는지 이해가 되지 않는 것처럼 멍하게 있었다.

하지만 방금 전 언동에는 샤스틸도 그만 인내심이 바닥난 것 같다. 덜렁이라 불리는 건 늘 있는 일이지만, 그녀가 명확하게 분노를 드러낸 경우는 처음이다.

──덜렁이라는 건 애교다, 라고 대충 말해주면 될 텐데 왜 이

렇게 일이 꼬이지?

뭐, 솔직하게 말하지 못하는 점에 대해서는 자간도 남 말 할 처지는 아니라고 생각하지만.

그런데 샤스틸의 얼굴을 보니 뺨을 때린 본인까지 깜짝 놀란 얼굴이었다. 마치 자신이 맞은 것처럼.

——이건 화를 낼 정도로 친해졌다고 봐야 되나……. 아니, 아무리 수줍음이 많다고 해도 방금 그건 화낼 만했지.

이 소녀는 이래 봬도 꽤나 현실주의자다. 교회라는 조직에도 선행과 어두운 부분이 있다는 점을 이해하고 있다. ……뭐, 그런 부분을 단호하게 버리지 못하는 서툰 소녀이기도 하지만.

어쨌든 이런 식으로 손찌검을 할 소녀는 아니었다.

샤스틸은 발바로스를 때린 손을 잡고 떨리는 목소리로 중얼거린다.

"때릴 생각은……. 그래도 그렇게 다른 사람을 깔보는 듯한 언동은 그만두도록 해. 경멸하게 되니까."

샤스틸은 그렇게 말하더니 당혹스러움을 견디지 못하겠다는 듯 자리를 떠나버렸다.

발바로스는 무슨 일이 일어났는지 모르겠다는 듯 샤스틸에게 맞은 뺨을 누른 채 입을 벌리고 있다. 꼭 혼이 빠져나간 것 같은 모습이다.

"……아야."

그리고 다시 같은 말을 반복한다.

자간은 어이가 없다는 것처럼 고개를 끄덕인다.

"맞았으니까 당연하지."

"……너한테 맞았을 때보다 훨씬 아파. 왜지?"

암반조차 박살내는 자간의 주먹을 일상적으로 받아내는 사람이 이 남자다. 거기에 비하면 샤스틸의 따귀는 모기에 물린 것이나 다를 바 없지만, 그는 한 번도 경험해본 적 없는 충격에 휩싸인 것 같은 모습이었다.

그대로 물고기 밥이 될 것 같은 친구를 보다 못한 자간은 어쩔 수 없다는 듯 머리를 긁적이며 말한다.

"아—……. 그러고 보니 이 근방에 무인도가 있다더군, 발바로스. 바람도 쐴 겸 포레를 데리고 갈 거니까 교회 녀석들에게도 말해주고 와. 놈들도 슬슬 바다 속에 있는 게 지긋지긋할 테니까."

썩은 동태 같은 눈을 한 발바로스가 고개를 든다.

"섬이라고……? 그런 곳에 가서 뭐 좋은 게 있다고."

"넌 모르겠지만 상대를 화나게 만들었을 때는 사과를 해야 돼. 그리고 사과를 하려면 상대의 기분이 좋을 때 하는 게 효과적인 것 같더군."

"사, 사과라고? 왜 내가……."

"……너, 진짜 샤스틸이 왜 화났는지 모르는 거냐?"

"내가 뭘 잘못했다고?!"

척수반사적으로 대들었지만, 스스로도 알고 있을 것이다. 발바로스는 털썩 무릎을 꿇었다.

"……사과라고? 내가? 말해두지만 난 태어나서 지금까지 다른 사람에게 사과라곤 해본 적 없는 몸이라고. ……그런데 어떻게 하란 말이냐."

설마 이렇게까지 진지하게 고민할 줄은 몰랐던 자간도 그 모습에 어안이 벙벙해졌다. 그리고 친구를 격려해줄 생각으로 하는 수 없이 입을 연다.

"그럼 잘됐네. 인생 최초의 경험이다. 시야를 넓히는 일은 마술사로서의 식견을 높이는 것과 직결되지."

"웃기지 마, 자간. 그러는 넌 다른 사람에게 사과해본 적 있냐?"

"어? 음, 있다. ……아마도."

예전에 네피를 멀리하려다가 상처를 주었을 때.

——어라? 그런데 그때 제대로 사과했던가?

네피가 곁으로 돌아와주었기 때문에 흐지부지해졌던 것 같다.

자간과 발바로스는 무의식적으로 한숨을 쉬었다. 유유상종이라고 했던가. 결국 두 사람은 비슷한 인간인지도 모른다.

"어, 어쨌든! 방금 있었던 일은 내가 봐도 네가 잘못했다. 제대로 사과하지 않으면 서먹해서 얼굴도 못 보게 될 거야."

"네가 우리에 대해서 뭘 안다고 그래! 덜렁이는 칭찬하는 말이잖아?"

——음. 난 이 정도로 멍청하진 않으니까 괜찮아.

자간은 자신의 인식을 다시 확인하고 발바로스의 옆에 조용히 걸터앉았다.

"그 녀석이 화가 난 건 그게 포인트가 아니야. 샤스틸도 지금껏 덜렁이로 불리면서 화를 낸 적은 한 번도 없었으니까."

"바, 바로 그거야. 그럼 뭐가 잘못된 거지?"

한심하기 짝이 없는 남자를 향해 자간이 대답을 해주려고 할 때였다.

"——자간 님."

갑자기 뒤에서 네피의 목소리가 들렸다.

"네피? 보고 있었나?"

"……네. 죄송합니다. 그런데 그 문제로 잠깐 드릴 말씀이."

네피가 손짓을 하자 자간은 얼굴을 가까이 가져간다.

"샤스틸 씨가 화가 난 이유를 자간 님이 가르쳐주시면 오히려 역효과가 날 것 같아요."

"왜지?"

"그게, 저……. 아마 샤스틸 씨도 너무 심했다며 후회하고 있을 거예요. 그런데 발바로스 님이 '자간 님에게 들었다'면서 사과를 하러 가면 더 화가 나지 않을까요?"

"흐음……. 그런 건가."

사실 자간은 잘 이해가 되지 않았지만, 네피가 그렇다면 그런 것이겠지.

납득하고 나서 문득 생각한다.

"네피."

"네. 무슨 일이세요?"

"내가 네피를 화나게 한 적이 있나?"

그렇게 묻자 네피는 눈을 동그랗게 뜨고 뾰족한 귀를 떨었다.

그리고 행복한 미소를 짓는다.

"글쎄, 어떨까요……."

"어. 잠깐, 네피?"

당황하는 자간을 아랑곳 않은 채, 네피는 웃음소리를 남기고 뒤로 돌아선다.

"샤스틸 씨에게는 제가 말해둘게요. 발바로스 님도 뒤에서 응원하고 있으니 힘내세요."

그렇게 말하고 네피는 즐거운 듯 그 자리를 떠났다.

"……어이. 네 엘프, 성격이 좀 변한 거 아니냐?"

"아아……. 응. 어째서일까?"

——어떻게 하지? 포레에게 바람을 쐬게 해줄 생각이었는데 꼭 무슨 일이 일어날 것 같잖아.

이렇게 해서 불온한 분위기를 잔뜩 풍긴 채, 그들의 바캉스는 시작되었다.

「이, 이럴 수가…….」

며칠 전——대륙 남부 변경에 있는 어떤 성. 열세 명의 〈마왕〉 중 한 명인 안드레알푸스. 〈최장로〉 마르코시어스의 뒤를 잇는 노령으로, 〈마왕〉 중에서도 최강이라 불리는 마술사의 성이다.

그 성의 옥좌의 방에서 〈마왕〉 안드레알푸스가 피를 토하며 무릎을 꿇고 있었다.

주위에는 피, 피, 피, 그리고 생물인지 아니면 합성 생물인지도 알 도리가 없어진 살덩어리.

〈마왕〉 안드레알푸스도 그 일부가 되려 하고 있다.

소름 끼치는 참상 속에서 혼자만 서 있는 남자가 있었다.

"——히히하하하하하하하하하하하하하하하하하핫! 이게 〈마왕〉? 마술사의 정점에 군림하는 최강의 존재라고? 아니지! 이런 게 〈마왕〉이라니, 두려워할 필요가 전혀 없군!"

큰 소리로 요란하게 웃는 그 남자의 모습은 기묘했다. 얼굴의 절반은 안대로 가렸고, 몸을 온통 붕대 같은 천으로 감았다. 천에는 세밀한 문구가 새겨져 있었데, 어떤 봉인처럼 보이기도 했다.

남은 왼눈은 광기로 핏발이 섰으며, 〈마왕〉의 몸에서 튄 피를 기분 좋은 듯 뒤집어쓰고 있었다.

「정신이라도 나갔느냐, 데카라비아. 내게 반기를 드는 것은——크헉?」

이미 패배자가 된 〈마왕〉을 데카라비아라 불린 마술사는 아무렇게나 걷어찼다.

"그런 건 이제 됐다고요, 〈마왕〉님."

데카라비아는 지루한 듯 귀를 후비며 웃는다.

"음, 뭐라고 하더라? 지금까지 그것과 관계된 모든 것, 인간, 물건, 이름이 남는 것까지 전부 다 지우고 존재 자체를 말소하는 것이 〈마왕〉의 복수라고 했나?"

늙은 〈마왕〉을 짓밟은 데카라비아는 일그러진 미소를 띤 얼굴을 가까이 가져간다.

"그거 말인데, 나처럼 강한 것 말고 아무것도 없는 놈은 어떻게 되지? 강한 힘을 짓밟는 건가? 하지만 〈마왕〉이 땅바닥에 엎드려 있으면 누가 내 힘을 짓밟아주지? 좀 가르쳐줘. 미칠 정도로 그 답을 알고 싶으니까!"

데카라비아는 한쪽 밖에 없는 눈동자를 형형하게 빛내면서 〈마왕〉의 오른팔을 잡는다.

「무, 무슨 짓을 하는 거냐! 그만, 그만둬어어어어어어으아아아아악?」

데카라비아는 〈마왕〉의 오른팔을 잡초라도 뽑는 것처럼 잡아 뜯었다.

"호오오? 이게 〈마왕의 각인〉? 〈마왕〉님을 쓰러뜨렸으니까 이건 내가 가져도 되겠지? 이걸 사용하면 더 강해지는 건가?"

새 장난감이라도 손에 넣은 것처럼 눈을 반짝이다가 이내 어두워진다.

"하지만 필요 없어. 이런 걸 사용해서 이겨봤자 최강이라는 증거는 되지 못하잖아. 내가 강해진 게 아니니까."

기묘하게도 그건 새로운 〈마왕〉 자간과 똑같은 생각이었다.

자간과 다른 건, 이쪽은 절망적으로 비뚤어져 있다는 점이다.

데카라비아는 느닷없이 안대를 마구 쥐어뜯기 시작했다.

"아아아아아, 틀렸어! 〈마왕〉을 쓰러뜨려도 눈의 통증이 멈추지를 않아! **그 녀석**이 도려낸 오른쪽 눈이 아프고 가려워서 미칠 것 같다고!"

안대는 꽤나 단단히 만들어졌는지, 벅벅 쥐어뜯는 데카라비아의 손톱이 부러지는 데서 그치지 않고 마구 뜯어지기 시작했다.

그러더니 문득 정신을 차렸는지 빈사 상태에 있는 〈마왕〉을 향해 시선을 떨어뜨린다.

"그러고 보니 〈마왕〉님. 최근에 〈마왕〉 하나가 죽었다면서? 새로운 〈마왕〉은 어떤 놈이지? 나보다 강해?"

쉭, 쉭, 갈라진 숨을 내쉬며 〈마왕〉은 입술을 떤다.

「자, 간…….」

그 이름을 들은 데카라비아의 얼굴에서 미소가 사라졌다.

"지금, 뭐라고 했지?"

「자간……. 새로운 〈마왕〉의 이름은 자간이다……. 커헉.」

잠꼬대를 하는 것처럼 중얼거리는 〈마왕〉의 머리를 데카라비아는 밟아 뭉갰다.

"자간……."

그리운 듯.

꺼림칙한 듯.

혹은 사랑스러운 듯 그 이름을 반복한다.

"자간……, 자간……, 자간. 자간자간자간자간자간자간자간자간자간자가자간자간자간자가간자가가가가간자간자간자자간자가가가간자간자간자자자가간자간자간자간!!!"

데카라비아는 하늘을 올려다보며 광기 어린 목소리로 외친다.

외치고 외치다가 문득 조용해진다.

마치 엄마의 품에 안긴 어린아이처럼 편안한 얼굴을 하더니 소년의 미소를 지었다.

"그렇구나, 그 녀석, 〈마왕〉이 되었구나. 대단해. 역시 자간이다. 마술사가 되기 전부터 강한 놈이었으니까."

형제가 칭찬을 받은 것처럼 기쁜 표정을 짓더니 다시 눈알을 뒤집는다.

"크흐흐흐흐! 그래, 그 녀석이 〈마왕〉이 되었다 이거지! 내 오른쪽 눈을 도려내고 내 팔을 꺾고 내 심장에 구멍을 내서 나를 죽인 그 녀석이!"

그리고 데카라비아는 걷기 시작한다.

"자간을 만나러 가야지. 나를 이 눈의 고통으로부터 해방시켜줄 사람은 그 녀석뿐이다."

광인의 등 뒤에서 〈마왕〉의 성은 소리 내며 무너지기 시작했다.

◇

"바다는 참 좋군. 역시 이 세상에 태어나길 잘했어……."

자간은 머리를 싸매고 있었다.

샤스틸을 비롯한 다른 사람들을 데리고 무인도로 왔더니, 어떻게 된 일인지 고메리가 있었던 것이다.

겨울에 한 발을 걸쳐놓은 현재의 계절은 아무리 봐도 해수욕에 적당한 기온이 아니지만, 하늘에서 쏟아지는 햇살은 여름과 똑같다. 세이렌의 신기(神器)의 힘에 의한 것이라고 한다.

마술로 기후를 바꾸려면 섬 전체를 뒤덮을 광대한 마법진과 수십 명으로 이루어진 마술사의 힘이 필요하다. 마술과도 성검과도 다른 힘……. 아니, 힘의 형태 자체가 다르다고 할까, 어쨌든 엄청나다.

그런 기적적인 섬에서, 고메리로 말할 것 같으면 행복하게 모래사장에서 뒹굴거리거나 만족스러운 미소를 띤 얼굴로 섬에 있는 소녀들을 구석구석까지 뚫어져라 살펴보고 있었다. 쿠로카 같은 경우는 몸의 위험을 감지했는지, 지팡이에서 단검을 뽑기 일보직전이다.

――도대체 왜 이 녀석이 여기 있는 거지? 내가 바다로 가기로 결정한지 아직 얼마 지나지도 않았는데?

고메리를 그녀의 스승 곁에 두고 온지 3주. 왜 하필이면 오늘, 이 타이밍에 이곳에 올 수 있었던 걸까. 사실은 이 할망구, 예지 능력이라도 있는 것 아니야?

그렇게 생각하다가 반대라는 사실을 깨달았다.

――오리아스가 있는 곳을 빠져나와 이곳에 도착한 것이 오늘.

고메리가 수영복 따위를 가지고 와서 바다에 가자는 말을 꺼냈기 때문에 릴리스도 이 섬을 추천한 것이다. 어쩌면 직접 얼굴을 보지 않고, 릴리스 스스로도 알아채지 못한 사이에 유도당했지도 모른다.

이 노파는 자신의 욕망을 위해서라면 그 정도 일은 눈 하나 깜짝하지 않고 할 인간이다.

머리를 싸맨 자간은 반바지 같은 모양의 수영복 한 장을 걸치고 있을 뿐이다. 평소에는 무수한 결계를 쳐둔 두꺼운 로브를 걸치기 때문에 영 적응이 되지 않았다.

해변에는 자간 외에도 네피와 포레, 무슨 이유에서인지 이곳에 있었던 고메리 네 명. 그리고 교회쪽 사람이 샤스틸과 쿠로카, 네프테로스, 그리고 리처드 같은 젊은 성기사를 포함해서 여섯 명 정도. 나머지는 초대한 쪽. 릴리스와 셀피, 두 명도 있다.

전부 열두 명. 전원 수영복 차림――이것도 고메리가 준비했다고 한다――그런데 발바로스의 모습은 보이지 않는다. 아마 어딘가에 숨어 있겠지만, 밖으로는 나오지 않고 있다.

"저기, 왕."

험악한 표정을 짓는 자간의 모습에 릴리스가 머뭇머뭇 말을 건넨다.

좌우로 묶은 심홍색 머리카락 사이로 고메리와 똑같이 구부러진 뿔이 튀어나와 있다. 씩씩한 눈동자는 달 같은 황금색이고 허리 뒤에는 박쥐 같은 날개가 돋아 있었다. 그녀 역시 원피스 타입의 수영복을 입었는데, 어째서인지 하인들처럼 앞치마를 둘렀다.

자간이 부하로 맞아들인 후로는 그녀도 그를 '왕'이라 부르게 되었다.

"이 사람, 당신의 동료……, 맞지?"

"그래, 미안하게 됐다. 그러고 보니, 소개가 늦었군. 이 녀석은 〈요부〉 고메리. 내 수하 중에서도 1, 2위를 다툴 정도로 강한 마술사다. ……뭐, 그렇게 보이진 않겠지만."

반응을 보아하니 릴리스도 눈치 채지 못한 사이에 이곳으로 유도된 것이 분명하다고 확신할 수 있었다.

참고로 네피와 포레는 부하가 아니라 가족이기 때문에 포함시키지 않았다. 발바로스도 부하라기보다는 협력자——라고 할까, 고용한 셈인가?——라서 역시 포함시키지 않았다.

그 설명을 들은 고메리는 아주 싫지만은 않은 것처럼 콧등을 긁적인다.

"키히히, 나의 왕에게 그런 말까지 들으니 참 쑥스럽군. 방금 소개를 받은 고메리다, 몽마의 공주님."

우아하게 허리를 숙여 인사를 건네면서도 슥 하고 입맛을 다시는 모습을, 자간은 놓치지 않았다.

"고메리, 이 녀석은 이곳에서 부하로 맞아들인 릴리스다. 류카온과의 중개역으로 그에 상응하는 권한도 주었지. 그러니까 괜히 딴 마음 먹지 마."

"키히, 나도 알아. 난 직접 만지지 않으면 사랑하지 못할 정도로 그릇이 작은 여자가 아니다. 진정한 사랑의 힘은 멀리서 바라보기만 해도 한없이 높아지는 것 아닌가?"

바닷가에서 노출이 심한 수영복을 입은 소녀들에게 둘러싸여 있다 보니 자제심이 약해진 걸까. 흥분을 감추지 못하는 고메리의 모습에 릴리스도 뒷걸음친다.

"저, 저기. 이 사람 괜찮아? 무슨 말을 하는 건지 잘 모르겠어."

"모르는 쪽이 좋으니까 안심해. 아—…… 그래도 이 녀석이 있는 동안에는 가능한 한 나나 네피 옆에 있도록 해. 해가 될 건 없지만 이것저것 피곤하니까."

"그래……? 뭐, 알았어."

이 소녀는 누가 봐도 **고메리 취향**이기 때문에 차라리 모르는 게 낫다. 이미 고메리의 눈동자가 반짝반짝 빛나고 있지만 지금은 그냥 놔두자.

자간의 눈은 다시 릴리스를 향한다.

"그런데 너, 그 차림은 뭐냐? 그것도 수영복의 일종인가?"

수영복 위에 앞치마를 두르니 절묘하게 수영복이 가려지는 바람에, 마치 알몸에 앞치마만 걸치고 있는 것처럼 보여서 어떤 반응을 보여야 할지 모르겠다.

릴리스는 얼굴을 살짝 붉히더니 한쪽 팔로 안아 들고 있던 드레스로 얼굴을 가렸다.

"이, 이건 그러니까! 할아버지들이 〈마왕〉의 시중을 들어야 한다고 억지로……."

그 자리에 주저앉을 것 같은 릴리스의 어깨를 부드럽게 감싸 안은 사람은 고메리였다.

"류카온에도 도리를 아는 자가 있었군. 안심하도록 하렴. 지금 넌 눈부실 정도로 매력적이야. 과연 몽마의 공주님에 어울리는 미모라고 할까.”

“그……, 그래? 그런 말을 들으니까 기분이 나쁘진 않네.”

릴리스는 금방 회복했다.

——뭐, 본인이 납득한다면 그걸로 된 건가.

너무 깊이 추궁하는 것도 가엽다. 게다가 그런 릴리스의 반응에 고메리도 만족하는 듯하니, 한동안은 잡아먹는 짓 따윈 저지르지 않을 것이다.

그 순간, 자간은 문득 떠오르는 생각에 물어본다.

“그러고 보니, 릴리스. 알시에라 말인데, 그 후로 아무 일도 없었지?”

정체를 알 수 없는 그 흡혈귀는 자간보다 릴리스에게 집착하고 있는 것 같았다.

——‘아자젤’이란 릴리스를 말하는 것 같기도 했고.

릴리스는 어깨를 으쓱였다.

“아니, 그 후로 보지도 못했어. 원래 신출귀몰해서, 이해하기 힘든 말을 남기고 몇 년이나 사라지는 일도 수두룩한 편이니까.”

“그렇군. 하긴 원래 **그런 놈**이니.”

목적을 이룬 걸까, 아니면 지금도 이쪽의 상황을 살펴보고 있는 걸까. 포레의 폭주에 휘말려서 ‘죽었다’ 같은 한심한 일은 없으리라고 생각하지만.

“뭐, 접근해 오지 않는다면 그걸로 된 건가.”

게다가 지금 문제는 그게 아니다.

자간은 네피를 향해 슬쩍 눈을 돌리려 한다.

새하얀 피부를 뒤덮은 감청색 수영복. 평소의 네피도 매력적이지만 지금은 더 아름답다. 익숙하지 않은 수영복이 쑥스러워서 은근슬쩍 긴 머리카락으로 가릴 순 없을까 우왕좌왕하는 모습은 충동적으로 끌어안고 싶어질 정도다.

——그런데 왜냐는 말이다! 왜 똑바로 볼 수가 없냐고!

망막에 아로새기고 싶을 정도의 매력이 넘쳐흐르고 있는데 너무 사랑스러워서 똑바로 볼 수가 없다.

번뇌하고 있자 포레가 손을 꽉 잡았다.

"자간도 같이 놀자!"

"으음……. 그러고 싶은 마음은 굴뚝같지만."

조금 더 마음이 진정되지 않으면 네피를 향해 시선을 주는 것조차 힘들다.

그러는 사이, 샤스틸을 비롯한 교회 사람들도 모여들기 시작했다. 고메리가 시끄럽게 떠든 탓일까, 말을 걸 타이밍을 잡기 어려워서 상황을 살펴보고 있었던 모양이다.

샤스틸은 네피와 똑같은 타입인, 허리에 천을 두른 수영복을 입고 있었다. 어른스럽게 보이는 디자인인데 자간은 의외의 느낌을 받았다.

——흐음. 이 녀석이 수영복을 입은 모습도 괜찮은데 말이지.

그야 당연히 귀엽다고 생각하지만 똑바로 쳐다보지 못할 정도는 아니다.

그리고 문득 깨달았다. 샤스틸은 마음이 진정되지 않는 것처럼 이리저리 주위를 둘러보고 있다. 마치 누군가의 모습을 찾는 듯 보이기도 했다.

——발바로스를 찾고 있는 거겠지.

그런 일이 있은 지 아직 얼마 지나지 않았다. 그 동안 까맣게 잊을 정도로 요령 좋은 사람이 못 되는 소녀다.

그런 자간의 시선을 깨달은 걸까, 샤스틸은 자세를 바로 하고 웃어 보였다.

"자간, 네피. 함께 가자고 해줘서 고마워. 교회를 대표해서 감사 인사를 전할게. 덕분에 부하들도 휴양을 취할……, 되었어."

마지막 부분에 샤스틸의 발음이 뭉개지자 자간과 네피의 눈이 가느스름해진다.

'뭉개졌군.'

'뭉개졌군요.'

샤스틸의 의기양양한 표정이 순식간에 울먹인다. 자세히 보니 다른 성기사들까지 흐뭇한 표정을 짓고 있었다.

——아—……. 이 덜렁대는 모습, 오랜만에 보네.

그런 주위의 반응에 샤스틸의 얼굴이 확 하고 달아오른다.

"어, 어쩔 수 없잖아. 최근 들어 직무가 끊이질 않았단 말이야!"

즉, 줄곧 '직무 중' 스위치가 켜져 있었다는 뜻이다.

——거의 보름 만이니 제법 요란하게 덜렁댈 것 같은데.

발바로스의 일이 있기도 했지만, 바람도 쐴 겸 샤스틸을 데리고 온 건 잘한 일인 것 같다.

자간은 샤스틸의 옆에서 한숨을 쉬는 네프테로스와 곤란한 얼굴로 고개를 갸웃거리는 쿠로카에게로 시선을 옮겼다.

네프테로스는 갈색 피부에 눈부시게 하얀 수영복. 쿠로카는 가슴께를 리본으로 장식한 귀여운 수영복이다. 쿠로카의 수영복은 둘로 나뉜 꼬리에도 리본이 묶여 있었다. 마뉴엘라의 취향이 분명하다.

쿠로카의 손에는 지팡이. 수영 팬츠를 입은 다른 성기사들도 허리와 등에 검을 차고 있다. 참 성실하다 싶지만 맨살 위에 검대를 차는 건 좀 아파 보였다.

——이 녀석들의 수영복도 마뉴엘라가 준비한 거겠지……?

어째서 샤스틸과 쿠로카 일행이 이곳에 있다는 사실을 알고 있었던 거지? 무섭다.

저 여자는 마술사도 아니면서 마술사와 교회의 사정을 전부 다 파악하고 있다는 뜻이 된다. 정말 도대체 정체가 뭘까? 알시에라 이상으로 수수께끼다.

"네프테로스, 쿠로카, 미안하지만 이 녀석과 좀 같이 있어줘."

"그래. 이런 곳에서 물에 빠져 죽기라도 하면 곤란하니까."

"전 해변까지만 들어갈 거지만 열심히 할게요!"

쿠로카도 두 손을 꽉 쥐고 고개를 끄덕였지만, 자간은 고개를 옆으로 저었다.

"쿠로카는 무리하지 않아도 돼. 네가 옆에 있기만 해도 샤스틸의 '덜렁 지수'가 30퍼센트는 줄어드니까 그것으로 충분해."

아무리 덜렁대더라도 주위를 걱정하는 것이 샤스틸이다.

모래 위나 물속에서는 아무리 지팡이가 있어도 주위를 인식하기 힘들어진다. 오히려 이 소녀는 샤스틸과는 다른 방향의 불운을 끌어당기는 힘이 있으니, 2차 조난이 더 걱정이다. 하지만 그렇기 때문에 쿠로카가 있기만 해도 **안전장치**가 된다.

샤스틸은 어깨를 축 늘어뜨린다.

"너희까지 나를 그런 눈으로 보고 있었던 거야……?"

샤스틸은 비난어린 목소리로 말했지만, 네프테로스는 아주 진지한 얼굴로 대답한다.

"네가 죽으면 내가 곤란해. 걱정하는 게 그리 이상한 일이야?"

"어, 아니, 그런 건……."

갑자기 직설적인 대답이 돌아오자, 샤스틸은 기쁜 건지 쑥스러운 건지 알 수 없는 모습으로 우물쭈물 중얼거렸다.

바로 그때, 분위기 파악 못 하는 목소리가 울려 퍼진다.

"자간 씨, 교회 사람들, 다들 바다에는 들어오지 않을 거예요? 헤엄을 치면 얼마나 기분이 좋은데요!"

모처럼 바닷속에서 해가 비치는 곳으로 나왔는데, 해변에서 인어 소녀가 꼬리를 파닥거리며 손짓하고 있었다. 자간의 성에서 하인으로 일하는 세이렌의 왕족, 셀피다.

그런데 자간은 노골적으로 귀찮다는 얼굴을 한다.

"3주 만에 햇빛을 쬐잖아. 그런데 왜 굳이 바라도 돌아갈 필요가 있는지 이해가 되지 않는다만."

"하지만 다들 심각한 얼굴로 말하거나 글만 쓰고 있었잖아요? 몸을 움직이면 기분이 개운해진다니까요?"

아무래도 자간을 비롯한 다른 사람들이 같이 놀아주지 않아서 지루했던 모양이다. 셀피는 기운이 남아돌아서 주체를 못하겠다는 듯 목소리를 높인다.

그런데 이번에 난색을 표한 사람은 샤스틸이었다.

“난 헤엄을 쳐본 적이 없는데 괜찮을까?”

네프테로스가 의외라는 듯 눈을 동그랗게 뜬다.

“어, 진짜야?”

“하지만 헤엄을 칠 수 있을 정도로 넓은 물은 별로 없잖아? 우리 집 욕실은 작고 공동 목욕탕에서 헤엄을 치는 건 예의 없는 짓이고…….”

부끄러운 듯 양손 손가락을 꼬아가면서 말하자 네프테로스는 이상하다는 듯 말한다.

“성기사라면 임무 때문에 야영 같은 것도 하잖아? 강에 들어가거나 하지 않았어?”

“다른 사람의 시선이 신경 쓰이는 곳에서 어떻게 헤엄을 치란 말이야! 그러는 네프테로스야말로 헤엄칠 수 있어?”

화제를 돌리려는 듯한 질문에, 네프테로스는 태연하게 고개를 기울였다.

“내게 그런 기회가 있었을 것 같아?”

그러더니 네프테로스는 네피를 향해 고개를 돌렸다.

“네페리아, 넌?”

“수영 말인가요? 네프테로스와 똑같아요. 애당초 목욕 자체를 별로 해본 적이 없어서…….”

“미안. 네게 물은 내가 잘못했어.”

엘프의 숨겨진 마을은 인가와 떨어진 산속 깊은 곳에 있었고, 자간 일행의 조사에 따르면 근처에는 호수 같은 것도 없었다. 우물 덕분에 식수 곤란을 겪진 않았던 것 같지만, 애당초 네피는 거의 갇혀서 지냈다. 헤엄을 칠 기회 따윈 없었을 것이다.

포레 같은 경우는 이미 대화에 질린 모양이었다. 자간의 발치에서 모래산을 만들며 놀고 있었다.

"아우우……. 그럼 쿠로카라면――."

"물은 무서워요!"

지체 없이 나온 대답이었다.

심지어 두 개의 꼬리까지 곤두세운 채, 부탁이니까 물 이야기는 제발 하지 말아달라고 애원하는 것처럼 두려움에 질린 표정을 짓는다. 역시 고양이라서 물을 싫어하나 보다.

"어라? 그럼 혹시 우리, 아무도 헤엄을 치지 못하는……."

말해선 안 될 한 마디에 차가운 정적이 퍼졌다.

사실 자간은 헤엄을 칠 수 있지만, 지금은 바다에 들어갈 기분이 아니었다.

그런데 여기서 분위기 파악을 못하는 사람이 있었으니, 바로 셀피다.

"그럼 제가 헤엄치는 법을 가르쳐줄게요! 제가 손을 잡고 끌어줄 테니까 무서워할 것 없어요!"

"그, 그래……? 그럼 한 번 부탁해볼까."

샤스틸이 용기를 쥐어짜내는 것처럼 중얼거리자 과감하게도 한 성기사가 목소리를 높였다.

"그럼 네프테로스 님도 함께 하시는 게 어떨까요? 외람되지만 저도 수영을 할 줄 알거든요."

"뭐?"

신사적으로 손을 내미는 성기사 리처드를 반사적으로 노려본 사람은 자간이었다.

살기를 품은 〈마왕〉의 시선에 리처드의 이마에서 식은땀이 뚝뚝 떨어진다. 그래도 미소를 잃지 않는 걸 보면 제법 배짱이 두둑한 남자인 모양이다.

――어렴풋이 그런 느낌은 들었지만, 이 자식, 지금 네프테로스에게 구애하는 건가?

인격적으로는 문제가 없다……는 정도가 아니라 마술사에 비하면 한없이 제대로 된 인간이지만, 자간이 살짝 쓰다듬기만 해도 죽을 것 같다. 그런 빈약한 남자를 형부로서 인정할 수는 없었다.

하지만 자간은 아무 말도 하지 않는다.

침묵은 힘이다.

〈마왕〉이 말없이 응시하는 이 상황을 어디까지 견딜 수 있는가, 일단 거기서부터 점수를 매겨주마.

그런데 〈마왕〉의 침묵은 그리 오래 가지 않았다.

네프테로스가 자간의 팔을 꽉 잡았기 때문이다.

"형부, 헤엄치면 안 돼?"

"……어쩔 수 없는 녀석이군. 이상한 생물을 조심하는 것 잊지 말고."

처제의 부탁에 〈마왕〉의 침묵은 허무하게 무너져 내렸다.

"고마워, 형부. 자, 가자, 샤스틸."

"아, 응. 그럼 자간, 나중에 봐."

네프테로스는 샤스틸과 손을 잡고 달려갔다.

몇 초이긴 하지만 〈마왕〉의 침묵을 견뎌낸 리처드는 허무하게 남겨졌다. ……조금 불쌍해지기 시작했다.

자간도 미안한 짓을 한 것 같아서 어흠 하고 헛기침을 한다.

"아——……. 네프테로스에게 접근하고 싶으면 일단 나를 납득시킬 수 있는 힘을 보여줘야 할 거다."

"……네. 최선을 다하겠습니다."

어깨를 늘어뜨리는 리처드의 등을 쿠로카가 툭 하고 친다.

"괘, 괜찮아요, 리처드 씨. 오빠는 노력을 정당하게 평가해주는 사람이거든요! 열심히 하면 반드시 성공할 거예요!"

——그 즈음에서 적당히 끝내!

남자라는 생물은 이런 식의 위로를 받으면 괜히 더 비참한 기분을 느끼는 법이다. 리처드는 해변을 향해 터덜터덜 걸어갔고, 그런 청년의 등을 다른 성기사들이 아무 말 없이 투욱투욱 두들겨주고 있었다.

"……다음에는 조금 더 부드럽게 대해줄까?"

"그렇게, 해주세요……."

네피도 딱해서 못 보겠다는 듯 얼굴을 가리고 있었다.

◇

교회 사람들이 바다로 들어가고 나자 해변에는 자간을 필두로 네피와 포레, 고메리와 릴리스, 이렇게 다섯 명이 남았다.

바다에서 신나게 놀기 시작한 샤스틸 일행을 바라보는 고메리의 얼굴이 차분해진다.

"흐음……? 저 캐트 시(묘수인) 소녀, 쿠로카라고 하나?"

그러고 보니 고메리와 쿠로카가 얼굴을 보는 건 처음이었다.

"쿠로카는 라파엘의 의붓딸이다. 쓸데없는 생각은 하지 마."

"사랑할 보람이 있어 보이는 건 사실이지만, 무슨 고민이라도 안고 있는 것처럼 보여서 그래. 조금 신경 쓰이는군."

"고민이라……."

그러고 보니 지난번에 재회했을 때 얼굴을 만지게 해주려고 했더니 묘하게 동요했었다. 그때 살짝 마음에 걸리는 말을 했던 것 같다.

무슨 말을 했더라? 생각해내려고 하다가 문득 깨달았다.

"그나저나 너희 둘은 오늘 처음 보는 사이 아닌가? 그런데 어떻게 그걸 알지?"

"고뇌하는 소녀가 그것을 꾹 눌러 자제하는 순간은 코피가 터질 정도로 사랑할 만한 보람이 있단 말이다! 내가 그 징후를 놓칠 리 없잖아."

"……하긴, 넌 그것으로 충분할지도 모르지."

이젠 무슨 말을 하는 건지 모르겠지만, 고메리에게는 고메리의 시선이라는 것이 있다. 스스로 알아채지 못하는 점을 알아채주는 동료는 소중한 법이다.

고메리는 한순간 의외라는 듯한 표정을 지었지만 곧 "키히히" 하고 웃었다.

"나도 이해심 깊은 왕을 모실 수 있어서 아주 기쁘다네."

"아니, 이해는 하고 싶지 않은데……."

자간이 질렸다는 표정을 짓자 릴리스가 머뭇거리며 물었다.

"저, 저기, 쿠로카가 고민하고 있다는 게 정말이야?"

"내게는 그렇게 보였다는 것뿐이다. 그리고 이제부터 어떻게 마음의 끈을 느슨하게 새줄 것인가가 사랑의 힘을 보여줄 수 있는 장면이지."

그러자 자간은 고개를 갸웃거린다.

"쿠로카도 교회 쪽 사람인데, 그 점은 괜찮나?"

사랑의 보람이라면 샤스틸이 가장 적합한 존재일 텐데도 고메리는 그녀가 성기사라는 이유로 방치해두고 있다.

고메리는 고개를 옆으로 흔들었다.

"저 아이는 성기사가 아니잖아? 계급은 있을지 모르지만, 성기사 냄새가 전혀 나질 않아. 교회의 보호를 받았는지 어떤지 몰라도 은혜나 충절 같은 것 역시 느껴지지 않고. 보아하니 마술사에게 복수하기 위해 교회의 지위 같은 것이 필요했다던가, 뭐, 그런 사정이겠지."

"너, 진짜 대단해……."

한 번 보고 거기까지 간파하다니. 자간은 쿠로카가 폭주하기 전까지는 그 점을 알아차리지도 못했는데.

감탄하고 있자 릴리스가 끼어들었다.

"저기, 저 아이는, 내가 도와주고 싶어. ……쿠로카의 일족이 멸망당했을 때 난 아무것도 해주지 못했단 말이야."

비통한 고백에, 고메리는 군침이 도는 만찬이라도 본 것처럼 눈을 반짝였다.

"옳거니, 아무도 손을 대지 말라는 게냐."

"따, 딱히 건방진 말을 할 생각은 없지만, 저……. 가능하다면."

"어이, 친구를 위해 그런 말을 한 거라면 거기서 물러나면 안 되지. 좋아. 네 결단은 소중하다. 가슴을 펴고 저 아이를 구해주는 건 나라고 선언하도록 해."

그렇게 말하고 릴리스의 턱 끝을 손가락으로 어루만지더니 다정하게 미소 짓는다.

"그래도 도움이 필요하면 언제든 말하도록 하고. 친구를 위해 다른 사람에게 도움을 청하는 건 부끄러운 일이 아니니까."

"고, 고마워. 역시 왕이 최고의 심복이라고 할 만한 사람이야!"

릴리스는 순진하게도 힘을 얻은 것처럼 고개를 끄덕였지만, 자간은 안절부절못하고 있었다.

——동화에 나오는 마녀에게 속아 넘어가는 소녀라도 보는 것 같은 기분이다.

최근엔 포레에게 그림책을 읽어줄 기회도 늘었기 때문에 자간도 동화의 패턴을 대충 알게 되었다. 마녀에게 속아서 불운을 겪는 소녀의 이야기는 동화의 단골 레퍼토리였다.

릴리스는 그런 자간의 우려도 알아차리지 못하고 말한다.

"왕, 있지……."

"그래, 다녀와. 편하게 쉬는데 다른 사람이 일일이 시중 들어줄 필요는 없다. 난 알아서 느긋하게 쉬고 있으마."

"고마워! 그럼 잠깐 다녀올게."

마술사에게 둘러싸여 있는 중압감에서 해방되었기 때문이기도 하리라. 릴리스는 신나게 손을 흔들며 달려갔다.

"——켁, 남이 얼마나 고생하는지도 모르고, 하여간에 이놈이고 저놈이고 들떠서는."

그런 모습을 바라보고 있는데, 갑자기 발바로스의 목소리가 울려 퍼졌다.

자세히 보니 뒤쪽에 있는 숲속, 나무 뒤에서 이쪽을 살펴보고 있다. 어쩐 일로 그림자 속에서 나왔지만, 어둠과 완전히 동화되어 있어서 먼저 말을 걸기 전까지는 알아보지 못했다.

자간은 눈썹을 찌푸린다.

"뭐야. 왔었냐, 발바로스. 왔으면 어서 사과하러 가지그래?"

그렇게 재촉하자 발바로스는 눈을 부라리며 고함을 질렀다.

"바보야! 지금 저 덜렁이를 보면 가슴이 막히는 것 같아서 똑바로 볼 수가 없단 말이다!"

——너도냐, 발바로스…….

깊은 동정을 표하자, 발바로스는 무릎을 끌어안고 웅크리고 앉았다.

"……왜 하필 지금 저런 차림이냐고. 미치겠네. 도저히 말을 걸

수가 없잖아."

"아——……."

무슨 말을 해주면 좋을지 몰라 도움을 구하듯 네피를 향해 시선을 준다.

——큭, 틀렸어. 나도 네피를 똑바로 볼 수가 없어!

그런 자간의 모습을 어떻게 받아들인 걸까, 네피는 다 알겠다는 듯 고개를 끄덕였다.

"포레, 같이 헤엄치러 가지 않을래요? 셀피 씨가 헤엄치는 방법을 가르쳐준다고 하셨어요."

"헤엄치는 거 재미있어?"

"그건 잘 모르지만, 모르니까 한번 해보는 게 어때요?"

포레는 자간을 가만히 올려다봤지만 발바로스와 똑같은 자세로 웅크리고 있는 걸 보더니 납득한 것처럼 자리에서 일어났다.

"그럼 해볼게."

네피와 포레도 손을 잡고 해변을 달려간다.

——크으으……. 예쁘다는 말 한마디 정도는 해주고 싶은데!

이렇게 해서 한심한 남자 두 명만 남겨졌고——.

"크흐, 이 향기로운 사랑의 힘. 이 또한 하나의 사랑의 형태라고 할까."

……고메리가 그런 두 사람을 즐겁게 바라보고 있었다.

자간은 휙휙 쫓아내듯 손을 휘두른다.

"구경이라도 났냐? 너도 저쪽에 가서 놀다 와."

"기다리지 뭐. 어차피 너희 둘은 수영복을 입은 모습이 너무 눈부셔서 똑바로 보지도 못하잖아?"

""——어떻게 그걸!""

자간과 발바로스가 동시에 고개를 들자, 고메리는 재미있는 장난감이라도 발견한 것처럼 씩 웃는다.

"그 고민, 나라면 해결할 수 있는데?"

거부하기 힘든 악마의 유혹에 자간과 발바로스의 몸이 딱딱하게 굳었다.

◇

"……원하는 게 뭐지? 아니, 들어볼 것도 없나."

이 할망구는 우왕좌왕하는 자간과 발바로스를 보고 싶을 뿐이다. 그 삶의 보람을 위해 모든 것을 바치고 있다고 해도 과언이 아니다.

"무엇을 하면 되지?"

자간이 반문하자 고메리는 진지한 얼굴로 손짓을 했다. 〈마왕〉과 악당과 노파는 이마를 맞대고 웅크려 앉았다.

"요컨대, 원인은 너무 신선해서 그런 거다. 계속 봐서 익숙해지면 아무 문제없지 않을까?"

"이론적으로 말하면, 멀리서 계속 네피를 보고 있으라는 거냐?"

어차피 서로 마술사에 인상도 좋지 않다. 한결같이 위험한 사람에 불과하다. 아무리 네피와 샤스틸이라도 겁먹을 수밖에 없다.

그런데 고메리는 그 점까지 다 예상한 것처럼 웃었다.

"나의 왕이나 되는 사람이 이상한 말을 하는군. 우리는 마술사이지 않은가."

"무슨 방법이라도 있냐?"

발바로스가 매달리듯 말하자 고메리는 기쁨으로 가득한 얼굴로 대답한다.

"조금 전에 내가 제안한 마술——거울이든 뭐든 지금 풍경을 투영시키는——이것을 완성시키면 뚫어져라 쳐다봐도 아무 문제도 없다! 심지어 언제든 소녀들의 수영복 입은 모습을 감상할 수 있지! 한번 해보자고!"

주먹을 쥐고 역설하는 고메리의 모습에, 자간과 발바로스는 무의식적으로 고개를 끄덕였다.

"……호오! 〈요부〉라는 이름이 괜히 붙은 게 아니었군. 그 제안, 난 받아들이겠어!"

자리에서 일어난 발바로스가 고메리와 굳건한 악수를 나눈다.

그리고 그 시선이 자간에게 모인다.

"……쳇, 알았어. 나도 협력하지."

〈마술사 킬러〉, 〈연옥〉, 〈요부〉——수많은 마술사 중에서도 가장 악명 높은 별명을 가진 자들의 동맹 관계가 이 자리에서 조용히 체결되었다.

이 세 사람의 결탁은 한 나라를 뒤흔드는 것은 말할 것도 없고 아주 산산조각을 낼 정도의 위협이다. 교회가 알게 되면 묵시록의

날이 왔다면서 군을 편제할지도 모를 사태이다.

하지만 그들이 진지하게 논의하고 있는 건 좋아하는 여자의 모습을 영상으로 남기려면 어떻게 하면 되는가 하는, 한없이 왜소하며 목가적인 고민이었다.

우선 자간이 모래 위에 손가락으로 마법진을 그린다.

"일단 이게 전에 내가 고안한 염사 마술이다. 양피지를 매체로 기억을 투영하는 것인데, 기억에 대한 간섭이 너무 직접적이라서 심층 심리를 투영하게 되는 결함이 있었지."

협력하겠다고 말한 체면도 있고 해서, 자간은 우선 자신이 가진 패를 내보였다.

이 자리에 있는 마술사는 모두 자력으로 동일한 마술을 만들 수 있는 마술이지만, 이미 한 번 완성된 시작품이 있느냐 없느냐에 따라 진보에 극적인 차이가 나타난다.

"흐음. 그렇다면 우선 기억에 간섭하는 '회로'를 다시 검토해볼 필요가 있겠군. 스승님의 마술을 응용할 수 있을 것 같아."

"잠깐 기다려. 그런데 양피지를 매체로 사용하면 비용이 너무 들지 않아? 마력을 이용해서 그대로 공간에 투영하면 매체도 필요없고 크기도 자유자재로 조종할 수 있을 것 같은데."

"옳거니! 제법이군, 〈연옥〉."

"제법은 무슨! 기초 이론이 있으면 그리 대단한 것도 아니야."

원수 같은 친구치고는 심히 겸손한 말이다. 그만큼 그도 진지한 것이리라.

"아니, 난 생각해내지 못한 이론이다. 고맙다, 발바로스."

원래 네피가 마술을 배우기 위한 교재로 고안한 것이기 때문에 어쩔 수 없지만, 자간은 더 이상 개선하려는 생각은 하지 않았다. 이건 〈마왕〉으로서도 마술사로서도 나태하다는 뜻이다.

그리고 이곳에 모여 있는 자들은 각 분야를 대표하는 최고의 마술사들이다.

과거에 자간이 결함품이라고 포기했던 마술은 무서운 속도로 완성되어갔다.

"——이것으로 술식은 문제없을 거다."

자간은 마술의 시운전을 시작한다.

눈앞의 대기가 렌즈처럼 일그러지더니, 손바닥만 한 범위로 다른 풍경을 비추었다.

세 명의 위대한 마술사가 만들어낸 세기의 마술, 그 기념할 만한 최초의 피사체로 비춰진 것은 오늘 네피의 모습이다. 사랑스럽기 그지없는 수영복 차림. 완전히 마뉴엘라의 취향이 반영된 모습이다. 쓸데없는 짓 좀 하지 말라고 호통을 치고 싶은 반면, 너무 완벽한 수완에 진심에서 우러나는 경의를 표한다.

——크윽, 아직 자극이 너무 강해!

자간은 네피의 허상을 어루만지듯 쫓아버린다. 그러자 이번에는 귀여운 딸이 수영복을 입은 모습으로 바뀌었다. 이쪽은 너무 순수하고 귀여워서 마음이 흐뭇해진다.

그 전환까지도 완전히 제어할 수 있었다는 사실에 자간도 감탄 어린 한숨을 흘렸다.

"음, 완벽해. 이거라면 떠올린 기억을 그대로 출력할 수 있어.

게다가 피사체의 전환도 자유자재다."

"으음. 희미한 기억이라도 세부적인 부분까지 재현되는 부분이 이점이군."

이건 심층 심리를 직접 투영하는, 예전의 결점을 일부러 남기는 대신 개량을 더한 부분이다.

고메리도 만족스럽게 고개를 끄덕인다.

"술식을 조금 바꾸면 양피지나 거울에 아로새기는 것도 가능하겠군. 이거라면 성에 있는 모든 벽을 소녀들의 기억으로 가득 채우는 것도 가능!"

"그건 비밀의 방 같은 걸 만들어서 하도록 해."

"……허락해주는 거냐?"

발바로스는 어이없어하며 말했지만, 그 표정은 나쁘지 않겠다는 듯 풀어져 있었다.

자간은 흐음 하고 팔짱을 낀다.

"마술 문제는 해결되었지만, 이름이 없으면 불편하단 말이지. 뭐라고 이름 붙이지?"

"그렇군……. 기억을 투영하는 것이니 모습을 가둬두는 마도서라는 의미로 〈봉서(封書)〉라고 하는 건 어떨까?"

"나쁘지 않군. 그럼 그걸로 하지."

이름이 정해지자, 고메리는 번뇌를 참기 힘든 것처럼 미소를 지었다.

"좋았어, 그럼 다음은 매체에 저장해두는 방법. ……이라고 해도 이곳은 무인도라서 적당한 것을 손에 넣을 수 있을지 어떨지."

고메리가 근심어린 표정으로 중얼거리자 발바로스가 어이없다는 듯 말한다.

"뭐야. 〈요부〉 고메리가 양피지 한 장도 없는 거냐?"

"이런 차림인데 어디에 숨겨 다닌단 말이냐. ……흐음. 그런데 수영복에 전사(轉寫)하는 것도 한 가지 재미가 되겠군."

"아무리 그래도 그건 하지 마."

자간이 말리자 발바로스가 핫 하고 콧방귀를 뀐다.

"……어쩔 수 없군. 내가 도와주는 수밖에. 나한테 빚진 거 잊지나 마라."

생각해보니 여름 햇살이 쏟아지는 이 뜨거운 해변에서도 발바로스는 두꺼운 로브를 걸치고 있다. 애당초 이 녀석은 그림자를 따라 어디든 이동할 수 있기 때문에 양피지 한두 장 정도 구하는 일쯤 아무것도 아니다.

거드름 피우는 친구 녀석에게 자간은 냉정하게 한마디 한다.

"어서 내놓기나 해. 네피와 샤스틸이 언제 우리의 음모를 알아챌지 모른단 말이다."

"암, 그렇지! 나는 스승님에게 발각되었을 때를 생각하면 인생 최후의 흉계가 될지도 몰라."

"헤헤."

비통한 호소가 뒤섞여 있는 것 같은 느낌이 들었지만, 발바로스가 꺼낸 양피지 몇 장을 셋이서 나누었다.

그런 대화를 나누고 있자, 누가 먼저랄 것도 없이 미소가 흘러나왔다.

——이렇게 나쁜 음모를 꾸미느라 정신이 없는 게 얼마만이지?

떠오르는 건 역시 부랑아가 되어 뒷골목을 배회했던 시절이다.

그곳에는 그림책을 가지고 있던 소녀도 있었고 잠자리를 나눠준 소년도 있었다. 은빛 눈을 가진 자간은 그중에서도 모두가 한 발 거리를 두고 지내는 아이였지만 그래서 더 형님 노릇을 하며 돌봐준 소년도 있었다.

그렇게 나쁜 장난이 심한 아이들은 어른들을 앞지르는 일에 비뚤어진 충족감을 가지고 있었고, 때로는 조직적으로 금품을 빼앗는 일도 있었다. 바로 그런 시절에 지금처럼 모여서 신나게 나쁜 음모를 꾸미곤 했었다.

——뭐, 그러다가 실패하는 바람에 마술사에게 잡혀서 죽을 뻔했지만…….

생각해보면 그것이 자간의 인생에서 최악의 전락(轉落)이자 전기(轉機)였다.

자간은 기적적으로 마술사에게 복수하는 데 성공했고 마술사로서의 힘과 재산을 손에 넣었다. 그 일이 없었다면 네피와 만나지 못했을 것이다.

불행한 과거이지만 바꿔서는 안 되는 과거이기도 하다.

만약 〈마왕〉 중 누군가가 인생을 다시 살 수 있는 마술을 개발하더라도 자간은 그럴 생각이 없었다. 아무리 과오와 치욕으로 가득한 인생이라도 그것들은 자신을 자신답게 해주는 필수불가결한 부품이고, 그렇기에 자간은 뒤돌아보지 않고 앞으로 나아갈 수 있었기 때문이다.

그런 그리운 추억에 젖어 있는데, 무심코 손에 들고 있던 양피지에 〈봉서〉로서 투영되고 말았다.

나타난 것은 지저분한 몰골을 한 소년소녀. 발바로스와 고메리도 의아한 표정을 지었다.

“이건 뭐지? 더러운 꼬맹이들이 나타났잖아?”

“앗…….”

자간은 양피지를 마구 구기려다가 멈췄다.

“그리운 얼굴을 봤군. 내가 마술사가 되기 전에 나를 돌봐줬던 녀석들이다.”

〈봉서〉 안에 비춰진 것은 세 소년소녀다.

한 명은 자간. 두 번째는 소년인데 열넷에서 열다섯 살 정도. 마지막 한 명은 소녀로 10살 남짓해 보인다. 당시의 자간은 여덟 살로, **소매치기**와 노상강도짓도 아직 제대로 못해서 굶어죽을 지경이었다. 그런 자신에게 빵을 나눠준 아이들이다.

소년은 자간에게 부랑아로서 싸우는 법을 가르쳐줬고 소녀는 글을 읽을 수 있어서 그림책을 읽어주었다. 자간이 마술사가 될 수 있있던 것도 그들에게 글을 읽고 쓰는 법을 배운 덕분이다. 여러 의미에서 은인인 셈이다.

지금은 얼굴도 제대로 기억나지 않았지만, 이렇게 마술에 의해 재현된 얼굴을 보니 역시 그리웠다.

생각해보면, 그들의 기억이 있었기 때문에 자간은 자신을 습격한 포레에게 스프를 주었고 양녀로 맞이할 생각을 할 수 있었다.

고메리가 의아하다는 듯 말한다.

"나의 왕을 돌봐줬다는 건, 이 녀석들도 마술사라는 뜻인가?"

"그렇게 보이나? 평범한 부랑아 동료다. 훌쩍 나타났다가 훌쩍 사라지는 녀석도 있어서 이렇게 셋이 다 모인 건 꽤나 드문 일이었지. 실제로는 어떤 녀석들이었는지 나도 잘 모르지만."

그렇게 말했다가 문득 생각한다.

——그 녀석들, 아직 살아 있을까?

자간이 실수를 저지른 계획 때, 그들은 없었다. 당시의 마술사인 안드라스에게 죽임을 당하진 않았겠지만, 당시의 자신들은 언제 어디에서 객사해도 이상하지 않은 생활을 하고 있었다.

살아 있다면 모두 20대가 되었을 텐데, 과연 어떻게 변했을까.

시답잖은 추억 이야기일 텐데도 고메리와 발바로스는 이상하게도 〈봉서〉를 뚫어져라 바라보고 있었다.

"왜들 그러지?"

"아니, 이 녀석 말인데."

발바로스가 〈봉서〉 속에 있는 한 명을 가리킨다.

세 사람 중에서도 리더 격 존재였던 소년이다. 밤색 고수머리에 짙은 갈색 눈동자. 어디서 **슬쩍**했는지, 당장이라도 흘러내릴 것 같은 동그란 안경을 쓰고 있다.

안경은 마술 없이 시력을 교정할 수 있는 뛰어난 공예품이지만 고가의 물건이다. 부랑아라면, 시력을 되찾기보다 그날 먹을 밥을 구하기 위한 돈을 원하는 것이 일반적이다. 그런데도 그 안경을 팔지 않고 사용했던 걸 보면 누군가의 유품이었을지도 모른다.

발바로스는 그런 소년을 가리키며 예기치 못한 말을 했다.

"아무래도 이 녀석을 아는 것 같아."

"……뭐라고?"

생각지도 못한 대답에 자간이 눈을 동그랗게 뜨자, 고메리까지 고개를 끄덕인다.

"음……. 나도 왠지 안면이 있는 것 같단 말이지."

발바로스와 고메리 모두 마왕 후보에 이름이 오른 마술사다. 그들 모두가 안면이 있다는 건 그에 상응하는 인간이라는 뜻.

"이 녀석, 마술사가 되었나?"

"글쎄? 안면이 있는 것 같긴 하지만 착각일지도 모르고."

발바로스가 고개를 갸우뚱하자 고메리가 의아해하는 목소리로 말한다.

"〈연옥〉 한 명이라면 착각일 수도 있지만, 나 역시 기분 탓 정도로 치부할 정도의 기억은 있다. 게다가 왕의 은인이라니. 이건 우연일 수가 없어."

자기도 모르게 침묵.

발바로스가 자간을 바라보며 묻는다.

"이 녀석, 이름이 뭐지?"

"이름이라……. 뭐였더라……. 마르코……. 아니지. 마르크——그래, 마르크였어."

성은 모르고 본명인지 아닌지도 모르지만, 분명 그렇게 불렸다.

소녀 쪽은 스텔라. 이쪽 역시 갑자기 사라지곤 해서 그녀와 마

르크가 어떤 관계였는지도 잘 모른다.

——그러고 보니 내게 '자간'이라는 이름을 지어준 사람도 이 녀석이었던 것 같군.

그 외에도 소매치기하는 법, 싸우는 법 등, 딱히 얻을 것도 없으면서 많은 방법들을 가르쳐주었다. 당시의 자간이 어지간히도 불쌍하게 보였던 것이리라.

당연하다고 할까, 두 사람 다 소년의 이름과 관련해서는 짐작 가는 게 없었다. 뭐, 마술사가 되면 과거의 이름을 버리는 건 흔히 있는 일이다. 지금도 그 이름을 사용하고 있다는 법은 없다.

——이거 참, 바람을 쐬러 와서 이게 뭐지…….

독사 둥지라도 찾아낸 것 같은 기분이었다.

◇

"……배고파."

자간을 비롯한 세 사람이 나쁜 흉계를 꾸미느라 열을 올리고 있는 동안 포레는 심각한 목소리로 그런 말을 중얼거렸다. 점심을 먹은 지 얼마 지나지도 않았는데.

같이 모래 산을 만들어주고 있던 네피가 "어머, 어떡해"라며 눈을 동그랗게 뜬다.

"오랜만에 몸을 움직였으니 배가 고픈 것도 무리는 아니죠."

"점심밥도 잘 먹었는데."

"식욕이 있는 건 좋은 일이에요. 맞다. 그럼 같이 숲으로 먹을 것을 찾으러 가볼까요? 열매도 맺힌 모양이고요."

매력적인 제안이었지만, 포레는 고개를 옆으로 흔들었다.

"그런 걸로 해결될 수 있을 것 같지가 않아."

간식 먹고 싶다니 어쩌니 하는 차원의 문제가 아니라 사냥감을 포식하고 싶은 욕구다.

얼마나 심각한가 하면 얕은 물에서 신나게 헤엄치는 셀피를 보고 '저거, 먹어버리면 안 될까'라고 진지하게 고민할 정도다.

다른 인간이나 릴리스 같은 일반인은 아무리 봐도 먹고 싶다는 생각은 들지 않지만 인어인 셀피는 굳이 따지자면 어패류에 가깝다. 아마 그래서일 것이다.

——어떡하지. 자간의 말을 잘 들어서 **착한 아이**로 지냈어야 했는데.

원인으로 생각해볼 수 있는 건 아틀라스티아를 떠나면서 〈용식〉의 마력 제공률이 저하되었기 때문이리라. 이러고 있는 지금도 마력은 순조롭게 보급되고 있지만, 해저 도시의 방에 틀어박혀 있었을 때에 비하면 30퍼센트는 낮아졌다.

그리고 네피의 말대로 오랜만에 몸을 움직여서 단숨에 공복이 자극을 받은 것이기도 하리라. 분별력을 잃고 공격할 정도로 심각하진 않지만, 마음 편히 놀 수 있느냐 하면 그건 또 아니다.

예전에도 자간의 말을 듣지 않아서 큰일 날뻔했는데 똑같은 일을 다시 반복하게 될 것 같다.

가슴을 콕 찌르는 것 같은 아픔.

——흑룡은 과거의 싸움에서 싸움에서만 기쁨을 찾아낼 수 있

게 되었고, 결국 학살로 치닫게 된다——.

포레는 현룡의 딸인데도 흑룡이 되고 말았다.

이제 흑룡은 싫다.

다들 즐겁게 놀고 있는데. 역시 혼자 돌아가는 게 좋을까.

그런 생각을 하기 시작했을 때였다.

"네피, 오래 기다렸지?"

해변 한쪽 구석에서 고메리 일행과 **놀고 있던** 자간이 이쪽으로 돌아왔다. 마치 '어떤 훈련'을 한 것 같은 모습이다.

조금 전까지만 해도 네피의 얼굴……은커녕 모습조차 제대로 보지 못하는 것 같더니, 이제 극복한 걸까.

"앗, 크으윽……."

역시 안 되겠는 모양이다. 자꾸 눈을 피하고 싶어지는 걸 꾹 참고 있는 느낌이다.

——이것도 부끄러워하는 건가? 자간의 부끄럼이 악화된 걸까?

지난번에 자간에게 배운 '상대를 관찰'하는 것을 염두에 두고 그 본인을 뚫어져라 바라본다. 그래봤자 네피도 마찬가지로 새빨개진 귀로 시선을 가만히 두지 못하니 매한가지지만.

그게 수치심을 더 조장한 걸까, 자간은 '이래선 안 되지!'라고 말하듯이 눈을 부릅떴다.

"두, 두 사람 다, 그 수영복, 마뉴엘라가 준비해준 것 같은데 어떤가?"

"아, 네! 그게, 속옷 같아서 마음이 영 불안해요. 그래도……."

마찬가지로 네피 또한 마음을 단단히 먹었는지 모기 같은 목소리로 속삭인다.

"자간 님의 수영복은 근사한 것 같아요."

"……!"

그 반응은 예상하지 못했다는 듯 자간이 가슴을 누른다.

그래도 〈마왕〉은 무릎을 꿇지 않고 팔짱을 낀 채 일어났다.

"네, 네피의 수영복도 매력적이다. 너무 매력적이라서 똑바로 보지 못할 정도로 말이야!"

또 쓸데없는 한마디——아니, 이건 틀린 말이 아닌가——가 튀어나오자 자간은 머리를 싸매고 나가떨어졌다.

보기 드문 직구에 네피도 열에 들뜬 것처럼 얼굴이 새빨개졌지만, 아주 싫지만은 않은 듯 고개를 끄덕인다.

"가, 감사, 해요……."

그런 두 사람을 보고 있던 포레는 바로 직전까지 자신을 괴롭히던 거친 기분이 깨끗해지는 것을 느낄 수 있었다.

혹시 자간은 포레가 풀이 죽어 있는 것을 알고 이런 콩트를 준비한 게 아닌가 하는 추측을 하고 싶어진다. 그런 생각을 한 직후에는, 그런 재주가 있다면 네피와의 사이도 더 진전되었을 거라는 사실을 깨달았지만.

얼굴이 저절로 헤벌쭉해졌지만, 이 두 사람이 자신을 완전히 잊은 건 아닌지 조금 불안해진다. 그래서 괜한 심통을 부려본다.

"자간, 난?"

"음. 아주 귀엽다."

"……에헤헤."

자간이 머리를 쓰다듬어주자, 그만 어린아이 같은 웃음이 흘러나온다.

——애써 어른이 되려고 무리하지 않기로 했으니 이걸로 된 거겠지.

그러던 중, 네피가 문득 생각난 것처럼 말했다.

"자간 님, 포레가 배가 고프다는데 어떻게 할까요?"

"응? 아아, 역시 **부족**한가."

그 한마디에, 자간이 포레의 상태를 정확하게 파악하고 있다는 것을 알 수 있었다.

그는 곧장 발바로스와 성기사들을 불러들였다.

"릴리스, 이 근처에 대형 해양생물이 서식하는 해역은 없나?"

그 질문에 릴리스는 고개를 갸웃거린다.

"그야 있긴 한데, 무슨 일이야?"

자간은 검이라도 쥐는 것처럼 두 손을 앞으로 내민다.

"낚시라는 것을 해보고 싶어서 그래."

릴리스의 눈이 동그래졌다.

"낚시……라면, 물고기를 잡는 그거?"

"그래."

"음, 그런데 왜 해양생물?"

"마술사와 성기사들이 이렇게 한자리에 모여 있는데 평범한 낚시를 하면 재미 없다고 생각하지 않나?"

"생각하지 않아!"

릴리스는 반쯤 울먹이며 외쳤다.

"대형 해양생물을 잡아서 어쩌려고?!"

"운동도 되고 포레의 공복도 채워줄 수 있지. 온통 좋은 점만 있는 것 같은데?"

"이쪽은 대참사라고!"

새된 목소리로 외치는 새로운 가족을 곁눈질하며, 포레는 지난 보름 동안 막연히 느끼고 있던 불안이 녹는 것을 느낄 수 있었다.

——자간은 이번 외출에서도 나를 배려해줬어.

포레는 보름 전 사건에서 자신이 얼마나 많이 사랑받고 있는지 깨달았다.

자간을 곤란하게 만들고 나쁜 짓을 한 포레를, 그는 화도 내지 않고 용서해주고 받아들여 주었으며 도와주고 구해줬다.

보답 같은 건 바라지도 않고, 그저 포레가 무사하다는 사실을 진심으로 기뻐해줬다.

그렇게 많은 은총을 받았기에 불안감도 있었다.

——난 이렇게 형편없는 아이인데 어째서 이렇게 사랑해주는 걸까…….

어떻게 보답하면 좋을까.

약하고 작은 자신은 아무것도 줄 수 없는데.

참 무지하고 무의미한 고민이었다.

사랑을 받았다면 돌려줘야 하는 게 무엇인지는 이미 알고 있지 않은가.

"자간."

포레는 그 이름을 부른다.

"응?"

"고마워. 정말 좋아해."

그 말이 자연스럽게 입 밖으로 나왔다.

자간은 깜짝 놀란 듯 눈을 동그랗게 떴지만, 이내 고개를 끄덕이며 머리를 쓰다듬어 주었다.

"그래, 나도다."

분수에 맞는 힘을 키우자.

그리고 사랑하는 아빠와 엄마를 지키자.

그것이 포레 안에서 찾아낸 답이었다.

◇

"——흐음. 이 정도면 됐겠지."

무인도에서 조금 떨어진 바다 근방에 자간은 작은 배를 세웠다.

릴리스가 준비할 수 있었던 작은 배는 모두 여섯 척이었다. 한 척에 탈 수 있는 사람은 두 명이라, 2인 1조로 총 열두 명이 이곳에 있다.

구성은 자간과 네피, 포레와 네프테로스, 고메리와 릴리스, 샤스틸과 쿠로카, 리처드와 이름 모르는 성기사, 그리고 발바로스와 셀피로 이루어진 기묘한 콤비다. 각각 마주 보는 형태로 앉았다.

딱 한 명, 혼자 남은 가여운 성기사가 있지만 그 사람은 해변에서 심판을 맡기로 했다.

"자간 님. 낚시는 처음 하는 거라서 긴장돼요."

낚싯대를 끌어안은 채 어쩔 줄 몰라 하는 네피는 오늘도 사랑스럽다.

——드디어! 네피의 모습을 봐도 시선을 돌리지 않을 수 있게 되었어!

아까 완성시킨 마술 〈봉서〉로 네피의 모습을 투영하던 변태적인 모습을 아무에게도 들키지 않도록 도망쳐 다니며 숨는 건 고통의 시간이었다. 실물이 곁에 있는데도 왜 그렇게 한심한 짓을 해야만 하는가.

어쨌든 그런 어리석은 시간 덕분에 네피의 옆에 있는 것 정도는 내성이 생겼다.

처음으로 낚싯대를 잡아보고 당황하는 네피를 슬쩍 쳐다본다.

평소에는 긴 소매 원피스에 가려져 있는 팔뚝과 허벅지가 훤하게 드러나는 바람에 백옥 같은 피부가 더없이 눈부시다. 게다가 중요 부위를 가린 순백의 수영복은 대담함 속에 청초함이 공존할 수 있음을 보여주고 있다. 본의는 아니지만 솔직히 마뉴엘라의 실력에는 감탄하지 않을 수 없다.

——여자들은 허리가 이렇게 가는 건가……. 쇄골과 목덜미도

예쁘네. 그렇지만 너무 노골적으로 쳐다보면 변태 같으니까 적당히 하자. 무엇보다 내 심장이 버텨내질 못하겠어!

……뭐, 실제로는 '그 모습을 힐끔힐끔 쳐다볼 수 있게 된' 정도지만.

생각해보면 네피의 맨살이 이 정도로 노출된 것을 보는 건 마뉴엘라가 이상한 옷을 입혔을 때 이후로는 처음이다. 그때는 너무 당황해서 제대로 쳐다보지도 못했다. 그런 주제에 수영복을 입은 사랑스러운 소녀와 단둘이 보트 위에 있는 상황을 과연 버텨낼 수 있을까?

——그렇지 않아. 이건 시련이 아니다. 지복(至福)의 한때야.

조금 흥분한 나머지 기쁨과 고통이 마구 뒤섞이기는 했지만, 이것은 사랑하는 소녀를 독점할 수 있는 더없이 사치스러운 시간이 아닌가.

간신히 그 사실을 자각할 수 있을 정도로는 마음이 진정되었다.

그래서 자간은 그리운 듯 웃는다.

"훗, 걱정하지 마라, 네피. 난 옛날에 물고기 정도는 맨손으로 잡아서 사냥했을 정도다. 그렇게 어렵지 않아."

큐아노에이데스는 운하 도시이다.

그렇지만 상업 도시이기도 하다. 운하를 오가는 건 상선뿐이고 그리 아름다운 운하도 아니었지만, 물고기 정도는 서식하고 있다.

자간은 부랑아 시절, 굶주림을 참다못해 운하로 뛰어들어서 시체인 척 하다가 먹이로 착각하고 다가온 물고기를 포획해서 먹은 적도 있었다. 그런 일을 당당하게 이야기하자 주위 몇몇 사람들은 눈물을 글썽였지만, 자간은 알아차리지 못했다.

자간과 네피가 그런 대화를 나누기 시작한 탓일까, 다른 보트에서도 속닥속닥 대화가 시작된다.

"네프테로스, 커다란 놈을 잡아서 열심히 먹을 거야."

"뭐야, 우리가 지금 네 간식을 잡기 위해 모인 거야?"

포레의 한마디에 네프테로스는 당혹스러워하며 말했지만 그리 싫지만은 않은 눈치다.

"어쩔 수 없지. 커다란 놈으로 잡아줄 테니까 기대하고 있어."

벌써부터 낚싯대를 꽉 쥐고 의기양양한 미소를 짓고 있었다.

……낚싯대를 휘두를 때 낚시 바늘이 다른 보트에 있는 발바로스의 머리카락에 걸렸지만 뭐, 처제가 기뻐하고 있으니 그런 건 사소한 문제다.

"키히히, 아름다운 몽마 아가씨와 동석할 수 있다니, 이런 행운이 또 있을까. 역시 목숨을 걸고 여기까지 온 보람이 있었어."

"흐흠, 역시 왕의 부하라서 그런지 도리를 잘 알고 있네. 상으로 멋진 악몽을 꾸게 해줄게."

릴리스가 우쭐해져서는 납작한 가슴을 쑥 내밀자, 고메리가 자애로운 어머니 같은 미소를 짓는다.

"왕이여! 내가 이기면 만족할 때까지 릴리스 아가씨를 사랑으로 휘두를 수 있는 권리를 얻고 싶은데, 그래도 괜찮겠지?"

"아—……. 뭐, 괜찮지 않을까?"

"……응?"

자간은 아무래도 상관없다는 듯 고개를 끄덕였다. 릴리스는 '사랑으로 휘두른다'는 말의 의미를 이해하지 못하는 것 같았지만, 그래도 불온한 기운은 느껴졌는지 딱딱하게 굳었다.

뭐, 다소 심적인 외상을 입을 수는 있지만 목숨에는 지장이 없을 것이다. 오히려 고메리가 말하는 '사랑으로 휘두른다'는 건 릴리스와 궁합이 잘 맞지 않을까 하는 생각도 든다.

——그래도 이상한 취향은 배우지 않아야 할 텐데.

하지만 자간의 부하가 된 이상, 저 노파에게는 익숙해지는 수밖에 없다. 자간도 어떻게 하지 못했다. 달리 살아남을 수 있는 방법은 없다.

한숨을 꾹 참고 있는데 어디선가 비명이 들린다.

"샤, 샤스틸 님! 이 배, 물이 새고 있는 것 같아요!"

"히익, 어째서? 탈 때는 아무렇지도 않았는데!"

딱 한 척만 낡아 있었던 걸까. 쿠로카와 샤스틸이 필사적으로 손으로 물을 퍼서 밖으로 퍼내고 있었다.

아무래도 샤스틸의 덜렁이 체질과 쿠로카의 불운 체질이 묘하게 공명하고 있는 것처럼 보인다. 즉 덜렁이+불운이 아니라, 덜렁이×불운……. 두 배가 아니라 2승이다. 저러다 정말 큰일이 날 것 같았다.

"……저 조합을 허락한 건 실수였는지도 몰라."

뭐, 쿠로카에게 샤스틸 옆에 있어달라고 부탁한 게 원인이지만.

"자간 님, 도와줘도 될까요……?"

"부탁하마. 시작하기도 전에 가라앉는 건 가여우니까."

신부의 '못 본 척할 수 없다'는 호소에 자간도 침통하게 고개를 끄덕였다.

네피는 보트에서 몸을 살짝 내밀더니 수면에 손을 대고 무언가 중얼거린다.

"고목의 요정들이여, 도와주렴."

그러자 샤스틸의 보트가 **웅성거렸다**.

"으앗, 이번에는 뭐지?"

샤스틸과 쿠로카가 탄 보트가 이끼에 뒤덮이는가 싶더니, 여기저기서 나뭇가지와 잎이 자라기 시작했다. 보트의 목재에 활력을 불어넣어서 침수를 막은 것 같다. 한 척만 녹색 보트가 되어버렸지만 그건 사소한 문제다.

"네피가 도와준 거야? 고마워. 역시 친구가 좋구나."

네피가 도와준 것을 알아차린 샤스틸과 쿠로카가 감사의 인사를 건넨다.

덜렁이의 배가 안정을 되찾자, 이번에는 리처드의 보트가 가까이 다가왔다.

"〈마왕〉님, 저도 부탁이 있습니다."

지금 곧 사지로 가는 사람처럼 비장한 표정이었다. 자간도 진지하게 응한다.

"흐음. 말해봐."

다음 이야기를 재촉하자, 리처드는 심호흡을 작게 한 후에 눈을 커다랗게 뜨고 말했다.

"제가 이긴다면 네프테로스 님에게 구애하는 것을 허락해 주십시오!"

직설적인 말에 자간도 감탄했다.

"호오……. 좋다. 네 힘을 한번 보여다오. 결과에 따라 말을 거는 것 정도는 허락해주지. 처제가 수락할지 어떨지는 모르겠다만."

"네! 최선을 다하겠습니다."

——좋은 녀석이긴 한데…….

그냥 평범한 농부라면 아마 자간도 별다른 불만은 없었을 것이다. 자신의 비호 아래 두면 되니까.

하지만 이 리처드라는 남자는 성기사다.

그것도 뛰어난 자질을 갖추고 있으며 아주 신사적이라고 할 수 있다. 네프테로스와 민중을 지키기 위해 목숨을 걸고 싸울 사람이고 그래서——언젠가 반드시 목숨을 잃게 될 것이다.

어쨌든 이 남자가 사랑에 애를 타우는 대상은 네프테로스다. 자간의 비호 아래 있더라도 결국 비프론스는 '서약의 마술'을 깨고 다시 그녀를 노릴 것이다. 그렇지 않더라도 우수한 성기사일수록 가장 먼저 마술사의 공격의 대상이 된다.

즉, 위험 한가운데에 있는데도 자간은 비호해주지 못한다.

성기사 입장에서는 〈마왕〉의 비호 따윈 사절이겠지만, 그렇다면 자력으로 살아남을 수 있을 정도로 강하지 않으면 안 된다.

만약 네프테로스가 그의 구애를 받아들여서 사랑에 빠지게 되더라도 반드시 그를 잃게 될 테니 말이다.

그 앞에 기다리고 있는 것은 아버지를 잃은 포레의 복수이고 비호해야 할 동포를 잃은 오리아스의 절망이며, 라파엘을 잃은 쿠로카의 폭주이다.

안 그래도 네피의 복제라는 탄생 배경을 가진 네프테로스에게 더 이상 무거운 짐을 지우고 싶지도 않다. 최소한 **자간이 어루만져도 죽지 않을** 정도의 힘은 가지고 있어줘야만 한다. 성검이라도 가지고 있다면 이야기는 달라지지만.

——그렇지만 지금 네프테로스를 보면 가망이 없다고 할까, 잘 모르는 느낌이란 말이지.

그러니 일단 네프테로스에게 구애를 할 자격이 있는 정도는 알아봐도 괜찮을 것이다. 뭐, 배짱은 있으니 앞으로의 전망에 따라 달라진다고 할 수 있겠지.

그러고 있는데, 저 멀리서 시끄러운 목소리가 들려왔다.

"발바로스 씨, 자간 씨의 친구죠? 가끔 성에서 보긴 했는데 이렇게 대화를 나누는 건 처음이네요. 잘 부탁해요!"

"아……? 뭐, 그러지."

"릴리스 짱과 쿠로카 짱 모두 금방 뽑혀서 저 혼자만 남게 되는 줄 알았거든요! 이렇게 같이 타줘서 고맙습니다."

"……아니, 뭐, 음. 그래."

"커다란 물고기를 잔뜩 잡아서 샤스틸 씨에게 멋진 모습을 보여주자고요!"

"어, 어이, 잠깐. 너 어떻게 그걸 알고——. ……아니, 무슨 소리야? 왜 내가 그 덜렁이에게."

이럴 리 없다고 말하는 것처럼 발바로스의 표정은 어두웠다.

——저 자식, 도대체 왜 샤스틸과 같이 타지 않은 거지?

사과하기에 절호의 기회일 텐데…….

하긴 같이 보트를 타자고 말할 기회를 살피며 우물쭈물하다가 남겨져서 결국 남은 사람들끼리 보트를 타게 된 것이겠지. 자기만 아는 이 남자가 이렇게까지 서툴게 굴게 될 줄은 자간도 예상하지 못했다.

저마다 대화를 나누던 참가자들이 자간이 헛기침을 한 번 하자 조용해진다.

“그럼 규칙을 설명하겠다.”

바다 위이다 보니 바람 소리 때문에 목소리가 잘 전달되지 않는다. 자간은 마술을 이용해서 각각의 보트에 목소리를 전달하며 이야기를 시작한다.

“모두 낚싯대는 다 받았겠지?”

즉흥적이긴 하지만 자간은 특별한 낚싯대를 준비했다. 그 낚싯대가 모두의 손에 있는 것을 확인하고 말을 이어간다.

“이 낚싯대의 낚싯줄은 용(포레)의 체모이고 대 부분에는 네피와 네프테로스가 부러지지 않도록 신령 언어를 새겨두었다. 바늘에는 〈마왕〉이 매료의 마술을 걸어서 마력이 강한 생물일수록 잘 걸려들도록 해뒀다.”

물론 낚시 미끼가 없어도 달려들도록 말이다.

다들 웅성거린다.

“엇, 잠깐만. 그건 성유물이나 성검급의 도구잖아…….” “용과 엘프와 〈마왕〉이 왜 낚싯대 같은 걸 만들고 있어?” “마력과 기술을 이렇게 낭비하는 건 처음 봤어.”

대다수가 한탄하는 목소리였지만 지금은 아무래도 상관없다.

“그런데 이걸로 닥치는 대로 잡으면 이 해역의 생물들이 사멸할 거라는 항의가 들어왔다. 따라서 한 명당 하나씩만 잡을 수 있다. 한 번의 기회에 얼마나 큰 놈을 낚을 수 있는지 겨뤄보는 거지.”

그렇게 설명하고 릴리스에게로 시선을 주자, 그래도 대참사라는 듯 얼굴을 가린 채 털썩 주저앉아 있었다.

“도대체 뭘 잡을 생각이냐구? **얼마나 큰 걸** 잡을 생각이야? ”

“릴리스 짱, 고생이 많네. 바다까지 신경 써야 하다니.”

“세이렌과 이 해역이잖아? 왜 남 일처럼 말하는 거야?”

“난 가출 중이잖아.”

뻔뻔하게 큰 소리로 웃는 셀피를 보자 릴리스도 안타깝다는 듯 가슴을 부여잡았다. ……나중에 달달한 거라도 주면서 위로해 줘야겠다.

그때, 네프케로스가 손을 든다.

“저기, 한 번에 여러 마리를 낚으면 어떻게 하지?”

“오, 그것도 그렇군. 음, 그럴 경우에도 낚은 것 중에 제일 큰 녀석을——.”

“잠깐 기다려. 왜 한 번에 여러 마리나 낚을 수 있는 경우가 생기는 거야? 낚시잖아? 낚싯대로 낚는 거 아니야?”

눈물을 글썽이며 외치는 릴리스였지만, 불행하게도 그 점에 의문을 느끼는 사람은 그녀 혼자였다.

“왜냐니, 용의 체모는 늘어나니까 그렇지. 요령만 익히면 한꺼번에 잡아들이는 것 정도는 간단히 할 수 있잖아?”

자간이 별일 아니라는 듯 낚싯대를 휘두르자 윙, 윙, 윙, 하고 바람을 가르는 소리와 함께 고리 몇 개가 만들어졌다.

"그게 아니더라도 〈마왕〉의 낚싯바늘이 달려 있어서 한꺼번에 관통시킬 수 있지."

발바로스가 낚싯대를 아래로 휘두르자 마술의 일격이라도 맞은 것처럼 바다가 둘로 갈라졌다. 아마 성기사가 휘둘러도 바다 바닥까지 꿰뚫을 수 있을 것이다.

"오, 그런 식으로 사용할 수도 있군요."

"마술사들에게 뒤처질 순 없다. 우리도 하자, 리처드."

상식인이라고 생각했던 리처드 일행까지 진지하게 검토하기 시작한다.

"……이젠 싫어. 꿈으로 돌아가고 싶어."

결국 릴리스는 무릎을 끌어안고 하염없이 울기 시작했다.

"이런, 울면 쓰나. 사랑스러운 얼굴이 흉해졌잖아. 나는 네가 웃는 얼굴이 보고 싶은데. 응?"

"고메리 언니……."

——이미 완전히 길들여졌군…….

왠지 심한 일이라도 저지르는 듯한 기분이 들기 시작했지만, 자간도 이대로 돌아갈 생각은 없었기 때문에 이야기를 이어갔다.

"우승자에게는……. 그래. 각자 원하는 게 있어 보이니, 내가 딱 하나 소원을 들어주도록 하지. 그리고 보트가 뒤집어지면 실격이다. 종료 시에 둘 중 한 사람이 바다에 빠진 경우도 마찬가지."

이 부분은 확실하게 해야 한다. 안 그랬다간 낚시가 끝날 즈음에 몇 명 정도는 행방불명이 되어 있을 것이다. 특히 덜렁이 콤비는 요주의다.

"이상이다. 질문 있나?"

한차례 설명을 마친 자간은 모두의 얼굴을 둘러보았다.

이의도 질문도 없는 것을 확인하자 소리 높여 선언했다.

"그럼 지금부터 낚시 대회를 개최하겠다!"

소원을 이루고 싶은 사람, 허세를 부리고 싶은 사람, 단순하게 배가 고픈 사람, 다양한 생각이 교차하는 가운데 그것은 조용히 시작되었다.

◇

"아무 일도 일어나지 않네요……."

낚시가 시작되자 보트들 사이의 거리가 벌어지면서 다른 사람들의 목소리도 들리지 않게 된다.

그 즈음 이상하다는 듯 중얼거린 사람은 네피였다.

아무리 좋은 낚싯대라도 드리우자마자 잡히는 건 아니다. 정확히는 그렇게 하면 대회가 순식간에 끝나기 때문에 자간도 그렇게 강력한 매료 마술은 걸지 않았다.

보트에는 낚싯대를 고정시킬 수 있는 장치도 있어서, 극단적으로 말하면 낚시감이 걸려들 때까지 낚싯대를 들고 있을 필요조차 없다. 네피가 그런 말을 하는 것도 당연하다.

다른 보트도 형편은 비슷한지, 낚싯대를 쥐고 초조한 표정을 짓고 있는 사람, 우승한 후의 일을 망상하며 기묘한 미소를 짓고 있는 사람, 느긋하게 하품을 하고 있는 사람, 표정은 제각각이지만 사냥감을 잡은 사람은 아직 없다.

자간은 흐뭇해져서 고개를 끄덕인다.

"원래 낚시라는 게 그런 거다. 말은 이렇게 해도 나 역시 낚싯대를 사용하는 건 처음이지만."

네피는 자신의 귀를 의심하듯 고개를 갸웃거렸다.

"어, 그렇지만 자간 님이 시체인 척 하면서 물고기를 유인한 건 물속……이었죠?"

"뭐, 그런 셈이지."

"호흡은 어떻게 하셨나요?"

가끔 그러다가 죽을 뻔도 했지만, 굳이 여기서 할 필요 없는 이야기다.

——솔직히 말해, **낚시**는 아사 직전의 최종 수단으로 차라리 그대로 물에 빠져 죽어버리면 좋겠다는 생각이 들 때만 했었고.

자간이 애매하게 얼버무리자 네피도 그제야 긴장이 풀린 것처럼 웃었다.

"낚시라는 건 이렇게 한가한 시간을 즐기는 일이군요."

"그래, 바로 그거다. 최근 들어 느긋하게 지낼 시간이 없었으니 가끔은 이런 것도 나쁘지 않잖아?"

"네. 너무 좋아요."

네피는 그렇게 대답하더니 마음을 다잡는 것처럼 입술을 앙다물었다.

"저기, 자간 님."

"응?"
"그……. 시, 실례 좀 할게요!"
그리고 보트는 작게 흔들렸다.

무슨 생각을 한 걸까, 네피는 용기를 쥐어짜내는 것처럼 자간의 옆으로 와서 앉았다.

"네, 네피?"
당황한 자간의 물음에 대답도 하지 않고 계속 머뭇머뭇, 하지만 망설임 없는 움직임으로 자간의 어깨에 기대는 네피.
투박한 팔과 가냘픈 어깨가 맞닿자 서로 움찔 몸을 떤다.
"……, ……."
네피는 이것이 최선인 듯 아무 말도 하지 않았지만 그 얼굴은 김이 피어오를 정도로 새빨갛게 달아올라 있었다.
——크으으, 네피가 먼저 이렇게 적극적으로 접촉해 오다니!
옆으로 오는 것만으로도 상당한 용기가 필요했을 텐데 이 정도로 애를 써주다니. 가슴속에서 뜨거운 무언가가 치밀어 올랐다.
생각해보면 처음 만났을 즈음에는 과거에 있었던 일 때문에 모든 것을 체념하기도 했었지만, 애당초 어떻게 다른 사람과 어울리면 되는지 그 방법을 모르는 것——뭐, 그 점에 관해서는 자간도 남 말을 할 처지는 아니지만——같았다.
그런 네피가 능동적으로 의지와 행동을 보여주게 되다니.
이 또한 서로의 마음을 명확하게 전하고 연인이라는 사이가 된

효과일까.

——연인! 그래. 우린 이제 연인이라고 불러도 되는 사이였지!

서로의 심장이 두근두근 큰 소리로 뛰고 있는 것이 느껴진다.

네피가 이렇게 용기를 쥐어짜내서 행동해줬는데 〈마왕〉 자간이 가만히 있을 수 없다.

부끄러워서 얼굴이 굳은 네피에게 자간도 살짝 머리를 기댔다.

침묵.

하지만 기분 좋은 침묵이다.

조용한 파도 소리가 메트로놈처럼 울려 퍼지고 있었다.

네피가 가만히 중얼거린다.

"파도 소리, 참 듣기 좋아요."

"음. 나쁘지 않군. 그래봤자 네피의 노랫소리보다는 못하지만."

"……쑥스럽게 왜 그러세요, 자간 님."

다시 귀가 새빨개진 네피가 고개를 숙인다. 그 바람에 새하얀 머리카락이 흘러내려서 자간의 팔을 살랑살랑 간질였다. 뭐라고 할까, 그것만으로도 하늘로 날아 올라갈 것 같은 기분이다.

개방적인 차림을 한 네피는 어마어마한 파괴력이 있지만, 자신 또한 반라 상태라서 감각이 예민해져 있다는 사실을 깨달았다.

——어라? 그렇다는 건 네피도 그렇다는 뜻인가?

그런 생각이 들자 갑자기 네피를 만지고 싶어진다.

귀와 목덜미는 옷을 입고 있어도 민감한 부분이다. 그곳은 피하고 어깨……. 아니, 차라리 허리를 안아보는 건 어떨까.

——아니지, 그건 아직 일러!

간신히 수영복 입은 모습을 똑바로 볼 수 있게 되었다. 조금 더 무난한 부분이 아니면 용기 부족하다.

그러면 허벅지는 어떨까 생각했다가……. 그게 더 야한 느낌이 들어서 다시 고민한다.

그래도 만지고 싶다는 욕구는 점점 더 강해지기만 해서 고뇌에 빠져 있을 때였다.

"자, 자간 님! 낚싯대가 흔들리고 있어요!"

아무래도 낚시감이 걸려든 것 같다.

허둥지둥 낚싯대를 잡으려고 했지만 당황해서 잘 잡을 수가 없었다. 자간도 정신을 차리고 네피의 뒤에서 팔을 뻗어 낚싯대를 같이 잡아준다.

"괜찮아. 그대로 진정하고 끌어올려……, ――앗!"

함께 낚싯대를 잡아주긴 했지만 ,자간과 네피는 옆에 나란히 앉아 있었다. 결국 뒤에서 그녀를 끌어안는 듯한 모양새가 되고 말았다.

심지어 네피의 손을 위에서 겹치듯 잡고 있기까지 하다.

꽃처럼 달콤한 향기.

부드러운 머리카락이 뺨은 물론, 가슴과 배까지 간지럽히고 있다. 낚싯대 따윈 집어던지고 이대로 끌어안아도 괜찮지 않을까 하는 생각이 들었다.

"저, 저기, 자간 님, 어떻게 하면 되죠?"

네피의 당황한 목소리에 퍼뜩 정신을 차린다.

"어어, 그래, 이건 말이지……."

잠깐 고민하던 자간은 거드름을 피우듯 말한다.

"아무래도 제법 큰 놈이 걸린 것 같군. 힘껏 끌어당기면 줄이 끊어질지도 모르니까 천천히 끌어올리는 거다."

손에 전해지는 감촉을 보면 큰 녀석인 건 사실이지만, 낚싯줄은 용의 체모다. 작은 성 정도는 그냥 매달아도 아무 문제없을 정도이다.

――조금만 더 이렇게 안은 채로 있고 싶다.

가만히 생각해보니 오랜만에 둘만의 시간을 만끽할 수 있는 때이다. 이 행복을 조금 더 음미하더라도 아무 불만 없을 것이다.

그래도 네피가 최선을 다해 끌어당기다 보니 낚싯대에도 한계가 오기 시작했다.

낚싯줄과 낚싯대는 버티겠지만, 낚싯바늘이 빠져버릴 수도 있다. 네피가 처음으로 잡은 놈인데 이대로 놓치기는 너무 아깝다.

"좋아, 셋을 세고 끌어올리는 거다."

"아, 네!"

""하나, 둘, 셋!""

둘이서 낚싯대를 끌어올려서 보니, 낚싯줄 끝에 매달려 있는 건 황금색 물고기였다.

아니, 물고기라고 부르는 게 맞나? 뱀처럼 긴 몸통에 용 같은 수염. 그리고 무엇보다 거대하다. 밧줄처럼 휘감긴 몸통을 쭉 뻗으면 못해도 자간보다 세 배는 더 클 것이다.

――이 녀석, 보트에는 못 싣겠는데.

바다 속에서 공기 속으로 내던져진 그 녀석은 인간보다 훨씬 컸

다. 자간은 녀석이 바다로 도망치지 못하도록 마술을 걸어서 공중에 붙들어 둔다.

그리고 네피가 환호성을 지른다.

"——서, 성공이다! 자간 님, 보세요. 저도 낚시에 성공했어요!"

자간의 품 안에서 신나게 떠드는 네피의 피부와 머리카락, 가슴 등이 여러 곳에 닿는 바람에 그는 넘쳐흐르는 행복을 이기지 못하고 그대로 승천할 것만 같았다.

——그나저나, 네피가 이렇게 기뻐하는 모습은 오랜만에 보는 것 같군.

그래도 의식을 되찾고 고개를 끄덕인다.

"음, 아주 훌륭해. 게다가 이건 '해신의 사자'인가. 대어를 잡았어, 네피."

무게는 2~30킬로그램 정도 될까. 어린아이의 체중 정도 되지만 바다 속에서 끌어올렸을 때의 힘은 어마어마했다. 이 특별 제작한 낚싯대가 아니었다면 반대로 바다로 내동댕이쳐졌을지도 모른다.

네피는 자신의 손으로 처음 잡은 사냥감을 행복한 눈으로 바라보았다.

"너무 예뻐……. 이건, 물고기……인가요?"

엘프의 숨겨진 마을은 깊은 산중에 있었다. 네피가 처음 본 물고기가 큐아노에이데스의 시장에 있는 식용 생선이었으니 '해신의 사자'는 미지의 생물일 것이다.

"이것도 물고기다. 그것도 아주 상등품이지. 마술의 촉매로도 상당히 상위이고. 꽤나 깊은 바다 속에 살고 있는지 거의 모습을 볼 수 없는 것으로 유명하지. 그래서 가끔 시장에 나오면 금화 몇 백 닢이나 되는 가격이 책정되곤 해. 그리고 무엇보다 이렇게 큰 놈은 나도 처음 본다."

자간도 부랑아 시절에 그렇게 비싸게 팔리는 물건이라면 한번 훔쳐보자는 생각을 한 적도 있지만, 경비에 검을 가진 용병까지 동원한 것을 보고는 포기하고 말았다.

해신의 사자는 허공에 붙들린 채 파닥파닥 몸부림을 쳤다. 그 모습을 보니 왠지 셀피가 떠올라서 괜히 마음이 이상했지만 자간은 **심사원**에게 말을 건다.

"포레. 첫 번째 사냥감은 네피가 잡았다."

"——! 네피, 대단해!"

"……흐음. 제법이군."

"후후후. 포레가 기뻐해주니 저도 기뻐요."

포레와 네프테로스의 솔직한 칭찬에 네피도 수줍은 미소를 짓는다.

자간은 눈을 반짝거리는 포레를 향해서, 해신의 사자를 **집어 던진다**.

"자, 자간 님?"

"아, 잠깐——."

네피와 네프테로스는 당황해서 외쳤지만, 포레는 입을 크게 벌려서 해신의 사자를 덥석 물었다.

그리고 마치 파스타를 먹는 것처럼 볼이 미어터져라 그대로 삼켜 버린다.

"맛있어. 매끄러운 목넘김과는 반대로 진한 마력. 90점."

포레는 만족스럽게 채점을 한다. 이번이 처음이라서 이게 높은 점수인지 낮은 점수인지는 모르지만, 앞으로의 채점은 분명 네피가 기준이 될 것이다.

그런데 네피는 바들바들 떨고 있었다. 자세히 보니 눈가에 눈물까지 맺혀 있다.

"어, 어라……? 왜 그러지, 네피?"

"머, 먹, 먹어……버리는, 군요……."

기념할 만한 자신의 첫 어획물이 갑자기 잡아먹힐 줄은 몰랐던 모양이다. 있는 힘껏 미소를 지으려 하고 있지만, 샤스틸까지 눈물을 글썽거리고 있다.

——아뿔싸. 포레의 간식을 잡을 생각만 하느라 미처…….

이건 이것대로 사랑스럽지만, 적어도 모두의 낚시가 끝날 때까지 기다렸어야 했다.

……아니지, 그러면 공복 상태로 계속 기다리는 포레가 가엽지.

포레도 나쁜 짓을 했나 싶어 당황하고 있다. 그 순간 자간은 한 가지 생각이 퍼뜩 떠올랐다.

"——아! 맞다, 네피. 이걸 한번 봐라."

자간은 두 손으로 장방형을 만들더니 마력을 이용해 그곳에 허상을 만들어냈다. 아까 셋이서 만들었던 〈봉서〉다.

그곳에 조금 전에 잡은 해신의 사자를 비추자 네피의 표정도 조금 밝아진다.

"예전에 자간 님이 가르쳐주신 마술인가요?"

"맞아. 하지만 이건 거기에 개량을 더한 거다. 예전처럼 피사체를 선택하지 못하는 일도 없고 허공에 비춰낼 수도 있지."

네피는 "호오" 하고 한숨을 흘리더니 홀린 듯이 〈봉서〉를 바라보았다.

——다행이다. 기분이 좀 풀린 것 같군.

당황해서 어쩔 줄 몰라 하는 신부의 얼굴은 아주 좋아하지만, 슬퍼하는 얼굴은 가슴이 찢어질 것 같다.

자간이 가슴을 쓸어내리는데, 네피가 이번에는 깜짝 놀란 듯 몸을 딱딱하게 굳혔다.

뒤늦게 자간도 깨닫는다. 자간은 여전히 네피의 낚싯대를 쥐고 있었다. 즉, 계속 뒤에서 끌어안고 있었다.

"아, 이, 이건 말이다!"

허둥지둥 떨어지려고 하자 네피는 자간의 팔에 꼭 매달렸다.

"……조금 더, 이렇게 있어도, 될까요?"

개방적인 차림을 하고 있어서 그럴까, 네피는 오늘 상당히 적극적이었다.

자간도 흠 하고 헛기침을 하고 나서 다시 네피를 안았다.

"낚시감이 잡힐 때까지다?"

자간의 낚싯대에는 아직 아무것도 걸려들지 않았지만, 이대로 아무것도 낚지 못해도 괜찮다고 생각했다.

◇

네피가 첫 어획물을 낚아 올리고 얼마 지나지 않아, 다른 보트에서도 하나둘씩 환호성이 일어난다.

자간은 낚싯대를 쥔 채 멀리서 그런 모습을 바라본다.

"걸렸어, 리처드!"

"나도 알아! 그나저나, 힘이 어마어마해. 나까지 끌려들어갈 것 같아!"

"넌 혼자가 아니야. 반드시 이겨서 〈마왕〉에게 보수를 받아 와야지!"

"스티브, 너란 남자는……! 고맙다!"

리처드도 큰 놈을 낚았는지 파트너인 성기사와 둘이 힘을 모아 낚싯대를 잡아당기고 있다.

――한결같이 답답한 광경이지만, 저건 저것대로 즐거워 보이는군…….

저 텐션을 자간이나 네프테로스에게 요구하게 되면 곤란하지만 멀리서 보는 건 제법 재미있다.

그 외에도 고메리와 릴리스 팀도 사냥감을 잡았다.

"고메리 언니! 내 것도 입질이 왔어!"

"음! 몸을 앞으로 숙일 때 살짝 보이는 앞치마와 배 사이의 틈은 하나의 미의 완성형이군. 수영복에 앞치마! 이 조합을 생각해낸 네 조부는 천재다."

"그, 그런, 설마 할아버님이……! 그런데 언니, 도와주지 않을 거야?"

"위험해지면 도와주마. 하지만 네겐 아직 힘이 남아 있잖아. 나를 위해 노력하는 모습을 감상할 수 있게 해주겠니?"

"……어라? 혹시 나, 속은 거야?"

자간은 그런 릴리스가 가여워서 고개를 돌렸다.

——아아……. 드디어 깨달았나.

릴리스는 얼굴을 굳혔지만, 사냥감이 걸린 낚싯대를 집어 던지지도 못하고……. 아니, 애당초 단둘이 있는 보트에서 도망칠 곳은 없으니 계속해서 고메리의 노골적인 시선에 노출되어 있었다.

포레와 네프테로스 팀 같은 경우는 네프테로스에게 사냥감이 걸려들었다.

"걸렸어! 이걸 잡아당기면 되는 거지?"

"네프테로스 파이팅!"

갈색 피부에 하얀 수영복을 매치한 눈부신 모습을 한 네프테로스의 팔다리에 마력의 빛이 휘감긴다.

그녀는 네피와 똑같은 하이 엘프인 동시에 마술사로서도 뛰어난 실력을 갖추고 있다. 마력으로 팔다리의 근력을 강화시켜 단숨에 사냥감을 들어 올렸다.

"성공이다!"

네프테로스가 잡은 것은, 용과 비슷한 모습의 작은 물고기였다.

"……뭐야, 이게. 작잖아."

"네프테로스, 이거 맛있을 것 같아. 먹어도 돼?"

"응."

네프테로스는 낙담한 표정을 지으면서 용처럼 생긴 물고기를 포레에게 건넸다.

포레는 물고기를 아까 그 해신의 사자처럼 그대로 한입에 삼켜 버렸다.

"――! 농후한 단맛에 넘쳐흐르는 마력. 네피가 만든 푸딩 같아. 93점."

"어, 그렇게 작은데?"

"작지만 마력이 엄청났거든. 게다가 맛도 있고. 하나 더 먹고 싶은데."

아무래도 크다고 득점이 높은 건 아닌가 보다.

네피보다 더 많은 득점을 한 네프테로스는 자랑스럽게 가슴을 편다. 그리고 네피를 향해 손가락으로 V자를 만들어 보였다.

"자간 님, 기뻐하는 네프테로스의 모습이 너무 귀여워요."

"네 동생이니 귀여운 건 당연하지."

자간과 네피는 웃는 얼굴로 손을 흔들어 보이며 그런 대화를 나누었지만, 거리가 있어서 네프테로스의 귀에는 들리지 않았다.

네프테로스는 다시 낚싯대를 잡았다.

"저기, 형부. 득점이 되지 않더라도 낚시를 해선 안 되는 건 아니지? 계속 낚시를 해도 되지?"

"그래, 적당히 하도록 해."

포획을 남발하면 릴리스가 다시 머리를 싸매게 되겠지만, 포레에게 간식으로 주기 위해 두세 마리 정도는 괜찮을 것이다.

자간이 그렇게 대꾸하자 포레가 네프테로스를 끌어안았다.

"고마워. 네프테로스, 정말 좋아해."

"……나 참. 어쩔 수 없지."

여기저기서 성과를 올리고 있는 가운데, 낚여들 기미 하나 없이 침묵을 지키고 있는 건 발바로스와 셀피 팀이었다.

"발바로스 씨, 그렇게 음울한 분위기를 풍기고 있으면 물고기들도 다 도망간단 말이에요!"

"체, 왜 내가 이렇게 시답잖은 짓에 같이 어울려줘야 하냐고!"

"에, 샤스틸 씨와 화해하기 위해 그런 것 아니었어요?"

"내, 내가 왜 덜렁이와 화해를……, 이 아니라! 네가 어떻게!"

자간과 네피는 얼굴을 가린다.

――지금의 너야말로 덜렁이다, 발바로스…….

계속해서 동요를 감추지 못하는 발바로스를 보고 셀피는 철없이 웃는다.

"괜찮아요. 발바로스 씨는 자간 씨와 싸움을 할 수 있을 정도로 대단한 마술사잖아요? 반드시 커다란 놈을 잡을 수 있을 거예요!"

"……이 근방은 너희 해역 아니었냐? 마술사가 황폐하게 만들어놔도 돼?"

"아하하, 전 어려운 건 잘 모르거든요. 릴리스 짱이 괜찮다고 했으면 분명 괜찮을 거예요."

실제로 릴리스 짱은 괜찮다는 말은 한마디도 하지 않았다……고 할까, 휘둘리고 있는 것뿐이지만, 불행하게도 소꿉친구는 그 점을 인식하지 못했다.

――이 녀석들, 진짜 친구 맞나…….

철딱서니 없는 말이지만 조금은 마음이 편해졌는지, 발바로스는 마음을 다잡고 낚싯대를 잡았다.

"어이, 이 근방에서 제일 큰 놈은 뭐지?"

"글쎄요——. 아, 맞다. 이 해역이라면 용왕어(勇王魚, 아크 웨일) 할아버지가 있었지."

"아크 웨일……? 용어족(웨일)이라면 바다의 왕자를 말하는 거 맞지?"

용을 제외하면 현존하는 생물 중에서 세계 최대라 불리는 존재다. 일설에 의하면 오랜 용의 아종이 아닐까 하는 이야기도 있다.

"맞아요. 그 웨일족의 왕 같은 사람이에요. 물고기인데 말도 할 수 있고 쓰나미도 일으키고 하늘도 날 수 있죠. 저도 어렸을 때 등에 타본 적이 있어요."

"웨일족은 물고기가 아니지 않냐……? 그보다 지인을 잡아도 돼? 저 꼬맹이의 먹이가 된다고?"

도대체 이게 무슨 일일까. 셀피의 충격적인 말에 오히려 발바로스가 상식적인 사람으로 보이기 시작했다.

하지만 그래봤자 발바로스다. 의문을 품은 것 같긴 하지만 그런 일로 주저하는 남자가 아니다. 오히려 전의를 불태우며 낚싯줄을 드리운다.

"헤에, 좋아. 그 아크 웨일이라는 놈을 하나 낚아주지!"

"바로 그 마음가짐이에요! 아, 그런데 노린다고 잡을 수 있는 건가요?"

"넌 도대체 마술사를 뭐라고 생각하는 거냐? 즉, 마력이 제일 강한 놈에게 낚싯바늘을 처박아 넣으면 되는 거다. 한 발에 숨통을 끊어주지."

보아하니 물속에서 마력을 색적(索敵)할 수 있는 마술을 즉흥적으로 만들어낸 모양이다. 발바로스의 낚싯바늘은 알아서 방향을 바꿔 바다 속을 헤엄치는 것처럼 가라앉는다.

――저거 괜찮군. 나도 해볼까?

자간은 아직 아무것도 잡지 못했다. 발바로스를 흉내 내기는 별로 내키지 않지만 좋은 방법인 것 같긴 했다.

마침내 목표로 한 아크 웨일을 찾아낸 걸까, 친구 녀석의 얼굴에 확신의 미소가 떠올랐다.

"햐하하, 죽어라, 아크 웨일!"

발바로스가 사악한 미소를 지으며 낚싯대를 휘두른다. 그러자 바다 속을 탐색하기 위해 가라앉아 있던 낚싯바늘이 힘차게 움직이는가 싶더니, 어둡고 깊은 바다 밑바닥을 지나는 거대한 그림자를 붙잡았다.

"……어떠냐?"

손에 느낌이 온 걸까. 발바로스는 긴장이 배어나는 목소리로 말한다.

그 직후였다.

「보아아아아아아아아아아아아아아아아아아아아아아아아아아아!」

장절한 포효와 함께 해수면이 폭발했다.

발바로스와 셀피의 보트가 산산조각이 나며 날아가고 두 사람은 그대로 바다로 내동댕이쳐진다.

"앗, 이건 아니지."

발바로스는 자업자득이니 상관없지만 셀피는 저대로 해수면에 세게 내던져지면 죽을지도 모른다.

자간은 자신이 탄 보트가 뒤집어지지 않도록 제어하면서 살짝 손을 내밀었다. 즉흥적으로 마법진을 만들어내서 눈에 보이지 않는 마력으로 셀피를 받아낸다. 아까 해신의 사자를 공중에 붙들어 뒀던 마술의 변형이다.

발바로스는 머리부터 거꾸로 해수면에 돌진했지만 셀피는 부드럽게 착수했다.

커다란 파도가 퍼지자 두 사람과 멀리 떨어져 있던 다른 보트까지 크게 흔들린다.

"무슨 일이 일어난 거지?"

"배가 뒤집어지겠어, 조심해!"

그렇지만 이곳에 있는 건 유명한 마술사와 성기사뿐이다. 이 정도로 바다에 빠지는 사람은 아무도 없었다.

마침내 파도가 잠잠해지자, 머리 위에 떠 있는 것은 자간 일행이 지냈던 무인도 정도 되는 '무언가'였다.

네피가 위를 올려다보고 떨리는 목소리로 말한다.

"자, 자간 님, 저건 도대체……?"

"흐음. 아크 웨일이라는 생물이라고 한다. 셀피의 말을 듣자하니 인간의 언어를 이해할 정도의 지능과 마력을 가지고 있는 것 같다."

네피가 숨을 삼킨다.

"그건 즉……."

"그래. 마술 정도는 사용할 수 있겠지. 현재 하늘 위에 떠올라 있다."

역시 세계는 넓다. 류카온의 신기(神器)도 그렇고, 이곳을 방문해서 얻은 것이 참 많다.

하늘에 떠 있는 이 개체는 긴 세월을 살아온 건지, 머리 부분에는 녹색 이끼가 무성하고 암석 같은 여섯 개의 **지느러미**로 하늘을 휘젓는 것처럼 웅대하게 떠다니고 있었다.

머리 꼭대기에서는 새빨간 피가 분수처럼 솟구치고 있다.

발바로스의 낚싯바늘은 정확하게 아크 웨일을 직격한 것 같긴 한데…….

"어이, 이것도 낚은 걸로 칠 수 있지? 안 그래?"

발바로스는 질리지도 않고 주먹을 꽉 쥔 채 떠들어댄다.

그 옆에서 인어의 모습으로 돌아온 셀피가 고개를 갸웃거린다.

"네――? 보트가 없어졌으니 실격 아닌가요?"

다행이라고 할까, 멀리 날려간 발바로스와 셀피는 크게 다치진 않은 것 같았다. 오히려 한가하게 그런 말을 중얼거리고 있다.

불행인 건 그런 소동도 알아차리지 못한 채 정신없이 낚시에 열중하고 있던 덜렁이였다.

"성공이야, 쿠로카! 마침내 나한테도 걸려든 것 같아!"

"저기, 샤스틸 님……? 어째서인지 주위의 상황이 이상한 것 같은데요……?"

"응? 그러고 보니 낚싯줄이 위를 향해 뻗어 있는 것 같네……?"

그 끝을 눈으로 따라가 보니, 머리끝까지 화가 난 아크 웨일의 입과 이어져 있었다.

아무래도 발바로스와 셀피의 보트를 밀어 올릴 때 샤스틸의 낚싯바늘도 삼켜버린 모양이다. 그리고 실제로 낚싯바늘을 던진 발바로스는 이미 바다에 처박힌 상태다.

"어라……?"

그 광경은 마치 샤스틸이 아크 웨일을 잡은 것 같았다.

그녀들이 그 사실을 제대로 이해했는지는 확실하지 않지만, 자신들의 낚싯줄이 상당히 흉포한 생물과 이어져 있다는 것은 알고 있을 터였다. 샤스틸과 쿠로카의 얼굴이 굳었다.

그래도 이 소녀들은 막다른 곳에 몰렸을 때 강해진다.

평정을 가장하며 보트 위에서 일어나 의연하게 말했다.

"내 이름은 샤스틸 릴키비스트. 보아하니 당신은 유명한 바다의 주인인 것 같은데, 무례를 용서해주시오."

말은 통한 것 같다. 또랑또랑한 샤스틸의 말에 아크 웨일도 거대한 눈을 살짝 가느스름하게 뜬다.

이 상황을 수습해줄 수 있을 것 같은 샤스틸에게 기대어린 시선이 모인다.

하지만 잊어선 안 된다. 사생활에서는 비할 데 없이 눈치 없는 사람이 바로 이 소녀다.

"당신은 이곳에 있는 포레의 간식이 되어 주어야겠소!"

지옥 같은 고요가 펼쳐졌다.

웨일족의 표정은 조금 알기 어렵지만, 몇 백 년이나 살아오면서 이런 모욕을 당하기는 처음이라는 듯 부들부들 떨고 있는 것처럼 보였다.

이윽고 체모처럼 이빨이 늘어서 있는 커다란 입이 벌어진다.

「휴오오오오오오오오오오오오──.」

짧은 포효. 자간은 그것이 마술의 주문임을 알 수 있었다. 아크 웨일의 바로 밑에 있는 해수면에 광대한 마법진이 펼쳐진다.

──아, 큰일이군. 이 자식, 쓰나미를 일으킬 생각이다.

이곳에서 쓰나미가 일어나면 후방에 있는 무인도는 통째로 집어삼켜진다. 이 자리에 있는 사람들의 목숨 따위는 발바로스의 보트처럼 **먼지**에 지나지 않는다.

그런 종류의 힘에 관해서는 네피가 더 민감할지도 모른다.

"자간 님!"

"걱정하지 마라. 나도 알아."

자간은 즉시 아크 웨일의 마술을 '먹어'버리려고 하다가──역시 그만뒀다.

──뭐, 이 녀석 입장에서는 잘 지나가는데 느닷없이 얻어맞은 것도 모자라서 영문을 알 수 없는 매도까지 당한 셈이니까…….

그렇지만 부하들도 그렇고, 샤스틸을 비롯한 다른 사람들이 죽는 것도 곤란하기 때문에 절반만 '먹기'로 했다.

그 직후 아크 웨일의 마술이 발동, 해수면이 술렁거린다. 거대한 파도가 발생하자 그 자리에 남아 있던 보트 다섯 척은 잠깐도 버티지 못하고 그대로 집어삼켜졌다.

"""“와아아아아아?”""

여기저기서 비명이 울렸지만 그 역시 파도 소리에 묻혀 버린다.

그 순간, 자간은 아크 웨일이 경악으로 눈을 커다랗게 뜨는 것을 놓치지 않았다.

분명 파도는 일어났다. 보트 정도는 순식간에 뒤집어질 만큼 큰 파도다. 커다란 파도였다.

쓰나미는 지상에 도착하면 무너져 내린다. 단순한 충격뿐만 아니라 인지를 뛰어넘는 질량을 가지고 모든 것을 집어삼켜 버린다.

거기에 비하면 지금 일어난 높은 파도는 젖은 시트가 날아든 것에 지나지 않는다.

――가만히 받아줄 테니까 이 정도로 만족하도록 해.

시선만으로 호소한 그 말은 통한 걸까. 아크 웨일이 다음 마술을 만들어내지 않고 다시 바다 속으로 들어가는 모습이 보였다.

몇 분 후, 아까 그 무인도에 모두 무사히 도착했다.

“사, 살아 있는 건가, 우리 모두?”

“하, 하마터면 죽을 뻔했어…….”

“누가 좀 도와주세요――! 릴리스 짱이 숨을 쉬지 않아요!”

“앗, 내게 맡겨라. 잠든 미소녀를 깨우는 건 당연히 언니의 입맞춤 아니겠나?”

“……고메리 님, 자간 님이 곤란해질 일은 하지 않으실 거죠?”

“하지 않는다!”

“큭, 다들 미안하다. 내가 그런 것을 낚아 올리는 바람에……!”

"아——, 아니, 그건 내가……."

각자 서로의 무사함을 확인하는 것처럼 목소리를 높인다. 일단 행방불명이 되거나 다친 사람은 없는 모양이다. 릴리스가 숨을 쉬지 않느니 하는 말이 들린 것 같지만, 고메리와 네피도 있으니 괜찮을 것이다.

그렇다 치더라도, 아무리 아크 웨일이라도 대륙에서 유명한 마술사와 성기사가 고작 한 마리 야생동물을 상대로 이게 무슨 짓이란 말인가.

"후, 아하하하하!"

그렇게 생각하자 너무 웃겨서 자간은 소리 높여 웃었다.

네피가 의아한 듯 고개를 갸웃거린다.

"자간 님?"

"어렸을 때도 이런 물놀이를 해본 적은 없었다. 어이, 발바로스. 넌 언제까지 그 더워 보이는 로브를 입고 있을 생각이냐?"

그렇게 말하고 물을 끼얹는다.

하지만 다른 누구도 아닌 〈마왕〉이 끼얹는 물이다. 폭풍처럼 밀려든 바닷물에 발바로스는 뒤로 벌렁 나자빠졌다.

"무, 무슨 짓이야!"

"멍청하게 서 있으니까 그렇지."

덥수룩한 머리가 물에 흠뻑 젖으니 해초 같았다.

그러자 몇몇 사람이 웃음을 터뜨리고 또 다른 누군가가 물을 끼얹었다.

"푸하, 이 자식, 누구야!"

가만히 보니 두 손으로 물을 끼얹은 사람은 샤스틸이었다.

"하하하, 내 복수를 받아라!"

샤스틸도 화해를 할 계기를 찾고 있었던 게 분명하다.

발바로스도 뭔가 떨쳐낸 것처럼 웃으며 물을 끼얹었다.

"우쭐해하지 마, 이 덜렁이——갸아아아아아, 뭐야?"

샤스틸에게 물을 끼얹은 순간, 그 자리에 있는 성기사 모두가 총공격을 퍼부었다.

"이 괘씸한 마술사 놈이! 우리 샤스틸 님에게 달라붙다니, 용서할 수 없다!" "그림자 속에 살고 있으면 일련탁생(一蓮托生) 아닌가!" "죽여라!" "네. 알겠습니다."

저마다 험악한 말을 쏟아내며 죽어라 물을 끼얹는 성기사들. 그래봤자 세례 갑옷을 입은 사람이 없어서 살상력은 전무하지만, 그래도 여러 번이 한꺼번에 물을 끼얹으면 숨도 쉬기 힘들어진다.

거기에 빛나는 물체가 뒤섞여 있었다.

"어이! 칼을 던진 놈이 누구야!"

"에, 저인데요?"

초점이 맞지 않는 눈빛으로 태연하게 대답하는 쿠로카를 보고 다른 성기사들까지 할 말을 잃었다.

그런 소동을 유쾌하게 바라보고 있는데——.

"응……? 아니, 으으으응?"

자간의 얼굴이 딱딱하게 굳었다.

——어라? 잠깐, 하나, 둘, 셋…….

자신이 제정신인지 의심하는 것처럼 그 자리에 있는 사람들의 수를 세어본다. 발바로스가 더해졌으니 현재 이 무인도에는 열세 명의 남녀가 있어야 한다.

그런데…….

——역시 **열네 명**이야……?

어떻게 된 일인지, 발바로스에게 물을 끼얹는 성기사가 한 명 더 많았다.

그리고 누가 늘어났는지는 한눈에 알 수 있었다. 성기사 외에는 모두 자간이 아는 얼굴이니 당연하지만…….

——아니, 많다고 할까, 뭐지, '저것'은?

어쨌든 느닷없이 늘어난 침입자 때문에 이번 바캉스가 평온하게 끝나긴 글렀다는 것을 알 수 있었다.

샤스틸이 데리고 온 일반 성기사는 리처드를 포함해서 세 명이었다. 그런데 어느새 한 명 더 늘어나 있었다.

……솔직히 성기사의 얼굴 따윈 제대로 기억 못 하지만, 그래도 자간이 눈치채지 못한 사이에 이 섬에 침입했다는 뜻이 된다.

그건 분명 문제이지만, 자간을 당혹스럽게 만든 것은 그 침입자가 몸을 숨길 생각이 전혀 없어 보인다는 점이었다.

분명 성기사가 맞기는 한데 뭐라고 할까, 혼자만 따로 노는 느낌이다.

――저런 아저씨는 데리고 온 적이 없는데.

30세 전후 정도 될까. 훤히 드러난 팔뚝에는 오래된 흉터 몇 개가 있고 체격도 다른 성기사보다 두 배는 크다. 그 모습을 보면 온갖 산전수전을 다 겪었다는 것을 알 수 있다. 아마 리처드보다 몇 단 위, 어쩌면 샤스틸이나 라파엘보다 더 뛰어난 실력의 소유자인지도 모른다.

그렇게 방심할 수 없는 남자인데…….

무슨 이유에서인지 혼자만 세레 갑옷을 입고 있었다.

멀리서 봐도 갑옷 틈으로 모래가 들어와서 언짢아하고 있다는 것을 알 수 있다.

게다가 이 기온에 바다에 들어갔으니 갑옷 속에서 바닷물이 말라서 냄새도 심하게 나고 있을 것이다. 그런데도 다른 성기사들 사이에 섞여서 즐겁게 물장난을 치고 있다니. 살짝 때려주고 싶어졌다.

그리고 더 당혹스러운 점은…….

——**저 자식**, 태연하게 무슨 짓을 하고 있는 거지……?

뭐라고 할까, 그것은 자간이 아는 얼굴이었다.

그도 자간이 알아챘다는 사실을 알고 있을 텐데.

발바로스에게 물을 끼얹으면서도 빨리 '이 자식, 왜 네가 여기 있지?'라고 물어봐주기를 바라고 있다는 것이 강하게 느껴진다. 그래도 자간은 언짢은 표정만 지을 뿐, 아무 말도 하지 않았다.

분명 아는 사람이긴 하지만 엮이고 싶지 않았다.

그러고 있는 동안 결국 샤스틸도 이변을 깨달은 모양이다. 그녀의 얼굴이 굳었다.

"어……? 어라? 왜……."

"왜 그러십니까, 샤스틸 님?"

새로 늘어난 성기사는 시치미를 뗀 얼굴로 되묻는다.

"아니, 그게 문제가 아니라, 어째서 당신이 여기 있지——미하엘 님!"

그 말에 남자는 진심으로 안심한 것처럼 가슴을 쓸어내렸다.

"크으……. 역시 우리 성기사장의 홍일점, 샤스틸. 고마워! 그 말을 계속 기다리고 있었어."

덩치 큰 어른이 코를 훌쩍이며 고개를 끄덕인다.

그러자 다른 몇몇 사람들도 눈치를 챈 것 같았다. 성기사들은 깜짝 놀라서——그게 침입자가 나타났기 때문인지, 쩌죽을 것 같은 세례 갑옷을 입고 있어서 그런지는 확실하지 않지만——얼른 자세를 갖추고, 고메리와 발바로스는 예리한 경계심을 늦추지 않고 주위를 에워쌌다.

"도대체 어떻게? 예사 놈이 아니군."

"조심하도록 해라, 〈연옥〉. 이 자식, 언제 나타났는지 나도 몰라. ……뭐, 애당초 관심 가져줄 보람이 없는 지저분한 남자 따윈 따로 주의를 기울이지 않으면 눈에 보이지도 않지만."

"거기 있는 마인족 마술사, 너무 심하지 않아?"

남자는 어이없다는 듯 말하더니 자간을 향해 돌아섰다.

"그나저나 거기 있는 〈마왕〉님. 아까부터 나를 발견했으면서 왜 무시했지?"

"어째서 내가 네놈처럼 제발 좀 알아봐달라고 얼굴에 써놓은 놈을 상대해줘야 하는지 이해할 수 없다만……?"

적의를 담아 말하자, 남자는 항복했다는 듯 두 손을 들었다.

"어이, 어이, 난 비무장 상태로 〈마왕〉에게 싸움을 걸 정도로 멍청하진 않아."

"흐음. 비무장……이라."

남자의 허리춤에는 검이 채워져 있다. 게다가 평범한 검은 아니다. 그럼에도 불구하고 **비무장**이라고 하는 이유가 무엇인지 알기 위해 자간은 재빨리 머리를 가동시켰다.

남자는 부스럭거리며 세례복 사이로 손을 집어넣는다.

“오우, 비무장도 비무장. 내가 가지고 있는 건 사랑스러운 이 녀석뿐……. 아.”

그가 품에서 꺼낸 건 담배일까. 장방형의 작은 양철 상자였다. 꺼낸 순간, 바닷물이 뚝뚝 떨어진다.

담배란 특정 지역에서 재배되는 것인데, 흥분 작용이 있는 잎을 묶어서 돌돌 말아서 만든다. 그 연기를 마시면 고양감을 얻을 수 있다고 한다. 파이프와 달리 한 번 피우고 버리는 것이라고도 하고. 자간은 피워본 적이 없지만 최근 수십 년 사이에 유통되기 시작한 것으로 아주 고가의 물건이기도 하다.

“으아아……. 이거 꽤 비싼 녀석인데…….”

한탄하며 그대로 주저앉을 것 같았지만, 주위의 경멸어린 시선을 깨달은 모양이다.

남자는 종잡을 수 없는 태도를 계속 유지한다.

“다들 그렇게 화내지 마. 내가 여기 있는 건……. 뭐라고 해야 되나, 그래, 사고다.”

“……사고라고?”

자간이 마력을 담아 위압적으로 되묻자 남자는 히죽 웃으며 허리춤에 찬 대검을 두드렸다.

“그 전에 내 소개부터 하지. 난 미하엘 디크마이어——보다시피 교회의 성기사**장** 중 한 명이다. **처음 보는 사이지만** 잘 부탁하네, 〈마왕〉 자간.”

그가 처음 보는 사이라는 것을 강조하자, 자간은 흐음 하고 팔짱을 낀다.

——말을 맞추라는 건가.

솔직히 그래야 할 이유는 없다고 생각하지만…….

"그래, 왠지 들어본 기억이 있는 이름인 것 같군. 성기사장 미하엘 디크마이어. 성검 〈제라키엘〉의 소유자였던가?"

성기사장의 이름과 사용하는 성검은 예전에 라파엘에게 들어서 대충 파악하고 있다. 그리고 신중하게 한마디 더 덧붙인다.

"그리고 성기사장 필두인 기니어스 갤러해드를 제쳐두고 이렇게 불리고 있다고 들었다——**최강**의 성기사장——."

"하하, 무얼 그렇게 추켜세우나. 〈마왕〉이 기억해주다니 영광——앗."

쾅 하는 묵직한 소리와 함께 공간이 갈라졌다.

남자——미하엘과 자간 사이에서 모래사장이 갈라지자 작은 비명이 여기저기서 들린다.

"어이, 어이, 장난은 그만둬. 〈마왕〉에게 맞으면 대부분의 인간은 죽는다고."

"……흐음. 보아하니 진짜 성검인 것 같군."

어느새 미하엘의 손에는 대검 한 자루가 쥐어져 있었다.

성검이다.

자간이 경고도 없이 주먹을 내리꽂자 미하엘이 성검으로 그것을 튕겨내었다. 평소 발바로스를 때릴 때와 비슷한 강도의 힘이 실려 있었다. 평범한 검이라면 잠시도 버티지 못하고 부서졌을 것이다. 그런데도 부러지지 않은 것을 보면 성검은 진짜인가 보다.

그 점을 이해한 사람은 몇 명 정도 될까. 늘 그 주먹에 맞고 있는 발바로스는 이마에서 땀을 흘리며 신음을 흘린다.

"어이, 이 녀석, 자간의 주먹을 튕겨낸 거야?"

방어 자세도 취하지 않은 상태로 간단히 막아냈다. '직무 중'인 샤스틸이라도 가능할지 어떨지 장담할 수 없다. 역시 최강이라는 이름에 부끄럽지 않은 실력의 소유자인 것 같다.

그때 샤스틸이 끼어든다.

"스톱! 잠깐 기다려, 자간. 이 사람은 성기사장 미하엘 본인이 맞아. 게다가 이 사람은 공생파는 아니지만 호전파도 아니야. ……뭐라고 해야 되나, 중립파 비슷한 파벌에 속한 사람이지. 어쨌든 적은 아니야."

"흐음—……?"

적어도 샤스틸이 그렇게 단언할 정도로는 본인**답다**는 뜻이다.

그리고 샤스틸은 미하엘을 향해 돌아선다.

"미하엘 님, 왜 당신이 이곳에 있는지 설명을 해줘야겠는데."

"응? 뭐야, 연락 못 받았어? 널 도와주라면서 교회에서 나를 파견한 건데?"

샤스틸은 머리를 싸맨다.

"그럼 증원이라는 게 당신이라는 건가……."

"그래. 추기경 영감들이 가끔은 일 좀 하라더군."

"……일단 증원을 보내는 건 이해가 되는데 왜 이 섬에? 어떻게 온 거지?"

자간도 그 점은 이해가 되지 않았다.

뚫어져라 노려보자 미하엘은 어깨를 축 늘어뜨렸다.

"왜냐니, 그건 오히려 내가 묻고 싶다고. 폭풍도 아닌데 갑자기 커다란 파도에 집어삼켜져서 배는 가라앉고 목숨만 간신히 부지한 채 표류한 곳이 여기였거든. 너희야말로 왜 이런 곳에 있는 거지? 너희도 조난당했나?"

비통한 호소에 샤스틸 일행은 시선을 피했다.

——이 녀석, 아크 웨일이 일으킨 파도에 휘말렸나?

너무 한심하다는 건 알지만, 어디까지가 진심인지 모르기 때문에 진짜로 받아들이지도 농담으로 일소하지도 못한다.

미하엘은 슬픈 눈으로 바다를 바라보며 말한다.

"정신이 들어서 보니 이곳에 뻗어 있는데, 너희가 신나게 놀고 있는 게 보이더라고. 그래서 일단 그 사이에 섞여서 있다 보면 뭔가 알게 되지 않을까 한 거지……."

"사이에 섞여 있다니……. 배가 가라앉았다면 당신의 부하와 선원들은 어떻게 된 거지?"

"아아, 그 점은 걱정할 것 없어. 배에 타고 있던 사람은 나 혼자니까. 여러 사람이 있어야만 움직일 수 있는 커다란 배를 얻을 정도의 예산은 배정받지를 못해서."

"혼자?"

그 말에 샤스틸도 불신을 품은 것 같았다. 하지만 당사자는 주눅 든 기색 하나 없이 웃는다.

"당연하지. 〈마왕〉과 용이 여기저기 다니고 성기사장도 막지 못하는 사건이 일어나고 있잖아? 그런 곳에 일반인과 미래가 창창한 부하들을 어떻게 데리고 오냐?"

짓궂게 한쪽 눈을 감아 보이는 아저씨의 모습에 자간은 질렸다는 듯 한숨을 쉰다.

"대단한 자신감이군."

언뜻 보면 동료들을 아끼는 듯 말하고 있지만, 사실은 다른 성기사는 걸리적거리기만 할 뿐이라고 단언하면서 자기 혼자라면 다 해결할 수 있다는 식으로 말하고 있는 것이다.

자간은 해변 건너편을 가리킨다.

"그렇다면 아틀라스티아로 가도록 하지? 이곳에는 휴가를 즐기는 관광객밖에 없으니 말이야."

언짢은 표정을 감추지 않고 말하자 미하엘은 어깨를 으쓱였다.

"아니지, 조난당한 불쌍한 아저씨를 숨겨줄 정도로 다들 화도 내지 않고 귀찮아하지도 않는 것 같은데?"

"내가 귀찮아서 그런다. 그러니 어서 꺼져."

이렇게 이상한 아저씨가 있으면 네피를 비롯한 다른 사람들과 느긋하게 지내지 못한단 말이다.

살기를 담아 고하자 미하엘도 떨떠름한 모습으로 고개를 끄덕인다.

"예이, 예이. 알았다고. 일은 일이니까. ……그나저나 이런 말을 하는 것도 좀 그렇지만 부탁이 있는데."

"……뭐지?"

미하엘은 매우 난감한 표정을 짓더니 두 손의 검지로 바다 쪽을 가리켰다.

"작은 거라도 좋으니까 배를 좀 빌려줄 수 있을까?"

"……."

자간은 헤엄쳐서 돌아가라는 말을 꾹 눌러 삼킨 다음 한숨을 흘린다.

"어이, 릴리스. 이제 그만 일어나지?"

이렇게 옥신각신하고 있는 와중에도 릴리스는 치솟은 모래에 맞은 그대로 여전히 정신을 잃고 있었다. 일단 고메리를 비롯한 다른 사람들이 돌봐준 덕분에 생명에는 이상이 없는 것 같지만.

자간의 말에 그제야 릴리스도 머리를 흔들며 몸을 일으킨다.

"으으……? 무, 무슨 일이 일어……. 어라? 모르는 사람이 한 명 늘어났네?"

이제 막 깨어나서 상황을 제대로 이해하지 못하는 릴리스에게 자간이 일방적으로 고한다.

"그냥 조난당한 사람이다. 다시 돌려보낼 거니까 보트 하나만 좀 빌려줘."

"보트는 아까 그게 전부인데?"

자간은 해변에 흩어져 있는 나무 조각으로 시선을 준다. 아무리 마술을 사용하더라도 남아 있는 부분이 얼마 되지 않는 것을 복원하는 건 어렵다. 이 자리에 있는 마술사는 모두 그런 마술에는 별로 뛰어나지 못했다.

낚시 대회는 이대로 무승부가 되는 것인가.

"어쩔 수 없군. 그럼 이곳에 올 때 사용한 배를 빌려……, 어?"

부두를 돌아보자 그곳에 있어야 할 배가 사라지고 없었다. 그렇게 큰 건 아니지만 십여 명의 인원과 보트, 식량 등의 짐을 실을 수 있는 배였는데…….

——설마 파도에 휩쓸린 건가?

릴리스는 눈앞의 현실을 이해하고 싶지 않은 듯 눈을 비비더니 점점 새파랗게 질려간다. 그리고는 자간을 향해 딱딱하게 고개를 돌렸다.

"저기, 왕. 우리 어떻게 돌아가지?"

이렇게 해서 즐거운 바캉스는 느닷없이 무인도 서바이벌 생활로 변모하고 말았다.

◇

"——이야, 내가 입을 수영복까지 준비해주다니, 이거 미안해서 어쩌지."

미하엘은 모래투성이 갑옷을 씻으면서 미안한 기색 하나 없이 웃는다.

수영복 한 장만 입은 미하엘의 몸에는 무수히 많은 흉터가 새겨져 있었다. 마술에 의한 것인 게 분명했다. 화상 같은 흉터도 있고 칼에 의해 생긴 것 같은 흉터도 있다. 거기에 상응하는 수라장을 빠져나왔다는 증거였다.

미하엘의 말에 애매하게 고개를 끄덕인 릴리스가 쿠로카에게 묻는다.

"저기, 쿠로카. 이 사람, 진짜 유명한 성기사가 맞아?"

"글쎄요? 나는 면식이 없어서 잘……. 그래도 샤스틸 님이 그렇게 말씀하시니까 아마 맞지 않을까요?"

"우리 성에 있는 사람들도 죄다 얼굴은 무섭게 생겼지만 좋은 사람들 뿐인 걸 보면, 사람은 외모만으로 판단해선 안 되는 것 같지 않아?"

세 소꿉친구가 머리를 맞대고 소곤거리자 미하엘은 어흠 하고 헛기침을 한다.

"이런, 거기 있는 캐트 시 아가씨. 너도 교회의 사제지? 그런데도 성기사장의 이름도 못 외우다니, 신앙심이 부족한 것 아닌가?"

"죄송합니다. 교회에는 신세를 지고 있지만 저는 류카온 출신이라서 신앙심은 좀……."

"이거 참 통탄스럽군! 그래도 젊은 녀석들이라면 그 정도는 솔직해줘야지. 좋은 기회니까 이 아저씨와 신앙심에 대해 대화를 나눠보지 않으련?"

"……."

쿠로카가 아무 말 없이 특수 장치가 된 지팡이를 들고 꼬리의 털을 곤두세웠다.

――현재로선 저쪽은 별다른 문제는 없어 보이군.

자간이 진심으로 제거하려고 하지 않았기 때문에 고메리와 발바로스도 적이라고 인식하지 않는 것 같다. 자간 입장에서도 휴가

중에 더 이상의 문제는 일으키고 싶지 않았다.

그래서 일단 현재 처한 첫 번째 문제로 시선을 돌린다.

아크 웨일의 커다란 파도로 인해 보트뿐만 아니라 배까지 떠내려가고 말았다. 주위에 선박의 그림자는 보이지 않는다. 무인도에 완전히 고립된 셈이었다.

"역시 마술로 아틀라스티아까지 바다를 건너가는 건 쉽지 않을 것 같군."

당연히 물 위를 걷는 마술은 있지만, 배로 15분 이상 걸리는 거리를 가는 건 어렵다. 마력이 다 소진되고 말기 때문이다.

물론 〈마왕의 각인〉을 사용하면 마력은 충분하겠지만, 평소 그렇게 사용하기를 꺼려했는데 '조난당해서 사용했습니다'라는 건 자간도 조금 부끄러웠다. 게다가 발바로스의 '그림자'도 아틀라스티아의 결계에 가로막혀서 어렵다고 한다.

——차라리 아까 그 아크 웨일을 다시 한 번 잡아서 이동수단으로 사용할까?

자간이 끙끙거리는데, 네프테로스가 짝 하고 손뼉을 쳤다.

"그럼 수면을 얼려버리는 건 어때? 이곳은 기후가 조금 이상한 곳이지만 마술사가 여섯 명이나 있으면 아틀라스티아까지 충분히 다다를 거야."

"제발 부탁이니까 그러지 마! 계속 해역을 황폐하게 만들면 난 더 이상 이곳에 있지 못하게 된단 말이야!"

눈물을 글썽……거리는 게 아니라 이젠 아예 울기 시작한 릴리스를 보고 네프테로스는 아무 말도 하지 못했다.

"네프테로스 님, 릴리스가 스트레스를 너무 많이 받아서 쓰러질 것 같으니 다른 방법을 찾아보는 쪽이 좋을 것 같아요."

쿠로카도 탄원하자 네프테로스는 어깨를 으쓱였다.

"그냥 생각나서 말했을 뿐이지 딱히 진짜 하려는 건 아니야. ……그렇지만 울 것까진 없잖아? 자자, 같이 고민해줄 테니까 기운 내."

어쩔 수 없다는 듯 네프테로스가 머리를 쓰다듬어주자 릴리스도 조금 진정이 되었는지 코를 훌쩍인다.

"으흑, 고마워. 다정한 사람과 대화를 나눠보는 게 너무 오랜만인 것 같아……."

"……너도 참 고생이 많구나."

마술사는 모두 제대로 된 인생을 살아오지 못한 자의 말로다. 그런 자들에게 인간성을 기대해봤자 허무할 뿐이다.

서로 끌어안는 릴리스와 네프테로스를 보고 고메리가 환희의 표정을 지으며 주먹을 꽉 쥐었지만 그래도 분위기 파악을 하고 아무 말도 않고 가만히 있어줬다. 그 대신 숲으로 시선을 주며 중얼거린다.

"섬에 있는 나무를 베어서 뗏목이라도 만들어야 하는 건가?"

마술도 있고 성기사의 검도 있다. 마술을 사용하면 통나무를 고정하는 것도 그리 어려운 일은 아닌데…….

"뗏목이라면 못 만들 것도 없지만……."

"뭐어? 난 싫어. 귀찮아."

마술사라는 생물은 자신의 취향과 기호에 모든 의욕을 쏟아붓기 때문에 집 밖으로 나가고 싶어 하지 않는 성질이 있다. 흥미 없는 일은 아주 귀찮아하며 아무것도 하지 않는다.

네피와 만나기 전의 자간의 성이 그 좋은 예이다. 청소는커녕 고문 도구와 백골 사체가 여기저기 널려 있었으니 말이다.

그 말에 고메리도 어쩔 수 없다는 듯 고개를 끄덕인다.

"이해한다. 나 역시 모처럼 태양 아래에서 소녀들을 사랑해주고 있는데, 굳이 중노동까지 해가며 바다 밑으로 돌아갈 필요성은 느끼지 못하겠고."

그러자 이번에는 포레가 자간의 팔을 콕콕 찔러 댔다.

"자간. 나라면 아틀라스티아까지 날아갈 수 있어. 모두 다 태우는 건 무리지만 그쪽에 가서 배를 보내달라고 부탁하면 되잖아."

자간은 포레의 기특한 말에 눈시울이 뜨거워졌지만 고개를 옆으로 흔들었다.

"마음은 고맙지만, 안 돼. 넌 아직 요양 중이잖아? 네게 바람을 쐬게 해주려고 나왔는데 오히려 널 무리하게 하면 의미가 없어."

"……알았어."

포레는 기쁜 건지 불만스러운 건지 알 수 없는 표정을 지으며 고개를 끄덕였다.

——그래도 방금 나온 방법 중 몇 가지는 쓸 만한 것 같군.

즉, 어떻게 해도 돌아가지 못하는 건 아니라는 뜻이다. 아까 그 낚시 대회에서 제법 큰 녀석을 몇 개 획득했으니 포레의 공복도 당분간은 괜찮을 것이다.

자간은 모래사장에 벌렁 드러누웠다.

"연락이 끊어지면 아틀라스티아 쪽에서도 이변을 깨닫고 조만간 데리러 오겠지."

"자간, 그건 사건이 일어났을 경우의 약속이잖아……."

"사건이라면 이미 일어났으니 별 차이 없지 않나?"

샤스틸이 새파랗게 질린 얼굴로 항의의 목소리를 놓이자 자간은 아무렇지도 않게 넘어간다.

"내일 데리러 오는 사람이 없으면 뗏목을 만드는 것도 고려해보지. 식량 문제도 있으니까. 그때까지는 다들 예정대로 휴가를 즐기도록 해. 모처럼 **지금 당장 돌아가지 못하는** 이유가 생겼잖아."

그 말은 자간 일행이 아니라 성기사들을 향해 하는 말이었다.

리처드를 비롯한 성기사들은 깜짝 놀라 눈을 동그랗게 뜨더니 아무 말 없이 경례를 한다.

――성기사가 〈마왕〉에게 경례 같은 걸 하면 되냐?

다른 사람은 아무도 없으니 망정이지, 만약 교회에서 이랬다가는 그 자리에서 이단자 재판에 회부될 것이다. 미하엘은……. 뭐, 신경 쓰지 않아도 되겠지.

그래서 자간도 보고도 못 본 척했지만, 샤스틸은 의아한 얼굴로 중얼거렸다.

"꽤 침착하네."

"이런 일로 일일이 당황하는 왕은 그에 걸맞는 부하만 따르는 법이니까."

자간은 왕이기 때문에 그 어떤 때라도 당당하게 행동할 필요가 있다.

……라는 건 표면적인 이유이고, 사실은 딱히 소란을 피울 일도 아니니 계속 바캉스를 즐기고 싶기 때문이다.

——그도 그럴 것이 네피가 수영복을 입고 있다고! 왜 서둘러 돌아갈 필요가 있지?

애당초 자간이 열두 명의 〈마왕〉을 쓰러뜨리고 마신과 마족을 멸망시키고 교회까지 그 지배 아래 두기 위해 분투하고 있는 이유는 이런 느긋한 삶을 보내기 위해서다.

태양이 비치는 곳에서 그 누구의 괴롭힘도 당하지 않고 살아간다는 건 이런 삶이다.

뻔뻔할 정도로 유유자적하는 자간을 보고 다른 사람들도 진지하게 고민할 마음이 사라진 것일까. 잇달아 긴장을 풀고 각각 이 시간을 즐기기 시작한다.

그러고 있는데 릴리스가 무슨 말인가 하고 싶은 것처럼 자간을 쳐다보았다.

"왜 그러지? 어차피 너도 아틀라스티아에서는 여기저기 끌려 다니기만 했잖아? 신경 쓰지 말고 편히 쉬어."

"마, 마음은 고맙지만……."

"……? 무슨 일이라도 있나?"

릴리스는 말하기 곤란한 듯 부두를 가리킨다.

"아직 짐을 끌어올리는 중이었어. 아까 그 파도로 식량이 절반 정도 날아가는 바람에, 아무래도, 식량도 부족할 것 같은데……."

자간은 쓴웃음을 지었다.

"무인도에는 문제가 생길 수밖에 없는 건가. 뭐, 그렇다면 즐기면 되지."

그러더니 자간은 자리에서 일어나 두 손을 마주쳤다.

"어이, 다들 모여 봐. 문제가 발생했다."

말과는 반대로 조금도 곤란해하지 않는 자간의 모습에 마술사와 성기사들은 고개를 갸웃거리며 모여든다.

모두 모인 것을 확인한 자간은 목소리를 높여 외친다.

"저녁에 먹을 식량이 아까 그 파도에 다 떠내려가고 말았다. 다들 먹을 것을 구해 오도록."

그 명령에 불만을 표한 사람은 발바로스였다.

"웃기지 마! 내가 네 하인이냐? 게다가 그럴 바에는 차라리 바닷속으로 돌아가면 되잖아."

악당 마술사에게 동조하는 건 내키지 않지만, 이라는 얼굴로 성기사들도 고개를 끄덕인다.

그 반응을 예상했다는 듯 자간은 고개를 끄덕인다.

"아무 대가 없이 하라는 말은 안 했다. 아까 그 아크 웨일 때문에 낚시가 중단되었으니 그 뒤를 이어서 한다고 생각하면 돼."

"즉, 보수를 받을 수 있다는 뜻……?"

"그래. 가장 많이 가져온 녀석의 부탁을 무엇이든 하나 들어주도록 하지."

제일 먼저 주먹을 꽉 쥐고 반응한 사람은 고메리와 리처드였다.

――이 녀석들은 알기 쉬워서 도움이 된다니까.

그야 이 녀석들이 우승했을 경우가 조금 골치 아프긴 하지만, 그때는 그때다.

새로 참가한 미하엘도 재미있겠다는 듯 얼굴을 들이민다.

"어? 뭐야, 게임이라도 하는 거냐? 나도 끼워주라."

"시끄러. 넌 거기 있는 모래나 퍼먹고 있어."

"아저씨를 차별하면 못 쓰지."

슬픈 표정을 짓는 미하엘을 휙휙 쫓아내는 시늉을 하자, 낚시 대회에 참가하지 않고 해변에서 자리를 지키고 있던 성기사도 손을 든다.

"그건 다시 말해, 이번에는 우리에게도 같은 권리가 주어진다는 뜻인가?"

"당연하지. 난 마술사든 성기사든 나를 위해 일한 사람은 구분해서 나누지 않는다."

〈마왕〉의 대답에 성기사들이 쾌재를 부른다.

"좋아! 우리가 이겨서 저 악랄한 마술사를 샤스틸 님으로부터 떼어놓는 거다!" "지금 일어나지 않으면 성기사도 아니다!" "여기가 우리가 죽을 곳이다. 목숨을 걸어라!"

""에?""

샤스틸과 발바로스가 동시에 깜짝 놀라 외쳤다.

그리고 뻣뻣하게 굳어서 서로 마주 보더니 얼굴이 새빨개져서는 그대로 고개를 돌린다.

"……자간과 네피의 초반 모습 같아."

가만히 중얼거린 포레의 한마디에 자간과 네피는 가슴을 누르며 주눅이 들었다.

"아——……. 먹을 게 없으면 곤란하니까 적당히 먹을 거나 좀 찾아 올까."

"그, 그래. 배가 고프면 싸우지도 못한다는 말도 있잖아."

"야, 그건 덜렁이가 아니라 *노부시 아니냐?"

"시끄러. 그리고 덜렁이라고 하지 마."

일단 화해는 한 모양이다. 발바로스와 샤스틸은 둘이서 숲속으로 들어갔다.

다음에는 고메리가 말한다.

"나의 왕. 짐이 바다에 떠내려갔다면 그걸 되찾는 건 어떨까?"

"음, 그거 좋은 생각이군. 허락하지. 한번 해보도록 해."

떠내려간 짐 중에는 육류와 향신료 등, 섬에서는 구하기 힘든 물자도 있다. 그것을 다시 손에 넣을 수 있다면 그보다 감사한 일은 없을 것이다.

"키히히, 그렇다면 나의 승리는 확정된 것이나 마찬가지군. 어이, 세이렌 아가씨. 나 좀 도와줘야겠다."

"네——! 고메리 언니, 성공하면 좀 집어먹어도 괜찮죠?"

"키히, 요 귀여운 녀석. 나중에 고급 양과자를 만들어줄 테니 이번에는 좀 참아보자."

"와아——, 감사합니다!"

함께 보트를 타고 낚시를 했기 때문일까, 식량을 구하는 것도 자연스럽게 둘이 같이 갈 모양이다.

*노부시: 산야에 숨어서 패잔병 등의 무기를 탈취하기도 하던 무사나 토민.

——이 콤비는 평화로워 보이는군……. 아니, 이 둘이 우승을 하면 릴리스가 힘들어질 것 같은데.

고메리의 취향에 맞는 모습으로 태어나고 자란 자신을 저주하는 수밖에 없다.

그래서 이번에는 릴리스 쪽으로 눈을 주니 마음이 영 진정되지 않는지 가만히 서 있었다. 그녀가 힐끔힐끔 시선을 주며 의식하고 있는 사람은 쿠로카인 것 같다.

시각 이외의 오감으로 주위를 인식하는 쿠로카가 그 시선을 알아차리지 못할 리 없다. 이상한 듯 뒤를 돌아보자 릴리스는 깜짝 놀라 고개를 돌렸다.

——그러고 보니, 아까 고메리가 왠지 신경 쓰이는 말을 했던 것 같은데.

쿠로카가 고민을 가지고 있는 것 같다는 식으로 말했었다. 첫 만남에서 어떻게 그런 것을 알 수 있나 싶기도 하지만, 여자아이를 보고 한 말이니 신용할 수 있을 것이다.

——그 고민이라는 게 뭔지 물어보고 싶은데, 혹시 의식하게 됐더니 말을 걸기 어려워졌다거나, 뭐 그런 건가?

자간은 릴리스의 등을 슬쩍 민다.

"급사 담당이 놀고 있으면 쓰나? 너도 어서 먹을 것을 찾아오도록 해. 마침 저기 혼자 남은 사람이 있네."

그 이에도 네피와 포레, 네프테로스가 있지만 자간은 쿠로카를 가리키며 그렇게 말했다.

릴리스는 의외라는 듯이 눈을 동그랗게 떴지만, 이내 고개를 끄덕였다.

"어, 어쩔 수 없네. 왕의 말을 거역할 수도 없고. 쿠로카, 같이 갈래?"

"네. 좋아요, 릴리스."

두 소꿉친구도 나란히 숲으로 들어간다. 쿠로카의 둘로 나뉜 꼬리가 기쁘게 흔들리는 것처럼 보이는 건 분명 기분 탓이 아닐 것이다.

그 모습을 바라보며 미하엘이 흥미롭다는 듯 목소리를 높인다.

"오오, 새로운 〈마왕〉은 동료들을 꽤나 챙기는 사람이군."

놀리는 말에 자간은 흥 하고 콧방귀를 낀다.

"왕이 부하를 비호하는 것이 이상한가?"

"〈마왕〉이 그러는 건 드문 일이지."

왠지 비아냥거리는 듯한 말에 자간은 시답잖다는 듯 대꾸한다.

"너도 밥이나 축낸다는 말을 듣고 싶지 않으면 식량 정도는 알아서 조달하도록 해."

"아저씨에게 가혹한 세상이군. 아, 그런데 너희, 먹을 것도 가지고 있다면 담배도 있나? 담배라고 하면 신사가 갖추어야 할 덕목 아닌가?"

"몰라."

짜증 나는 아저씨를 남겨두고 자간 일행도 숲을 행해 발을 내디딘다.

이렇게 해서 낚시 대신 서바이벌 대회가 시작되었다.

◇

——그나저나, 저 녀석들 괜찮을까……?

자간은 쿠로카와 릴리스의 뒤를 몰래 따라가고 있었다. 뒤에는 네피와 네프테로스, 그리고 포레의 모습도 보인다.

다행히 숲속이다 보니 몸을 숨길 곳이 많아서, 두 사람은 전혀 눈치 채지 못하는 것 같았다. 아니면 쿠로카는 뭔가 감지하고 있을지도 모르지만 숲속은 생물의 기척도 풍부하다. 위화감 정도는 느낄 수 있어도 확신하진 못할 것이다.

현재로서 두 사람은 자연스럽게 웃으며 대화를 나누고 있는 것 같다. 딱히 어색해하는 모습은 보이지 않는다. 뭐, 자간도 고메리의 지적이 있기 전까지는 쿠로카의 이변을 알아채지 못했으니 어떻게 보면 당연한 건지도 모르지만.

쿠로카가 무슨 고민을 하는지 자간도 통 감이 잡히지 않았다.

——라파엘 문제는 해결된 것 같은데…….

하지만 인간이 살아가면서 고민이 하나 밖에 없다는 것도 이상하다.

끙끙거리자 네피가 이상하다는 듯 중얼거린다.

"자간 님, 릴리스 씨와 쿠로카 씨 말인데요, 무슨 일이라도 있었어요?"

"나도 잘 모르지만, 고메리 말로는 쿠로카가 고민이 있는 것 같다더군. 그래서 릴리스가 그 점을 걱정하고 있는 상황이야."

그렇구나, 하고 고개를 끄덕인 것은 네프테로스였다.

"그러고 보니 저 아이, 늘 다른 사람들보다 한 발 물러나 있는 면이 있어."

"흐음……. 샤스틸과 싸웠던 일을 아직 마음에 담아두고 있는 건 아니겠지?"

"글쎄요……. 샤스틸과도 조금 서먹서먹하게 구는 면이 있으니 그런 게 영 없는 건 아닐지도 몰라요."

그러고 보니 샤스틸도 쿠로카에게 '씨'를 붙여서 부르고 있다. 불화가 전혀 없다고 말하긴 힘들었다.

"……나 원, 내가 왜 이런 일까지 일일이 신경 써야 하냐고."

"형부가 그러는 게 어디 하루 이틀 일인가?"

"……."

처제까지 그런 생각을 하고 있었다는 사실에 자간은 아무 말도 못 했다.

그러자 문득 생각난 것처럼 포레가 중얼거린다.

"저 캐트 시 말인데, 자간의 얼굴을 만지는 걸 두려워했었어."

해저 도시에서 재회했을 때의 일이다. 자간은 저주로 인해 어린 아이로 변한 탓에, 쉽고 빠르게 사정을 설명하기 위해 자신의 얼굴을 만지게 했다. 그런데 그때 쿠로카는 묘하게 당황했었다.

"그러고 보니……. 그런데 두려워한다는 게 무슨 뜻이지?"

자간은 쿠로카를 막기 위해 그녀의 검을 받아낸 적이 한 번 있다. 그 일로 죄책감이라도 품고 있는 걸까?

고민에 빠져 있자 네피가 확인하는 것처럼 묻는다.

"쿠로카 씨는 〈아자젤〉이라는 암살자의 일원이었죠?"

"그래. 신기 소유자로 샤스틸과 호각을 이룰 정도이니, 열세 번째 성검 소유자라고 해도 괜찮을 정도라 할 수 있지."

그렇게 대답하자 네피는 가슴을 누르며 고개를 끄덕였다.

"그렇다면 알 것 같아요."

네피는 자신의 죄라도 고백하는 것처럼 이렇게 고했다.

"쿠로카 씨는 원한 때문에 누군가를 죽인 적 있는 게 아닐까요?"

자간의 눈이 커다래진다.

――네피 역시 과거에 고향 마을의 엘프들이 죽는 것을 보고도 무시했던 일을 마음에 담아두고 괴로워했었다.

지금도 겉으로 드러내지 않을 뿐, 분명 잊고 있지 않을 것이다.

"복수라는 건 복수를 마친 직후에는 굉장히 기분이 좋아요. 그렇지만 그 후에 엄청난 자기혐오에 휩싸이죠. 아아, 내 손은 더러워졌구나, 하고……. 저도 그 손으로 자간 님께 드릴 음식을 만들어도 되는 걸까 하고 고민한 적이 있어요."

그 말을 듣자 자간도 떠올랐다.

――제 손은, 더러워서, 다른 사람의 얼굴을 만지는 건, 좀――

교회의 암살자로서 마술사를 한 명도 죽이지 않았을 리 없다.

원한 때문에 사람을 죽인 손이라서 다른 사람의 얼굴을 만지는 것이 두렵다.

――넌 손으로 만져보지 않으면 사람의 얼굴도 알아보지 못하잖아…….

눈의 빛을 잃은 사람이 손가락 끝의 감각으로 타인의 얼굴을 인식한다는 것 정도는 자간도 알고 있다.

그런데도 소녀는 죄책감을 이유로 그 수단을 포기한 것이다.

얼굴을 모르는 상대를 대하는 것만큼 불안한 일은 없을 텐데.

네프테로스가 고개를 숙인다.

"……바보 같은 녀석. 당신 주위에는 그런 일을 신경 쓰는 사람 따윈 없는데."

샤스틸이 받아들인 녀석이다. 누가 암살자의 죄를 트집 잡을 수 있단 말인가.

자간도 고개를 끄덕인다.

"하여간에 답답하기는. 아무 관계도 없는 사람이 죽든 말든 신경 써봤자 어떻게 할 수도 없잖아."

자간도 사람을 죽인 적은 있다.

마술사라는 존재는 애당초 그렇다. 지금도 방해가 되는 사람은 아무렇지도 않게 죽일 수 있다. 그렇지만 무차별적으로 살육하면 네피가 자간에게 정이 떨어질 수도 있으니 **조금** 조심하게 된 것뿐이다. 게다가 '살려두는 게 더 이익이 되는' 경우가 계속 이어진 것도 그 이유 중 하나다.

결과적으로 최근에는 아무도 죽이지 않은 셈이 되었지만, 그건 죽일 생각으로 때렸어도 죽지 않았다는 게 더 정확한 표현이다.

그래서 자간은 이렇게 중얼거린다.

"하지만 그걸 답답하다고 생각하게 되면 분명 우리 마술사처럼 될 수밖에 없겠지. 신경 쓰는 시점에서 이미 훌륭한 거야. 아주 어리석은 고민이다."

그렇게 중얼거리자, 네피가 깜짝 놀라 눈을 휘둥그레 뜨더니 어깨에 가만히 기대어 왔다.

"그것을 어리석은 고민이라고 말해주시는 분은 자간 님밖에 없어요……."

――네피와 만나지 않았다면 이런 생각은 하지도 않았어.

그 말이 목구멍까지 나왔지만 결국 입 밖으로 꺼내서 말하진 않았다.

그 대신 어깨를 으쓱인다.

"하지만 우리끼리 그런 말을 해봤자 쿠로카에게는 전해지지 않아. 라파엘이라도 마찬가지일 거다."

그것을 전해줄 수 있는 건 같은 시간을 보내고 같은 고통을 맛본 사람밖에 없다.

그렇게 생각하는 것과 동시에 부정하는 마음도 치밀어 오른다.

――아니, 그렇게 까다로운 일이 아닐지도 몰라.

세상에는 도리를 도리로 생각하지 않고 이성을 망설임 없이 걷어차고 무조건 타인을 생각하는 바보 같은 사람이 가끔 있다.

네프테로스 때는 그 역할을 떠안은 사람이 샤스틸이었다.

쿠로카에게는 쿠로카에게 맞는 사람이 반드시 있을 것이다.

그 목소리는 그것을 긍정하는 것처럼 울려 퍼졌다.

"이 바보! 난 네가 살아 있어서 얼마나 감사한지 몰라! 그런데 왜 그런 말을 하는 거야?"

무슨 이야기를 나눈 걸까, 릴리스가 쿠로카를 끌어안고 큰 소리로 울기 시작했다.

쿠로카는 잠깐 당혹스러운 표정을 지었지만 이내 체념한 것처럼 릴리스를 마주 안았다.

"우, 울지 말아요, 릴리스. 난 이렇게 살아 있잖아요. 죽고 싶다는 생각 같은 건 안 해요. ……그러니까 부탁이에요. 그렇게 울면 나까지……."

그 모습을 본 자간 일행은 방향을 돌렸다.

"아무래도 기우였던 것 같군."

"이게 다 자간 님의 올바른 지휘 덕분이에요."

"몰라. 릴리스가 먼저 제안한 것뿐이다."

네피에게 대답하자, 네프테로스가 이상하다는 듯 말한다.

"그런 것치고는 형부, 기뻐하는 것 같은데?"

"시끄러. 너희도 어서 식량이나 찾으러 갔다와!"

"네——."

네프테로스는 쿡쿡 웃으며 포레의 손을 잡고 가버렸다.

"나 원……."

그렇지만, 하고 생각한다.

——부하 복은 있는지도 몰라.

사람이 사람을 구한다는 건 오만하고 우스꽝스러운 이야기다.

그래도 구원을 받았다고 생각하는 사람이 있다면, 그건 분명 그렇게 해야 하는 사람이 필연적으로 그렇게 했기 때문이다. 그런

것은 우연의 산물, 기적 같은 것으로, 원한다고 되는 게 아니다.

그렇게 코웃음을 쳤을 때 〈마왕〉 오리아스는 이렇게 말했다.

——그것을 알고서도 손을 내밀기를 포기하지 않는 사람이야말로 구원을 가져다주는 사람이 될 수 있지 않을까——.

농담은 아닐 것이다. 그래도——.

——쿠로카가 구원을 받았다면 다행이다, 라고 생각한다.

서로 끌어안고 엉엉 우는 소녀들을 돌아본 자간은 마음이 놓이는 것처럼 웃었다.

◇

"읏, 큰일이다. 바다로 나와버렸어."

소녀들이 우는 모습을 계속 보는 것도 눈치 없는 행동일까 싶어서, 자간과 네피는 숲속을 계속 걸어갔는데 길다운 길이라곤 없었다. 그래서 숲속을 헤매다 보니 다시 해변으로 나오고 말았다.

식량은 하나도 모으지 못했다.

도중에 먹음직한 과일을 발견하고 둘이 먹어버렸기 때문이다.

네피는 재미있다는 듯 웃는다.

"자간 님은 이길 생각이 없으신 거죠?"

"이런 자리에서는 여흥에 상을 주는 것도 왕이 할 일이니까."

낚시 대회, 식량 모으기 대회, 그런 식으로 사람들을 부추겼지만 정작 자신은 이길 생각이 없었다.

물론 포레의 공복을 해소하는 것이 첫 번째 이유이긴 하지만,

보름 이상 바다 속에서 함께해준 부하들과 성기사들의 노고를 치하해준다는 목적도 있었다. 그 상을 자신이 받아버리면 본래 목적이 퇴색한다.

탁 트인 곳으로 나온 자간이 뒤돌아보았다.

"……그나저나, 무슨 용건이라도 있나?"

그러자, 행색이 지저분한 남자가 숲속에서 고개를 내밀었다.

"아니, 두 사람을 방해할 생각은 없는데 말이야."

"방해할 생각이 없는 사람이 그게 뭐냐? 난 네피에게 비밀은 만들지 않는다는 주의다. 용건이 있으면 어서 말해."

아직 이야기하지 않은 것도 많지만 언젠가 말할 생각이고, 네피가 물어보면 대답할 것이다.

내뱉듯이 말하자 미하엘은 어깨를 으쓱이더니 입을 연다.

"그럼 단도직입적으로 말하지."

"열세 명의 〈마왕〉 중 한 명인 안드레알푸스가 죽었다."

"——?"

네피가 숨을 삼킨다.

지금까지 비프론스와 오리아스 같은 〈마왕〉과 충돌해왔는데, 하나같이 속을 알 수 없는 음산함을 가진 마술사였다. 자간이 그들을 압도할 수 있었던 이유는 전적으로 '마술 먹어치우기'라는 힘에 의한 점이 크다.

〈마술사 킬러〉라는 별명의 유래가 되기도 한 힘인데, 이 힘이 없었다면 〈마왕〉과 싸워서 무사하기는 절대 불가능했을 것이다.

하지만 그 충격적인 사실에도 자간의 반응은 싸늘했다.

"호오――."

"아, 믿지 않는 거지?"

"딱히. 어차피 조만간 죽일 생각이었으니까."

애당초 **속이 뻔히 들여다보이는** 말을 듣고 어떤 반응을 보이라는 건지.

미하엘은 곤란한 듯 머리를 벅벅 긁으며 말한다.

"죽일 생각이었다니……. 하긴, 마술사를 상대로 도덕을 논하는 놈이 바보지."

"그래서? 그 일을 일부러 내게 보고하기 위해 무인도까지 행차했을 리는 없고."

"……정말 귀여운 구석이라곤 찾아볼 수 없는 놈이군."

미하엘은 무뚝뚝한 얼굴로 말을 이어간다.

"하수인은 데카라비아라는 마술사다."

처음 듣는 이름이었다.

――그래도 마술사가 늘 똑같은 이름을 사용하는 건 아니니까.

자간처럼 애당초 자신의 이름도 모르는 경우도 있을 정도다.

"흐음……. 모르겠는데. 어떤 마술사지?"

"안드레알푸스의 제자라고 하더군. 〈마왕〉의 직계 제자인 만큼 마르코시어스의 사후, 마왕 후보 중에서도 가장 유력한 후보로 생각되던 남자다. 다만……."

미하엘은 쓴웃음을 지으며 자신의 머리를 톡톡 두드린다.

"그 녀석은 성격……이라고 할까, 머리의 나사가 좀 풀린 놈이라 〈마왕〉으로 삼지는 못했지."

"흐음? 그게 사실이라 쳐도 왜 이제 와서 〈마왕〉을 죽인 거지?"

마왕 후보가 되지 못한 원한 때문이라면 행동에 옮기는 시간이 반년은 늦었다.

미하엘은 어깨를 으쓱인다.

"글쎄. 의외로 오랜만에 움막에서 나왔더니 이것저것 다 끝난 상황이라 화가 나서 그랬다, 같은 어이없는 이유일지도 모르지. 무슨 생각을 하는지 알 수 없는 놈이라고 하니까."

그러더니 문득 생각난 것처럼 짝 하고 손뼉을 친다.

"아아, 맞다. 그러고 보니 그 데카라비아라는 녀석이 자신을 이렇게 칭했다고 하더군――〈마왕 킬러〉라고."

자간은 쓰게 웃었다.

"꽤나 크게 나오는군."

자간도 〈마왕〉에게 대항할 방법은 생각해냈어도 아직 확실히 죽일 수 있는 수단은 되지 못한다. 그것을 〈마왕 킬러〉라니, 아주 가당찮은 놈이다.

하지만 그 말에서 몇 가지 사실을 추측해볼 수 있었다.

"가만 보자. 그 이야기를 내게 한다는 건, 그 녀석의 다음 목표는 나라는 말인가."

네피가 움찔 떨었다.

"자간 님……."

"걱정하지 마라, 네피. 만약 그 녀석이 정말로 〈마왕〉을 죽였다면 오히려 기뻐해야지. 일부러 그 수단을 내게 보여주려고 오는 거니까."

미하엘은 어이없다는 듯 말한다.

"상당히 여유로운 것 같은데, 그러다 놈에게 당할지도 몰라."

"말했을 텐데. 난 열두 명의 〈마왕〉을 모두 죽일 생각이다. 〈마왕〉을 죽이는 수단이 있다면 그 수단이 나를 향하는 것 또한 당연한 법. 그깟 일로 당황하는 **왕**은 〈마왕〉을 쓰러뜨리지 못한다."

그보다, 하고 자간은 미하엘을 노려본다.

"교회는 그 〈마왕 킬러〉라는 놈과 나를 싸우게 만들어서 운이 좋으면 〈마왕〉의 자리를 두 개 없애버리려는 속셈인가?"

"뭐――? 하긴 추기경 영감들은 그런 속셈이겠지."

"넌 아니라는 거냐?"

미하엘은 씁쓸하게 웃는다.

"넌 어쩔 생각인지 모르겠지만, 자간이라는 〈마왕〉은 이미 교회와 마술사의 균형을 좌우할 수 있는 존재야. 그런 네가 여기서 죽으면 교회는 마술사 토벌에 박차를 가하겠지. 그럼 어떻게 될까?"

"교회는 즐거워 보이는군."

"모든 것을 숫자로 생각하는 놈들은 그럴지도. 하지만 난 사양이다. 사람들은 픽픽 쓰러져 죽을 테고 성기사장이 할 일은 더 늘어나겠지. 난 보다시피 원래 게으른 인간이거든. 지금 이 평화의 균형이 무너지는 것은 바라지 않아."

하긴, 이 남자가 게으른 인간이라는 건 확실해 보인다.

——게으른 인간이라면 아군의 얼굴을 하고 뒤에서 검을 휘두르는 편한 방법도 취하겠지만.

그의 말은 믿어도 되겠지만, 그를 신용해서는 안 된다.

자간은 경계를 늦추지 않고 고개를 끄덕였다.

"그래, 좋다. 그 녀석을 처리할 문제는 긍정적으로 고려하지."

"어? 뭐야, 제법 말이 통하잖아."

"그 녀석이 이곳에 온다면 배 하나 정도는 가지고 오겠지. 미하엘(방해꾼)을 돌려보낼 수 있다."

아주 진지하게 대답하자 미하엘도 말문이 막히는 모습이다.

"……어, 어쨌든 용건은 확실히 전했다?"

미하엘은 잔뜩 지친 얼굴로 그 자리를 떠났다.

네피가 조심스럽게, 그러면서도 불안을 감추지 못하는 것처럼 자간의 새끼손가락에 자신의 손가락을 살짝 걸어 온다.

"자간 님……."

"걱정하지 말라고 했잖아."

부드럽게 뺨을 어루만져주자 네피도 긴장이 풀린 것처럼 몸을 기댄다.

그런 다음 가만히 고개를 기대었다.

"저기, 혹시 자간 님과 미하엘 님은 예전부터 아는 사이인가요? 친구……, 사이로 보이진 않지만, 왠지 친해 보여서요."

"음……. 어떻게 설명해야 되나. 친하진 않지만 아는 사이인 건 맞아. 어쨌든 웬만해선 엮이고 싶지 않은 사람이지."

——굳이 따지자면 여기서 끝장을 내는 게 이래저래 편할 것 같지만.

하지만 지금은 휴가를 즐기는 중이다. 자신은 물론이고 부하들과 성기사들도 마찬가지다. 그런 가운데 미하엘의 정체를 폭로하면 더 이상 휴가를 즐기지 못하게 된다.

그래서 손을 대지 않는 것이다. 네피에게도 애매하게 대답할 수밖에 없다.

그 뜻이 전해졌는지는 모르겠지만, 네피는 뾰족한 귀를 떨면서 고개를 끄덕였다.

"네. 자간 님이 원하시는 대로 하세요."

그리고 다시 둘이서 나란히 걸으려고 할 때였다.

네피가 뾰족한 귀를 움찔 떨었다.

"왜 그러지?"

"……? 자간 님, 무슨 소리 들리지 않으세요?"

"응……? 내 귀에는 딱히 아무것도 들리지 않는데."

마술로 청각을 강화시킨다. 숲속에서 식량 모으기에 분주한 성기사들과 발바로스를 비롯한 다른 사람들의 목소리까지 들을 수 있었지만, 특별히 수상한 소리나 목소리는 들리지 않았다.

——하지만 네피가 그렇게 말한다면 뭔가 있겠지.

자간에게는 들리지 않는 정령 같은 존재들의 목소리를 들은 것인지도 모른다.

미하엘의 경고도 있다. 벌써 불청객이 왔을 가능성도 있다. 자간은 주위를 경계하며 물었다.

"무슨 소리가 들렸지?"

"목소리……인 것 같은데……――!"

네피는 두 손을 귀에 대고 눈을 감더니 숨을 삼켰다.

"큰일이에요! 자간 님, 이 목소리는 도움을 청하는 목소리예요!"

"아……."

어쩌면 섬에 데리고 온 사람 중 누군가가 다친 건지도 모른다.

그렇다면 왜 자간의 귀에는 들리지 않았는지 의문이지만, 일단 네피에게 목소리가 들리는 곳을 찾아달라고 부탁한다.

모래사장을 지나니 머지않아 후미진 곳이 나왔다. 그 안쪽은 동굴인지 시커먼 어둠이 입을 쩍 벌리고 있었다. 거기까지 오자 자간도 목소리의 주인이 누구인지 깨달았다.

"이 녀석은――알시에라?"

예전에 그와 적대 관계이던 흡혈귀가 그곳에 누워 있었다.

◇

그 소녀의 모습은 마지막으로 봤을 때와 똑같았지만 많은 부분이 달라져 있었다.

프릴이 잔뜩 달려 있는 검은 드레스는 너덜너덜하고, 금색 머리도 바닷물에 젖어서 엉망진창이 되어 있었다. 살짝 벌어진 입술 사이로는 뾰족한 송곳니가 보인다. 해안 후미진 곳의 동굴에 누워 있는 소녀는 숨을 쉬고 있는지조차 의심스러울 정도로——불사신이지만——조용했고 손가락 하나 움직이지 못하고 있었다.

그래도 온통 기운 흔적으로 가득한 낡은 인형만은 고집스럽게 꽉 쥐고 있다.

——무언가와 싸웠나. ……미하엘인가? 아니, 어제오늘 있었던 일은 아닌 것 같은데.

소녀는 꽤나 오랫동안 이곳에 누워 있었는지, 몸도 발목까지 모래에 묻혀 있었다. 만조가 되면 발목까지 물이 차오르는 것이리라. 게다가 검에 베인 것처럼 보이진 않는다.

네피가 숨을 삼킨다.

"죽은……, 건가요?"

"아니, 불사신이잖아. 뭐, 애당초 살아 있는 건 아니지만. 하지만 몸이 남아 있다는 건 **아직 이곳에 있다**는 뜻."

그런데, 하고 자간은 신음을 흘린다.

——이 녀석은 틀렸어. 곧 사라지겠지.

불사신에게 '죽음'이라는 개념은 존재하지 않지만, 그래도 그릇을 잃으면 **사라진다**. 다시 이 세상에 나타나려면 수십 년에서 수백 년은 걸릴 것이다.

그렇지만 생물이 아닌 것도 그냥 놔두지 못하는 사람이 바로 네피다.

"정신 좀 차려보세요."

네피는 알시에라를 가만히 일으켜 세우더니, 금방이라도 부서질 것 같은 인형이라도 만지듯 자신의 무릎으로 살짝 끌어당겼다.

그리고 팔다리에 묻은 모래를 털더니 이마에 손을 올린다.

그 순간 네피의 얼굴이 굳었다.

"치유할 수가 없어. 어째서……."

"마법이라면 아마 이 녀석에게는 통하지 않을 거다. 전에도 말했지만, 밤의 일족은 삶과 죽음의 순환에서 제외된 존재다. 마법의 근원인 정령은 생명의 순환을 관장하는 존재이니 정반대의 힘인 셈이지. 그래서 서로 간섭하지 못하는 거야."

신령 마법이라면 효과가 있을지도 모르지만, 그건 자간도 아직 그 구조를 이해하지 못했기에 불안한 일은 시키고 싶지 않았다.

"으……."

마법은 효과가 없었지만, 네피가 안아 일으킨 덕분에 알시에라가 작게 신음을 흘렸다.

"오, 빠……."

의외로 그 입에서 흘러나온 것은 그런 이름이었다.

——어떤 시대인지는 모르겠지만, 이 녀석에게도 가족이 있었구나.

불사신이 된다는 건 이 세계와의 인연을 끊는다는 뜻이기도 하다. 타인과의 수명을 공유하지 않게 된다는 뜻이기 때문이다.

……그런 점에서는 마술사도 비슷하긴 하지만. 그럼에도 불구하고 이런 모습을 하고 입에서 나온 이름이 그거라니.

——밤의 일족 주제에 인간다운 면이 남아 있었군.

자간도 남 말을 할 처지는 아니지만, 그 점을 지적할 사람은 이곳에는 없었다.

"자간 님……."

도와줄 수 없느냐는 네피의 눈빛에 자간은 어쩔 수 없다는 듯 한숨을 쉬었다.

——내 입장에서는 그냥 이대로 소멸해주면 고맙겠는데.

네피는 나쁜 사람이 아니라고 생각하는 것 같지만, 포레를 폭주하게 만든 장본인이 알시에라라는 게 자간의 생각이다. 자신과 주위 사람들에게 해를 입힌 이상 제거한다는 것이 자간의 철칙이다.

"그래도 목적을 물어보고 싶기도 하니까, 뭐."

중얼거린 자간은 마력으로 자신의 손목을 천천히 베었다.

당연히 선혈이 뚝뚝 떨어진다.

"자간 님?"

"이 녀석들이 흡혈귀라는 이름으로 불리는 것처럼, 다른 사람의 혈액에서 **생명력**을 얻는 방식으로 이 세상에 존재한다. 도와주려면 피를 마시게 하는 방법밖에 없어."

여기서 말하는 생명력이라는 건, 생물이 가진 생명력과는 그 의미가 다르다.

생물이 생명을 가진 자로서 이 세상에서 살아갈 힘을 빼앗는다. 이로써 이 세상에 존재하기 위한 에너지로 삼고 있는 것이다. 존재의 타임 리미트를 보충하기 위한 매체라고 하면 될까. 불사신에게는 호흡도 식사도 필요하지 않으니 말이다.

그렇지만 자간은 네피의 피를 사용하기는 싫었다. 어떤 수단이

든 혈액을 채취하려면 상처를 내야만 한다. 그러면 통증도 있기 때문이다.

게다가 〈마왕〉의 혈액은 극상의 매체이다. 평범한 인간의 수백 배에 달하는 힘은 얻을 수 있을 것이다.

——류카온에는 '미운 놈 떡 하나 더 준다'라는 말이 있다고 하는데, 지금 같은 경우는 궁정 요리 풀세트를 보내는 것이나 마찬가지군.

알시에라의 입가에 손목을 대고 그 피를 마시게 한다.

"음……, 아……. 하아……."

알시에라는 숨을 헐떡이면서 눈을 뜬다.

그리고 탐욕스럽게 손목에 매달린다.

"어이, 달려들지 마."

알시에라가 이를 세울 것 같은 느낌에 자간은 재빨리 소녀의 입에 손가락을 집어넣었다.

"으윽……? 으음……."

입을 다물 수 없게 되면서 피가 줄줄 흘러내리자, 알시에라가 움찔움찔 몸을 떨었다.

눈물이 맺힌 눈을 크게 뜨면서도 흡혈 충동은 억제할 수 없는 것이리라. 필사적으로 혀를 내밀어서 자간의 피를 핥으려 한다. 빨간 혀가 상처에 닿자 아프기도 하고 간지럽기도 해서 자간도 얼굴이 뜨거워졌다.

——왠지 해선 안 되는 일이라도 하고 있는 것 같은 기분이군.

네피도 보다보니 부끄러워진 걸까, 두 손으로 얼굴을 가려버린다. ……그래봤자 손가락 사이로 볼 건 다 보고 있지만.

머지않아 자간에게 매달린 팔에도 힘이 돌아오는 것을 본 자간은 그녀의 얼굴을 꾹 밀어냈다.

“이 정도면 됐잖아. 이제 그만 떨어져.”

“아……, 하……. 콜록콜록. 콜록…….”

알시에라는 몸을 웅크린 채 기침을 한다. 그리고 그대로 쓰러졌다. 숨이 막혀서 그런 것도 있지만, 몸이 너무 쇠약해진 탓이 가장 크다. 지금 당장 일어나진 못할 것이다.

일단 한 목숨은——이라고 표현해도 될지 고민했지만——구한 것 같다.

“자간 님.”

당장이라도 추궁하고 싶었지만, 한동안은 알시에라도 말을 하지 못할 것 같다.

네피는 손이 새빨갛게 물드는 것도 신경 쓰지 않고 자간의 손목을 눌러 지혈한다. 그리고 즉시 치유의 마법을 걸어주었다.

이 정도는 마술로 금방 재생되지만, 모처럼 신부가 애써주고 있다. 자간은 잠자코 손목을 내맡기고 있었다.

“죄송해요. 제가 괜한 말을 하는 바람에…….”

“네피가 사과할 일은 아니야. 도와줄 이유는 없지만 그렇다고 반드시 죽여야 할 정도로 해로운 녀석도 아니니까.”

네피는 당황하며 미소를 짓는다.

“자간 님이 그런 분이라는 것 정도는 알고 있었는데.”

“윽…….”

별로 생각하고 싶지는 않지만, 자간은 굳이 죽일 필요가 없는 경우에 도와주는 경향이 강하다.

——마술사가 남을 도와주다니, 이렇게 우스꽝스러운 일이 또 있을까.

그리고 도와줘봤자 고마워하는……. 아니, 최근에는 감사 인사를 받는 경우도 가끔 있는 것 같지만.

——지난 수개월 동안 상황이 너무 많이 변했어.

가장 사랑하는 소녀와 만났으니 당연하다면 당연한 일이지만.

그런 생각을 하는데 네피가 그의 손을 가만히 응시하고 있는 게 보였다. 치료는 이미 끝났을 텐데.

"네피, 이젠 괜찮다."

자간의 목소리가 들리지 않는지, 네피는 손을 응시한 채 꼼짝도 하지 않는다. 온통 피투성이라서 보고 있어봤자 별로 기분이 좋진 않을 텐데.

그래도 가만히 자간의 손을 보고 있더니——.

"앙!"

무슨 생각을 한 걸까, 네피가 자간의 손가락을 덥석 물었다.

물긴 했어도 이를 세우진 않아서 그냥 입에 물고 있는 것 같은 상태다.

"네, 네네네네네피? 무슨 짓을 하는 거지?"

당황해서 묻자 네피도 정신을 차린 모양이다. 새빨개진 얼굴로 입술을 뗀다.

"죄, 죄송해요. **저도 모르게**……."

——**저도 모르게** 손가락을 물었다고?

자간도 아직 손을 씻지 않아서 더러울 텐데.

빠르게 쿵쿵 뛰는 가슴을 누르며, 자간은 머뭇머뭇 묻는다.

"도, 도대체 왜 그러는 거냐? 무슨 이변이라도?"

적어도 평소의 네피는 이런 짓을 하지 않는다.

네피도 자신의 행동을 설명하지 못하겠다는 듯 얼굴을 가린 채 웅크리고 앉았지만, 그래도 머뭇머뭇 입을 연다.

"아, 아니에요. 이런 짓을 할 생각은……."

"으, 응. 나도 알아. 알고 있어."

아무것도 모르지만 고개를 끄덕이는 자간.

그리고 수치심으로 인해 죽을 것 같은 목소리로 대답한다.

"저, 알시에라 씨가 자간 님의 손을 핥고 있는 모습을 보니까 왠지 분하고 슬픈 것 같기도 한, 이해할 수 없는 기분이 들어서……. 도와주라고 부탁한 건 저인데……."

자간은 심호흡을 하고 생각을 정리한다.

——음, 즉 이건 질투……라는 건가? 뭐야, 너무 귀엽잖아.

하지만 알시에라가 손을 핥자 묘한 기분이 든 건 사실이다. 그 모습을 보고 있던 네피도 마찬가지였다는 건가.

"이, 일단 피부터 닦자, 네피."

자간의 손가락을 무는 바람에 네피의 얼굴에까지 피가 묻었다. 쑥스러움을 감추려는 듯 바닷물을 끼얹어서 씻어내자 핏자국은 금방 지워졌다.

그리고 네피는 불이 날 것처럼 얼굴이 새빨개져서는 고개를 숙였다.

“정말 죄송해요. 제가 어떻게 됐었나 봐요.”

“신경 쓰지 마.”

자간은 네피의 얼굴 앞으로 손을 내민다.

“어, 저기, 자간 님……?”

“나야말로 방해해서 미안하다. 계속해.”

——사실 기분도 좋았고…….

네피가 그런 식으로 질투할 줄은 몰랐기 때문에 좀 더 보고 싶었다.

“하, 하지만……, 하지만…….”

“괜찮아. 피도 씻어냈으니까 원하는 대로 해도 돼.”

방금 전에 먼저 손을 물었으니 거절하긴 힘들 것이다. 물론 자간의 터무니없는 요구를 네피가 거절한 적은 없지만.

감청색 눈동자를 빙글빙글 돌리며 당황하는 네피를 보는데 작은 웃음소리가 울려 퍼졌다.

“숙녀에게 너무 짓궂게 구시면 안 돼요, 은안의 왕.”

알시에라였다. 이제야 좀 진정이 되었는지, 바위에 등을 기댄 채 환한 얼굴로 재미있어하고 있다.

——쳇, 그러고 보니 이 녀석이 있었지.

정말 방해만 되는 놈이다.

여전히 기운이 없어 보였지만, 알시에라는 입가에 손을 대고 웃었다.

"감사 인사를 드려야겠네요, 은안의 왕."

"됐어. 죽음이라는 개념이 없는 너희 불사신에게 도와주고 자시고 하는 게 있냐?"

그렇게 거절하자 알시에라는 의외라는 듯 눈을 동그랗게 떴다.

"어머, 밤의 일족에게도 '죽음'은 있어요. 안 그러면 이 세상은 밤의 일족으로 넘쳐날 테고, 교회에 제거당하는 일도 없었겠죠."

그렇게 속삭이며 자신의 가슴을 가리킨다.

"밤의 일족도 원래는 생명을 가진 자. 그릇이 불사라 해도 영혼에는 수명이 있죠. 우리의 영혼은 더 이상 흐르지 않는 물과 비슷해요."

"흐음. 오늘은 꽤 말이 많군."

"그만큼 위험한 상황이었거든요. 이제 그만 조용히 사라질 생각이었는데, 설마 다시 은안의 왕을 만나게 될 줄은 몰랐어요."

"난 이것도 네가 꾸민 일이 아닐까 의심하고 있다만."

"쿡쿡쿡, 네, 그럴지도 몰라요, 은안의 왕."

그 모습에서는 예전의 그 불길함이 전혀 느껴지지 않고, 오히려 연약해 보이기까지 한다.

——정말 여유가 없는 건지도 모르겠군.

자간은 네피를 가리킨다.

"감사 인사는 네피에게 하도록 해. 난 네놈을 도와줄 생각은 없었으니까."

"네, 알고 있어요. 그런데도 도와주는 그 모습 또한 정말 변하지 않았네요. ……그리고 당신도."

이 소녀는 자간을 '은안의 왕'이라는 녀석과 겹쳐서 보고 싶어 한다. 하지만 이번에는 네피에게도 비슷한 말을 던졌다.

역시 자신들과 안면이 있는 것 같진 않다. 그래도 이 소녀가 무엇을 봐왔는지, 그리고 그를 무엇과 겹쳐보려고 하는지 조금 흥미가 생기기 시작했다.

자간은 알시에라를 내려다보며 말한다.

"네게 물어보고 싶은 게 산더미처럼 많다. 일단 도와준 셈이니까 대답을 들을 수 있을까?"

"쿡쿡, 어머, 이거 곤란하게 되었네요. 비밀은 소녀를 매력적으로 만드는 최상의 장식품인데 그것을 밝히라니요."

"난 네 농담을 받아줄 만큼 한가한 사람이 아니다."

모처럼 네피와 좋은 분위기를 만들고 있었다.

——이 상태라면 입맞춤도 성공할 수 있을 것 같아!

미하엘이 말했던 데카라비아라는 녀석에 대한 것도 알시에라 문제도, 거기에 비하면 사소한 일이다.

그래서 자간은 위압적으로 추궁한다.

"네 목적은 뭐지? 그때 포레에게 무슨 짓을 했지? 게다가 네 그 꼴은 누구에게 당한 거냐? 어서 대답해."

"쿡쿡, 한꺼번에 물어보시면 대답할 수가 없잖아요. 그렇지만 은안의 왕에게 은혜를 입었으니 대답하지 않을 수도 없군요. 어떻게 할까요?”

아무렇지도 않은 모습으로 웃지만 인형을 꼭 끌어안는 손은 떨리고 있는 것처럼 보였다.

——뭐지, 이 녀석? 두려워하고 있는 건가? 밤의 일족이?

네피도 똑같이 느꼈는지 자간의 팔을 가만히 잡아 왔다.

“자간 님, 알시에라 님은 환자예요. 그렇게 무섭게 말씀하시면 너무 가엽잖아요.”

“윽…….”

듣고 보니 말이 너무 심했던 것 같아서 자간도 신음을 흘렸다.

알시에라는 그런 두 사람을 올려다보며 그리운 듯한 표정을 지었다.

“**변함없이** 사이가 좋으시네요. 조금 질투가 날 정도예요.”

질투가 난다는 말과 달리 그 눈빛은 기묘할 정도로 온화했다.

——이런 눈은 본 적이 있는데. ……그래, 네피를 보는 오리아스의 눈이다.

자식을 지켜보는 어머니의 눈빛이 이런 것일까. 자간에게는 익숙하지 않은 모습이지만, 결코 악의가 있는 듯 보이지는 않았다.

그런 다음 알시에라는 검지를 세운다.

“그럼 이건 어떨까요? 딱 하나, 은안의 왕의 질문에 솔직하게 대답하도록 할게요.”

“흥정을 할 수 있는 입장이라고 생각하는 거냐?”

“흥정이 아니라 부탁이에요. 제가 아는 은안의 왕은 약한 사람의 소원을 거절하지 못하는, 아주 자애로운 분이신 걸요.”

"뻔뻔하게 잘도 그런 말을 하는군……."

성인이 된 포레도 죽이지 못한 흡혈귀가 어디서 입에 침도 바르지 않고 그런 말을 한단 말인가. 이렇게까지 뻔뻔하게 나오면 아까 그 떨리던 손도 연기가 아니었나 하는 생각을 하게 된다.

——그래도 이 정도로 초연하게 있을 수 있는 걸 보면 역시 밤의 일족답다고 할까.

입도 겨우 열 정도로 쇠약해졌으면서도 이런 교섭을 제의하는 대담함은 존경스럽기까지 할 정도다.

"그래, 좋아. 하지만 내가 그 제안을 받아들이는 이상, 거짓말을 하거나 대충 얼버무리는 건 용서할 수 없다. 이 의미를 모를 정도로 멍청하진 않겠지?"

밤의 일족에게 죽음이 존재하지 않는다고 해서 고통을 줄 방법이 없는 건 아니다. 특히 자간의 성의 예전 성주는 그런 종류의 방법에 능통했다고 한다. 그 지식을 통째로 빼앗은 자간도 당연히 하는 방법 정도는 알고 있다.

네피 앞이라서 그런 짓을 **하고 싶지 않은 것**뿐이지 못하는 게 아니다.

여기서 말하는 배신은 그것을 선보이기에 아주 충분한 이유가 된다.

알시에라는 도전적으로 웃어 보였다.

"알고 있답니다. 은안의 왕이라면 모든 핵심을 찌르는 질문을 하시리라는 것도요."

이 상황에서도 도발을 한다.

——그래도 전부 대답하게 할 한마디라는 것이 확실히 어렵긴 하군.

알시에라의 목적도, 무엇과 싸웠는지도, 무엇을 알고 있는지도, 그리고 지금 무슨 일이 일어나고 있는지도, 자간이 파악하고 있는 건 아주 단편적인 것에 지나지 않아서, 그 일들 사이의 관련성이 전혀 보이지 않는다.

이 소녀가 변덕과 즉흥적인 생각으로 사건을 일으켰다고 생각하는 게 훨씬 더 잘 와닿는 것 같다.

——그렇다면 이 녀석의 과거에 대해 물어보는 게 보다 더 유익하려나?

그렇게 생각하자 어떤 말이 떠올랐다.

"흐음. 그럼 질문이다, 알시에라."

"네, 말씀하세요."

자간은 도망치는 건 허락하지 않겠다는 듯, 알시에라를 똑바로 응시하며 이렇게 물었다.

"**아자젤**이라는 건 도대체 뭐지?"

그 한마디에 알시에라의 표정이 얼어붙었다.

그 얼굴에 떠오른 것은 분노, 초조함, 한탄, 그리고 절망이었다.

어쩌면 이게 이 소녀의 맨얼굴인지도 모른다. 그만큼 동요를 감추지 못한 얼굴이었다.

알시에라는 인형을 꼭 끌어안고 고개를 숙인다.

"곤란하게 되었네요. 하필이면 그 질문을 하다니, 역시 은안의 왕, 훌륭한 혜안을 가지고 계시군요."

역시 적절한 질문이었나 보다.

"됐으니까 어서 대답해."

자간이 재촉하자 알시에라는 고개를 옆으로 흔들었다.

"……대답할 수, 없어요."

"어이, 장난치는 거냐?"

자간은 알시에라의 교섭을 받아들였다. 그것을 휴지조각으로 만든다는 건 〈마왕〉과 한 계약을 어긴다는 뜻이다.

설마 자간을 마냥 착한 사람이라고 생각하고 있다면 그런 어리석은 생각을 하게 된 자신을 저주하는 수밖에 없다.

밤의 일족이든 불사신이든 간에, 〈마왕〉은 그에 상응하는 보복을 한다.

그렇지만 알시에라의 눈동자에서는 몽매함이 아니라 죽음을 각오한 것 같은 확고한 의지가 느껴졌다.

"대답**하지 않는** 것도, 대답**하고 싶지 않은** 것도 아니에요. 대답**하지 못하는** 것이에요."

이 방법이 최선이라는 듯, 알시에라는 자간을 똑바로 바라보며 대답했다.

——흐음, 생각을 해보라는 건가.

알시에라는 이 자리에서 변명이 통하리라 생각하고 이런 넋두리를 늘어놓지는 않았을 것이다.

즉, 진짜 말하지 못하는 이유가 있다.

그건 비밀을 누설하면 누군가 곤란해진다거나 자신이 위험해진다거나 하는 차원의 이야기는 아닐 것 같다.

——하지만 이렇게까지 알아봤는데도 여전히 아자젤이라는 이름이 무엇을 의미하는지 모른다는 건 이상하다.

엘프의 숨겨진 마을에서 손에 넣은 수기를 보고, 자간은 그것이 열세 번째 성검을 의미하는 것이 아닐까 추측했다. 그러나 교회에 열세 번째는 존재하지 않았고 그 대신 그 이름을 붙인 조직이 있었다. 그런데 알시에라는 그것을 누군가의 이름처럼 불렀다.

자간은 생각을 정리하는 것처럼 묻는다.

"교회가 〈아자젤〉의 이름을 사용하는 조직을 가지고 있지만, 성검으로 인정하지 않는 것과도 관계가 있는 건가?"

"……."

알시에라는 대답하지 않았다.

——이것도 '대답하지 못하는' 질문이라는 건가.

자간 역시 엘프의 숨겨진 마을에서 그 수기를 손에 넣지 못했다면 이름을 알 일도 없었을 것이다. 교회의 어두운 부분이라고 듣기만 했다면 분명 관심을 가지지 않았을 터.

——아니, 말 그대로인가?

혹시 교회도 자간처럼 그 이름이 무엇을 의미하는지 모르는 건 아닐까.

설마 그럴 리는 없겠지만, 성서도 있고 면면히 내려오는 역사를 적은 기록도 있는 교회에도 그 기술이 남아 있지 않다면 어떻게 받아들여야 할까.

즉, 성검으로 인정하지 않는 게 아니라 애당초 성검이라는 걸 모른다면?

——그 정도로 철저하게 세상의 기록에서 말소되었다는 건가?

그렇다면 알시에라가 '대답하지 못한다'라고 밖에 대답하지 못한 것도 이해가 된다.

어쨌든 아무리 추궁해도 알시에라에게 그 답은 얻지 못할 것이다. 그렇다면 어떻게 해야 할까.

한동안 고민하던 자간은 다음으로 이런 질문을 던졌다.

"그럼 내가 그것을 알려면 어떻게 해야 하지?"

"——!"

알시에라는 움찔 몸을 떨었다.

"흐음. 그건 대답할 수 있겠지."

"……무슨 일이 있어도, 알고 싶으신 건가요?"

아무리 생각해도 이건 모른다고 해서 엮이지 않을 수 있는 문제가 아닌 모양이다. 그렇다면 엮이기 전에 정보를 얻어둘 필요가 있다.

자간이 고개를 끄덕이자, 알시에라는 고통을 참는 것처럼 한숨을 흘렸다.

그리고 간청하는 것 같은 목소리로 말한다.

"부디 쫓지 말아주세요, 라고 해도 듣지 않으실 거죠?"

"어리석은 질문이군.

"……알겠습니다."

알시에라는 참회하는 것처럼 이야기를 시작한다.

"한 남자의 행방을 뒤쫓으면 돼요. 그 사람의 인생은 **그것**과의 싸움으로 이루어진 인생이기도 하니까요."

"한 남자……? 그 녀석은 누구지?"

"과연 은안의 왕 앞에서는 어떤 이름을 사용했는지. 그렇지만 아마 이미 만났을 겁니다."

"……? 내가 아는 남자란 말이냐?"

그렇지만 자간의 교우 관계는 좁다. 제대로 된 지인은 손에 꼽을 정도밖에 없는데, 알시에라의 말을 들어보니 그 남자는 마술사인 것 같다.

알시에라는 기억을 더듬는 것처럼 눈을 감고 그 이름을 말했다.

"——마르크——. 당신 앞에서는 분명히 이 이름을 사용했을 거예요."

그 이름을 들은 자간의 얼굴이 굳어졌다.

——왜 여기서 그 녀석의 이름이?

자간이 부랑아로 지내던 시절, 형 노릇을 하며 그를 돌봐줬던 소년. 하지만 고메리와 짓궂은 장난을 치다가 오랜만에 얼굴이 생각난 정도의 사이밖에 되지 않는다.

자간의 반응을 본 알시에라는 왠지 슬픈 미소를 지었다.

"그렇군요……. 역시 만났었군요."

"어떻게 된 거지? 왜 그 녀석의 이름이 나오나."

알시에라는 고개를 가로저었다.

"분명 당신 앞에서는 평범한 소년이었겠죠. 아마 그 사람도 계속 그렇게 생각하며 잊어주길 바랐을 거예요."

"제대로 대답해!"

"자간 님! 진정하세요."

자간이 거칠게 고함을 지르자 보다 못한 네피가 그의 팔에 매달렸다.

두근두근, 조금 빠른 심장 소리가 전해져 자간도 입을 다물었다.

알시에라는 그 모습을 보면서 인형 속으로 팔을 집어넣었다. 등 부분에 주머니라도 있는지 부스럭거리며 무언가를 꺼낸다.

"충고는 해둘게요. 당신은 이미 그 사람의 뒤를 쫓아 여기까지 온 겁니다. 지금까지 일어난 일, 용의 딸이 저주를 받은 것도, 두 〈마왕〉과 만난 것도, 성검을 수중에 넣은 것도, 그리고 아마도 앞으로 일어날 일도."

그렇게 말하며 자간의 손에 무언가를 쥐어준다.

"하지만 그 의미를 모르는 지금이라면 되돌릴 수 있어요. 당신에 손에 넣은 행복을 앞으로도 누릴 수 있다고요. 그러니 아무쪼록 비밀을 뒤쫓지 말아주세요."

그리고 손을 놓자 알시에라의 모습은 와르르 무너져 내렸다.

"어이, 기다려! 그 녀석의 뒤를 쫓으라니, 그게 무슨 뜻이야! 어서 대답해!"

자간의 외침도 허무하게 알시에라의 모습은 수많은 박쥐가 되어 사라졌다.

손을 벌려본다.

낡고 둥근 안경 하나가 쥐어져 있었다.

추억 속의 그 소년이 하고 있던 안경이다. 안경테는 온통 녹이 슬어서 제대로 접히지도 않고 렌즈에도 금이 가 있다.

도대체 어떤 경위로 이 안경이 알시에라의 손에 건네진 걸까.

그리고 그 소년에게 무슨 일이 일어난 걸까.

"자간 님……."

네피가 걱정스럽게 부르자 자간은 머리를 흔들었다.

"……괜찮아. 그냥 생각지도 못한 지인의 이름이 나와서 놀란 것뿐이다."

——되돌리라고?

앞으로 계속 나아가는 것이 네피를 위험하게 만들 수도 있다는 뜻인가.

하지만 자간은 머리를 흔든다.

——인연이 있다면 어디로 도망쳐도 언젠가 반드시 마주치게 되는 법.

적어도 지금까지 살아온 자간의 인생은 그랬다.

그래도, 하고 생각한다.

"난 알시에라와도 어디선가 만난 적이 있던가……?"

그런 기억은 존재하지 않는다.

하지만 마술사는 죄다 거짓말쟁이다. 모르는 사이에 만났던 누군가가 다른 사람이었다고 해도 놀랄 일은 아니다.

아무리 해도 가슴 속에 치밀어 오르는 불쾌감을 떨칠 수가 없어서 하늘을 올려다봤을 때였다.

"키햐하하하! 자간, 찾았다!"

제정신과는 인연이 없는 외침과 함께 한 남자가 하늘에서 내려왔다.

◇

"자간 님!"

네피가 작게 비명을 지른다.

하늘에서 내려온 습격자는 곧장 자간에게 발차기를 날렸다.

"……어디서 온 바보인지는 모르겠지만, 난 지금 아주 기분이 좋지 않으니까 나중에 다시 와."

그 발차기를 자간은 한 손으로 간단히 막아냈다.

"이히, 그걸로 막았다고 생각하면――?"

뚝 하는 소리가 울려 퍼진다.

자간은 남자의 다리를 잡고 힘껏 부러뜨렸다. 그리고 그대로 팔을 치켜들더니 돌멩이라도 버리는 것처럼 바다로 던져버렸다.

"으아아아아아악?"

분노한 〈마왕〉이 던졌으니 무사할 리 없다. 남자는 바다로 가라앉지……않고, 딱딱한 지면 위라도 구르는 것처럼 튀어올라 날아간다. 부랑아 시절, 물수제비 뜨기를 할 때 던졌던 돌이 딱 이런 느낌이었다는 게 생각났다.

물의 압력이 높아지면 바위도 절단할 수 있다고 한다. 지면처럼 수면 위를 굴러가는 것은 그런 속도로 날아가고 있다는 뜻이다. 평범한 인간, 또는 마술사라도 전신의 뼈가 부서졌을 것이다.

평범하다면 말이다.

"핫핫핫! 좋아, 아주 강하군! 최강이라면 이 정도는 되어야지!"

남자는 그 어떤 타격도 받지 않은 것처럼 물 위에서 일어난다.

그 남자는 이상한 모습을 하고 있었다. 시체에서 벗겨낸 걸까. 검붉게 변색된 망토를 걸쳤는데, 그 안으로 보이는 몸에 무수한 '회로'가 깔린 붕대 같은 것을 감았다.

두 손에는 격투기용 수갑(手甲), 발에는 쇠장식으로 보강된 가죽 각갑(脚甲). 앙상하게 마른 몸 같지만 실제로는 피부와 근육밖에 남지 않을 정도로 몸을 단련시켰다는 것을 알 수 있다.

나이는 20살보다 조금 더 많을까. 아무렇게나 자란 붉은 머리에 얼굴이 거의 다 가려져 있다. 그 머리카락 사이로 진홍빛 눈동자가 보였다.

——이 자식, 마술사……인가?

몸 전체에 감은 붕대의 정체는 잘 모르겠지만, 수갑과 부츠에는 경화와 근육 강화 마술이 걸려 있다.

그리고 붕대 이상으로 기이한 것은 얼굴의 오른쪽 절반을 가리고 있는 안대다. 사슬과 흉악한 쇠장식이 집요할 정도로 그 위를 덮고 있어서 상당히 기피해야 할 무언가처럼 느껴졌다.

——기분 나쁜 녀석이다.

자간이 노골적으로 혐오를 드러내자 남자는 외쳤다.

"내 이름은 데카라비아! 〈마술사 킬러〉인 〈마왕〉 자간에게 도전하러 왔다!"

그 이름을 들은 자간은 순순히 납득했다.

——확실히 머리에 나사가 빠진 녀석이 맞군.

남자——데카라비아는 일방적으로 외치더니 다시 주먹을 쥐고 돌진해왔다.

타격을 입은 모습은 전혀 보이지 않는다. 현재 로브도 아뮬렛도 몸에 지니지 않은 자간이 마술적인 보조를 받지 않는다는 것이 원인은 아닌 듯했다.

단순한 착각이나 세상 물정 모르는 놈은 아닌 것 같았다.

"떨어져 있어, 네피. 살짝 화풀이할 생각이니 거칠어질 거다."

네피가 조금 떨어진 곳으로 가자 자간도 반격 자세를 취한다.

……그런데 그의 왼손에는 알시에라에게 받은 둥근 안경이 여전히 쥐어져 있었다.

시간으로 따지면 몇 초 되지 않았지만, 그때는 이미 남자가 코앞에 다가와 있었다.

"히히, 간다, 자간!"

"남의 이름을, 친한 척 부르지 마라."

쌀쌀맞게 대꾸하며 오른손 주먹을 아무렇게나 휘두른다.

자간이 가장 잘 다루는 마술은 육체 강화 마술이다. 그 일격은 성벽조차 산산조각 내고, 다른 사람의 마술을 '먹으면' 그 파괴력은 기하급수적으로 늘어난다.

즉, 자간이 있는 힘껏 얼굴을 때리면 〈마왕〉이라도 머리가 날아갈 수밖에 없다.

데카라비아의 얼굴은 안대가 없는 왼쪽 절반부터 산산이 부서져서 날아갔어야 했다.

"——?"

다음 순간, 얼굴에 주먹을 맞은 사람은 자간 쪽이었다.

딱딱한 수갑의 충격과 함께 선혈이 흩어진다.

"자간 님!"

네피가 비명을 지른다.

——내 타격력이 저 녀석보다 못하다고?

마술사가 되고 나서 처음 경험하는 일이었다.

발바로스와 비프론스처럼 때려도 끈질기게 살아남은 사람은 있었다. 미하엘처럼 막아낸 사람도 있었다. 하지만 이건…….

데카라비아가 눈을 동그랗게 뜨고 씩 미소 짓는다.

"이히히, 너 좋은 녀석이구나. 왼쪽으로 때리면 맞았을지도 모르는데."

"걱정하지 마라. 강자는 약자의 약점을 이용하지 않는 법이다."

자간은 그렇게 말하고 바로 위에서 주먹을 내리꽂았다.

"히핫, 다정한 〈마왕〉에게 건배를!"

의미를 알 수 없는 소리를 지르며 데카라비아도 주먹을 치켜 올린다.

그때 자간은 분명히 봤다.

자간의 주먹이 얼굴에 닿기 직전에, 데카라비아의 모습이 사라졌다.

──아니야. 위치가 변한 거다!

놀랍게도 이 남자는 자간의 강철 주먹을 앞에 두고도 한 발 더 내디디며 몸을 피했다.

그만큼 데카라비아의 주먹은 더 늘어났고, 표적을 놓친 자간은 제 발로 데카라비아의 주먹을 향해 돌진한 꼴이 되고 말았다.

눈앞이 캄캄해질 정도의 충격. 자신의 주먹이 가진 위력이 그대로 되돌아온 것 같다.

바로 밑에서 치고 올라온 충격에 자간의 몸은 뒤로 젖혀졌지만……, 아무 일도 없었던 것처럼 코피를 닦았다.

"흐음. 대단하군."

"키히히, 당신도 대단해! 역시 〈마왕〉──."

"발바로스 자식. 늘 이런 힘으로 얻어터지면서도 아무렇지도 않았던 건가."

이런 기세로 때리는 상대가 있다면 아무리 자간이라도 부주의한 언동은 삼가할 정도로 주저할 것이다. 그런데 발바로스는 희희낙락하며 다가온다. 피학적인 취향이라도 있는 건지 불안해질 정도다.

자간이 진심으로 감탄하는데 데카라비아의 얼굴에서 표정이 슥 사라졌다.

"……어이, 자간. 그건 아니지 않냐? 어?"

데카라비아가 다시 주먹을 휘두른다.

자간은 그 주먹을 피하지도 막지도 않고 그대로 받아냈다.

지리멸렬한 광인처럼 말하고 행동하고 있지만, 그 몸놀림과 주먹의 날카로움은 정밀하고 치밀했다. 이 남자라면 안면에 모래를 끼얹어도 주먹으로 다 쳐서 떨어뜨릴 것이다. 그렇게 비할 데 없이 정확한 주먹의 연격이다.

얼굴을 난타당하고 복부에 주먹이 꽂히고 피부가 찢어지고 이마에서 피가 솟구치는 와중, 자간의 몸에는 눈 깜짝할 사이에 검붉은 상처가 새겨진다.

"당신과 싸우기 위해 일부러 바다까지 건너왔는데 무시하면 안 되지. 나를 봐! 이 데카라비아를 보라고! 어서! 어서! 어서! 어서 보라고오오오!"

네피가 더는 못 보겠다는 듯 얼굴을 가렸지만, 자간은 아무렇지도 않은 것처럼 데카라비아를 응시하고 있었다.

"재미없어! 재미없다고! 여기까지 온 내 시간을 다시 돌려줘, 자간——앗?"

데카라비아가 필살의 일격을 휘두르는 바로 그 순간, 자간은 그 얼굴을 움켜쥐었다.

자간보다 키가 작은 남자는 그대로 공중에 매달린다.

"가아악, 이, 이거 놔!"

"옳거니. '재주'라는 것이군. 이런 것을 사용하는 마술사는 처음 보는데 너무 가벼워서 가소롭군."

한숨을 쉬며 그렇게 말했을 때 자간의 상처는 거의 다 사라지고 없었다.

처음 두 방에 정신이 아득해질 정도의 위력이 있었던 건 〈마왕〉의 주먹이 그대로 되돌아왔기 때문이다. 이 남자의 주먹에는 자간을 쓰러뜨릴 힘이 없다.

"의외성은 있었지만 수가 드러나면 고작 이 정도다. 요즘은 뒷골목 부랑아들도 사용하는 거지. 이런 유치한 기술로 용케도 〈마왕〉에게 싸움을 걸 생각을 했군."

자간은 가여운 마음까지 담아 그렇게 말했다.

자간 역시 아무런 힘도 없었던 부랑아 시절, 자신의 몸을 지킬 최소한의 기술로 '재주'를 익힌 적이 있다.

여전히 왼손에 쥔 안경을 의식한다.

그래. 그 참견하기 좋아하는 소년들에게 배웠다.

지금까지 그 어떤 강적을 상대로 싸워도 자간이 주먹으로 쓰러뜨릴 수 있었던 건, 그것을 **맞히는 재주**가 몸에 배어 있었기 때문이기도 하다.

그래서 자간은 이렇게 생각한다.

"'재주'라고는 몸 외에 다른 무기도 없는 자가 교회나 마술사로부터 자신의 몸을 지키기 위한 수단이다. 강자가 약자로부터 그것을 빼앗아도 될 이유가 어디 있단 말이냐. 부끄러운 줄 알아!"

자간에게 있어 '재주'라는 것은 돈과 힘을 가진 자들로부터 자신의 몸을 지키는 마지막이자 유일한 수단이었다.

그것을 마술사가 사용한다니, 부자가 가난한 사람의 돈을 빼앗는 것이나 마찬가지인 행위라고 생각한다. 그런 **비겁**한 짓은 절대 용서할 수 없다.

하지만 데카라비아는 얼굴을 잡힌 채로 몸을 비튼다.

"키히, 뭐야, **기억하고 있잖아**!"

자간의 팔에 다리를 감더니 손목을 되잡는다. 발목은 자간의 목을 잡고 그대로 전신을 비틀어서 바닥으로 잡아당겨 쓰러뜨리려 한다. 관절을 잡는 궁극의 기술 중 하나다.

그러나 자간은 미동조차 하지 않았다.

"말했을 텐데. 넌 너무 힘이 없어서 가소롭다고."

자간은 팔에 데카라비아가 감긴 자세 그대로 곧장 아래로 메다꽂았다.

"커헉?"

아무리 모래사장이라도 머리부터 처박히면 버틸 재간이 없다. 팔을 꺾어 누르려던 데카라비아의 구속이 풀어진다.

그리고 데카라비아의 얼굴을 쥐고 있던 오른손에 마력을 주입한다.

"마술사라면 마술로 싸워라. 이렇게 말이다――〈뇌창(雷槍)〉."

자간이 육체 강화 다음으로 잘 하는 것이 천둥 마술이다. 특히 이건 하늘에서 번개로 만들어진 창이 떨어져서 모든 것을 산산조각 내는, 발바로스의 〈분노의 불〉에 버금갈 정도로 강력한 마술이었다.

――그러고 보니 **평범한 마술**을 사용하는 건 오랜만이군.

그런 생각을 한 순간이었다.

"기하햐! 마술을 사용했겠다!"

무슨 일이 일어난 건지 금방은 이해할 수 없었다.

자간이 쏜 〈뇌창〉은 데카라비아를 직격했다고 생각한 순간, 자간을 꿰뚫었다.

“커――헉?”

정면에서 날아온 **번개의 창**에 자간의 오른팔부터 어깨까지 검게 탄다. 몸의 절반이 검게 타버리자 더는 버티지 못하고 무릎을 꿇는다.

――이 녀석, 설마!

경악으로 눈은 휘둥그레 뜨자, 그것을 긍정하듯 네피가 중얼거렸다.

“자간 님의 **마술을 튕겨냈어**?”

마술을 발한 순간은 마술사가 가장 무방비해지는 순간이다. 그런데 자신의 마술이 되돌아오니 막아낼 도리가 없다.

사실 자간은 그 즉시 일어나지 못했다.

〈마왕〉의 일격을 그대로 맞은 것이다. 재생 속도도 제때 따라잡지 못한다.

――이래서야, 무지한 꼬맹이의 손에도 죽겠군.

예전에 이와 똑같은 방식으로 죽은 마술사가 있다는 사실을 떠올린다. 만약 방금 사용한 마술이 〈천린〉이었다면 하고 생각하니 공포마저 느껴진다.

게다가 그만큼 요란한 마술을 사용했으니 섬의 다른 곳에서도 보였을 것이다.

"어이, 뭐야, 이 자식은?"

섬에서 식량을 찾고 있던 사람들이 달려온다.

얼핏 보니 성기사들이었다. 역시 직업 정신이 투철하다고 할까, 판단력과 빠른 행동은 감탄스러웠다.

데카라비아가 고개를 갸웃거리며 일어난다.

"어——? 뭐야, 뭐야, 잔뜩 튀어나왔잖아! 이거 다 없애버려도 돼? 그래도 괜찮지? 좋아, 죄다 없애주마. 내가 없애는 건 또 잘하거든. 이햐햐햐햐햐햐!"

그렇게 숲에서 달려오는 사람들을 보고 입맛을 다실 때였다.

"——우연이군요. 저도 없애는 것 하나는 잘하거든요."

데카라비아의 등 뒤에 쿠로카가 딱 달라붙어 있었다. 그 손에는 이미 단검 두 자루가 쥐어져 있다.

"——?"

데카라비아가 반응했을 때는 쿠로카가 이미 단검을 휘두른 후였다.

서둘러 뒤로 뛰어 물러나는 데카라비아의 몸에서 오른팔이 떨어진다. 마치 사신의 낫처럼, 바로 밑에서 가해진 참격이 오른팔을 베러버린 것이다.

"——으아아아아아아아아아아아아?"

"마지막입니다."

쿠로카는 그 어떤 망설임도 없이 데카라비아의 목을 베려고 단검을 휘두른다.

하지만 자간이 그녀를 말렸다.

"그만둬, 쿠로카!"

"어——?"

한 발 늦게 쿠로카도 깨달았다. 버티려고 했지만 찰나의 순간 늦고 말았다.

"그아아아아——. ……라고 할 줄 알았지?"

"윽……."

데카라비아의 **오른손**이 쿠로카의 목을 잡고 있었다.

잘려나간 팔의 단면에서 순식간에 새로운 팔이 자란 것이다.

캐트 시는 마력이 높지만 힘이 강한 종족은 아니다. 가냘픈 목을 비틀어 끊을 듯한 힘으로 조르자 안색이 시커멓게 물들어간다.

"오오, 고양이다, 고양이. 나 있지, 고양이를 쓰다듬는 건 처음이야. 참 가냘픈 목이네. 확 부러뜨릴까, 아니면 그냥 뭉개버릴까, 아——, 숨이 끊어질 때까지 가만히 보고 있는 것도 재미있을지 몰라. ……아, 아얏."

쿠로카는 목이 졸린 상황에서도 정확하게 급소에 단검을 찔러 넣었지만, 데카라비아는 꿈쩍도 하지 않았다.

——이 자식, 모든 '회로'를 회복과 강화에 돌리고 있는 건가.

잘린 팔을 순식간에 복원시킬 정도다. 회복력만 따지면 〈마왕〉을 능가한다.

데카라비아의 얼굴에 일그러진 미소가 떠올랐다.

"고양이는 애완동물 아니야? 고분고분 굴지도 않고 귀엽지도 않은데 죽여버릴까?"

——그렇게는 안 되지!

자간이 몸을 일으켰지만 그보다 빨리 전광석화처럼 달려오는 모습이 있었다.

"빛나라——성검 〈아즈라엘〉!"

빛과 같은 일섬(一閃)이 데카라비아의 얼굴부터 벤다.

"——엇, 큰일 날 뻔했네!"

데카라비아는 순식간에 뒤로 물러났지만 쿠로카의 목을 잡고 있던 오른팔이 다시 잘려 나갔다.

"쿨럭, 쿨럭, 쿨럭."

쿠로카가 기침을 하며 쓰러진다.

그녀를 감싸듯 앞을 가로막고 선 사람은 샤스틸이었다.

"미안해, 쿠로카. **짐**을 가지러 가느라 늦었어."

그 손에는 성검을 쥐고 있었다. 습격이 있다는 걸 알아차리고 성검을 가지러 달려갔던 모양이다. 차분한 얼굴이지만 꽤 숨이 차 보였다.

그에 비해 데카라비아는 공중으로 도망가서 잘려 나간 팔을 누르고 있다.

"아야야, 아하! 좋아, 좋아. 이제야 재미있어졌군!"

성검으로 인한 상처까지는 재생하지 못하는 것 같지만, 오히려 그 점을 더 기뻐하는 듯 보였다.

"뭐야, 이 녀석은……."

그 기이한 느낌에 샤스틸도 부들부들 떨며 후퇴한다.

바로 그때였다.

데카라비아의 발치에 묵직한 것이 떨어졌다.

"아——?"

온통 사슬과 쇠장식이 된 데카라비아의 안대였다. 조금 전 샤스틸의 일격이 살짝 스쳤던 모양이다.

그리고 그 자리에 있는 사람들의 시선은 자연스럽게 안대에 가려져 있던 데카라비아의 얼굴로 향한다.

"뭐, 야……?"

당혹스러운 목소리를 흘린 사람은 샤스틸일까.

데카라비아는 해방된 **오른눈**을 뒤룩뒤룩 움직인다.

안대에 가려져 있던 것은 은색 눈동자였다.

그것을 본 자간의 얼굴도 굳었다.

——저 눈은 뭐지?

자간과 똑같은 색을 가진 눈동자. 하지만 말로 표현할 수 없는 불쾌감을 주는 안구. 아마 진짜 타고 난 눈이 아니라 의안일 것이다. 그리고 무엇보다——.

——저렇게 잔뜩 저주 받은 안구를 자신의 몸에 심다니, 이 녀석, 제정신인가?

애당초 제정신으로 보이진 않지만.

은빛 의안은 자간이 봐도 구역질이 날 정도로 불길한 저주를 띠고 있었다.

보름 전에 자간과 네피는 〈마왕〉과 용의 저주를 받았다. 단순한 세기로 따지면 거기에는 훨씬 미치지 못하지만 이 의안의 저주는 훨씬 긴 시간——아마도 몇 백 년이라는 세월 동안 가라앉아 있었던 것 같은 시커먼 암흑, 그 자체다.

그리고 그렇게 저주 받은 의안에서 숨이 막힐 정도의 마력이 흘러나온다.

데카라비아는 오른쪽 눈을 가리고 한숨을 쉬었다.

"……쳇, 분위기 다 깨졌군. 어이, 거기 여자, 고양이, 둘 다 자간의 일행이지? 결정했다. 너희부터 죽여주마! 죽지 않기 위해 있는 힘껏 도망치고 발버둥 치면서 필사적으로 저항해봐. 기햐햐햐!"

데카라비아는 광기어린 웃음소리를 남기고 지면을 세게 때렸다. 자욱한 모래연기가 피어오르면서 시야가 차단됐다.

"하앗!"

샤스틸이 성검의 일섬으로 모래먼지를 갈랐지만, 그곳에 그 광인의 모습은 없었다.

그 마술사에게 마술의 재능은 없었다. 마술을 행사하는 데 필요한 마력이라는 힘이 절망적으로 부족했던 것이다. 그래도 그에게는 강해지지 않으면 안 되는 이유가 있었다.

여동생이다.

부모에게 버림을 받았는지, 아니면 사별을 했는지는 기억나지 않는다. 다른 가족은 없었다. 그래서 데카라비아에게 있어 가장 사랑하는 여동생을 지키는 것은 살아가는 의미 그 자체였다.

어린아이들만으로 먹고 살 수단은 한정되어 있다.

깨끗한 일만 하고는 살아갈 수가 없다. 물건과 먹을 것을 훔치고 가끔은 **흠씬** 두들겨 맞는 등, 어둠 속에서 몰래 살아가는 수밖에 없다.

그런 생활에서 벗어날 수 있는 방법은 어떻게든 위로 올라가서 살거나 아니면 길바닥에서 죽거나, 이 두 가지 밖에 없다.

그리고 그런 아이들이 위로 올라가서 살기 위한 가장 확실하고 간단한 방법이 바로 마술사가 되는 것이었다.

하지만 그에게는 더 이상 시간이 없었다. 이제 곧 성인이 될 나이가 코앞인 자신은 언젠가 어른들에게 잡혀서 그들의 법에 따라 재판을 받을 것이다. 그 나이가 될 때까지 살기 위해 수많은 죄를 저질러온 만큼 그대로 처형당할지도 모른다.

그렇게 되면 여동생을 지켜주지 못한다.

초조함만 더해가던 어느 날, 그는 한 도구의 존재를 알게 된다.

〈왕의 은안〉——마력을 비약적으로 높여주고 무한한 지식을 준다는 마술의 비보다. 그리고 더 운이 좋게도 그것을 손에 넣으려는 마술사의 존재도 알았다.

그것을 빼앗으면 그도 마술사가 될 수 있다.

그렇게 호시탐탐 마술사를 노리고 있던 그는 목격하게 된다.

〈왕의 은안〉을 손에 넣은 마술사가 그 눈에 잡아먹히는 모습을.

위험한 물건인 건 분명해 보였다.

하지만 그는 소유자를 잃은 〈은안〉을 빼앗는 것 이외에 다른 선택지가 없었다.

그리고 〈은안〉은 그를 소유자로 인정해주었다.

마술사로서 강대한 힘을 가지게 되면서 어른들의 법으로부터도 해방되었다. 여동생도 평범한 생활을 보낼 수 있게 되었다. 늘 꿈꾸었던 순풍만범(順風滿帆)의 나날이다.

그런데 그런 어느 날, 그 마술사를 만나게 되었다.

〈왕의 은안〉과 똑같은 은색 눈을 가진 소년.

그는 소년에게 도전했고, 그리고——.

"……어라? 그래서 어떻게 되었더라?"

무인도의 숲에 숨어서 자간 일행을 살펴보고 있던 데카라비아는 고개를 갸웃거렸다. 성검으로 인한 상처는 의외로 심각해서 회복에 시간이 걸리고 있었다.

그날 자간과 대결을 벌여서 자신이 졌다는 사실은 기억한다.

그런데 어떤 결말을 맞이했는지는 잘 생각나지 않았다.

——애당초 왜 그 녀석과 싸우게 된 거지?

생각해내려고 하자 오른쪽 눈에 박힌 〈왕의 은안〉이 잔뜩 곪은 것처럼 욱신거렸다.

안대가 망가졌기 때문일까, 통증이 더 심해진 것 같다.

통증을 멈추기 위해 벅벅 긁자 피부가 찢어지면서 피가 뚝뚝 흘러내린다. 그래도 통증은 그칠 줄을 몰라서 살점이 떨어질 때까지 계속 긁었다.

오른쪽 눈을 계속 긁는 그는 의아하게 생각하지 못했다.

사랑하는 여동생이 어디로 사라졌는지를.

◇

"상처는 좀 어떠냐, 쿠로카."

데카라비아가 사라지고 나서 얼마 후. 주위에는 조금씩 어스름이 내리고 있었다.

석양이 지는 해변에서 쿠로카는 잔뜩 풀이 죽은 채, 무릎을 끌어안고 앉아 있었다. 자간이 말을 건네자 캐트 시 소녀는 고개를 드는 대신 두 갈래로 갈라진 꼬리를 흔들어 보였다.

"……괜찮아요. 네피 님의 치유의 힘은 네프테로스 님과 똑같은 것이라 그런지 아프지도 않아요. 게다가."

데카라비아의 손에 의해 부러질 뻔했던 목을 만지며 말한다.

"애당초 다쳤다고 말할 정도는 아니었으니까요. ……오빠, 마술로 뭔가 하신 것 맞죠?"

그때 자간은 중상을 입은 상태였지만, 마냥 손을 놓고 있기만 한 건 아니었다. 데카라비아와 쿠로카 사이에 즉석에서 만든 〈천린〉을 끼워 넣어둔 것이다.

——그 녀석, 힘은 약했으니까 〈천린〉을 없애진 못했겠지.

아마 마술사로서의 마력은 별로 높지 않을 것이다. 물론 〈마왕〉을 쓰러뜨렸을 정도이니, 그 부분을 보충하기 위한 수단은 가지고 있겠지만.

자간은 쿠로카의 얼굴을 가만히 쳐다본다.

"상처는 괜찮겠지만 넌 그렇게 보이지 않는데."

그러자 쿠로카는 꼬리에서 힘을 쭉 빼더니 어깨를 늘어뜨렸다.

"오빠, 지금 다정하게 대해주시면 제가 조금 힘들어요. 그러니까 지금은 그냥 내버려두세요."

"그래, 알았다."

자간은 그렇게 대답하고 쿠로카의 옆에 엉덩이를 깔고 앉았다.

아무 말 없이 그대로 석양을 멍하게 바라보고 있자 쿠로카는 곤혹스러운 듯 세모난 귀를 움찔움찔 떨었다.

"……맞아요. 오빠는 **약한 아이**를 지켜주려고 할 사람이니까요."

데카라비아는 자간보다 먼저 쿠로카와 샤스틸을 죽이겠다고 선언했다. 샤스틸의 주위에는 성기사들과 발바로스가 있지만, 쿠로카에게는 릴리스와 셀피 같은 비전투원밖에 없다.

그래서 쿠로카는 혼자 이런 곳에 있는 것이다.

물론 친구들을 지키기 위한 것도 있지만 오해를 받는 건 곤란하다. 자간은 한숨을 쉬며 쿠로카의 머리를 콕 찔렀다.

"멍청한 녀석. 약해빠져서 웅크리고 있기만 하는 놈을 누가 지켜주겠나. 넌 나 때문에 싸웠고, 나 때문에 패배했고, 나 때문에 이곳에 웅크리고 있어. 난 그런 널 그냥 내버려둘 정도로 멍청한 왕이 아니야."

데카라비아는 쿠로카와 샤스틸을 노릴 거라고 선언했다. 그런데도 이렇게 여보란 듯 혼자 웅크린 이유는 그 마술사를 유인하기 위해서다.

쿠로카는 그제야 고개를 들더니 자간을 쳐다본다. 그리고 어쩔 도리가 없다는 듯 헤죽 웃었다.

"오빠에게는 아무것도 숨길 수가 없네요."

"혼자 다 끌어안으려는 점은 라파엘과 똑같군."

그 이름이 나오자 쿠로카는 곤란한 듯 고개를 숙인다.

"아버지는 잘 계시나요?"

"그래. 성에서도 최선을 다해 일하고 있지. 신경 쓰이면 언제 한번 보러 와. 바로 근처에 있잖아."

"……알겠어요."

그러더니 화제를 돌리듯 묻는다.

"오빠야말로 **작업**은 다 끝났나요? 섬을 한 바퀴 도시는 것 같던데요."

자간이 이제야 쿠로카를 보러 온 건, 그 전까지 다른 일을 하고 있었기 때문이다.

"작업이라고 할 만한 건 아니다. 이곳은 내 영지가 되었지만, 영지로서 기능하고 있는 건 아니라서 최소한의 결계를 쳐두고 온 것뿐이다."

그렇게 대답하자 쿠로카는 고개를 갸웃거린다.

"마술에 대한 건 잘 모르지만, 오빠 정도 되는 마술사도 아무것도 없는 처음부터 결계라는 것을 치기란 어려운 일인가요?"

"아니. 마술의 기본은 '마법진을 그리는 것'에 있다. 직접 그린 마법진은 그 지속성과 효과 모두 주문이나 도구 같은 대체품으로는 얻지 못하는 것이 있지."

"그럼, 섬 하나를 다 뒤덮을 정도로 큰 마법진을 그리고 오신 거예요?"

"그래. 하지만 보수법(步數法)이라는 사고방식이 있거든. 그것을 잘 이용하면 발자국을 그대로 마법진의 주축으로 삼을 수 있어."

효과는 그럭저럭, 지속 기간은 수년 단위라고 한다. 즉석에서 만들어내기엔 충분하다.

"놈은 섬의 어딘가에 있을 테니 이것으로 어디 있는지 알아낼 수 있어."

——물론 진짜 알아내고 싶은 건 **이동 수단**이지만.

자간의 예상에 따르면 이동수단 따위는 없다. 그렇지만 발바로스처럼 전이마술을 사용할 수 있을 정도로 실력 있는 마술사 같아 보이지도 않았다.

대충 짐작은 하고 있지만, 확실한 증거는 아직 없다. 데카라비아가 어디 숨어 있는지 알면 그 이동수단에도 확신을 가질 수 있을 것이다.

쿠로카의 눈이 동그래진다.

"그럼 그 마술사는 찾아냈나요?"

"그래. 하지만."

자간은 그렇게 말하며 **슬쩍 훔쳐**온 작은 훈제 생선을 내밀었다.

"——지금은 배를 채우는 게 먼저다."

쿠로카의 손에 훈제 생선을 올려주더니 자간도 우걱우걱 먹어치우기 시작한다.

쿠로카는 입을 쩍 벌렸다.

"배를 채우다니, 적을 처리하지 않아도 되나요?"

"쿠로카, 그건 초심자가 자주 저지르는 실수다. 복수도 보복도 상대를 어떻게 화나게 만드는지가 중요한 법이야."

"화, 화나게 만든다고요?"

"그래. 분노는 시야를 좁게 만들고 눈을 어둡게 해서, 자신밖에 보이지 않도록 할 수 있거든. 그때 주어지는 굴욕은 평생을 가지. 굴욕과 분노로 점철된 인간이 일방적으로 당하기만 하면 남는 건 절망뿐. 그렇게 해서 불쌍하게 울부짖는 모습을 보면 마침내 복수는 달성되는 거다."

"……오빠가 복수의 대상이 아니라서 정말 다행이에요."

쿠로카는 새파랗게 질렸지만, 자간은 개의치 않고 말을 이었다.

"원래 하던 이야기로 돌아가지. 마술사는 2~3일 정도 밥을 먹지 않아도 살 수 있지만, 눈앞에서 맛있게 밥을 먹는 모습을 보고도 화가 나지 않는가 하면 그건 또 아니야. 그 자식 성격을 생각하면 반드시 우리를 감시하고 있을 거다."

작은 심술이긴 하지만 식욕은 생물의 3대 욕구 중 하나이기 때문에 제법 효과적이다.

——나와 네피처럼 물욕이 없어진 부류라면 또 몰라도, 데카라비아는 자신의 욕구대로 행동하는 타입이니까.

그렇다면 식욕에 대한 공격은 제법 효과적일 것이다.

하지만 그건 동시에 자간은 언제든 데카라비아를 유인해낼 수 있다는 뜻이다. 결과 따윈 필요 없다.

보란 듯이 훈제 생선을 베어 문다.

"니 보시라고 했던가. 훈제 생선은 처음 먹어보는데 술과 제법 잘 어울릴 것 같군. 릴리스가 류카온의 술을 준비해준 모양인데 너도 한잔 어떠냐?"

"전 알코올이 들어가면 주위가 어떻게 되는지 하나도 모르게 되기 때문에 술은 좀. ……니 보시, 마음에 드시나요?"

"어. 이 훈제라는 음식 자체도 꽤 최근 들어서 알게 된 거고."

그 대답에 쿠로카는 재미있다는 듯 웃었다.

"오빠도 농담을 할 줄 아시네요. 훈제라면 대륙 쪽이 더 풍부하잖아요. 햄이나 베이컨, 치즈 같은 것도 그렇죠?"

"……음. 그렇지."

네피와 만나기 전까지는 그렇게 비싼 음식을 먹을 생각도 하지 않았고, 애당초 훈제라는 조리법 자체를 몰랐다.

자간의 주식은 소금에 절인 고기를 말려서 건조시키기만 한 말린 고기다. 노쇠한 가축을 죽일 때 발생하는 것으로, 자간의 경우는 숲에서 사냥을 통해 조달했었다. 솔직히 말해 반은 부패했다. 나중에 알게 된 건데, 이건 식량을 비축해두지도 못하는 농민들이 굶주림을 해소하기 위한 마지막 수단으로 먹는 것이라고 한다.

무엇보다 비참한 것은 이것을 만난 지 얼마 안 되었을 무렵의 네피에게 먹였다는 점이다.

그 후로 네피는 '식사는 내가 어떻게든 해야 돼'라는 강박관념 같은 사명감에 사로잡혀서 매 끼니를 차려주고 있다. 물론 맛은 있지만 가슴이 조금 아프다.

이야기를 나누다 보니 기분이 조금 풀렸는지, 쿠로카가 말하기 곤란한 듯 입을 연다.

"네피 님이 저를 치료해주셨어요."

"음. 들었다."

"네피 님께서 제 눈을 치료해줄 수 있을지도 모른다고 말씀하셨어요."

당연한 말이었다.

――마술 같은 경우는 원래대로 완전히 되돌리는 건 불가능하지만, 마법이라면 가능할지도 모른다.

쿠로카의 눈네 난 상처는 너무 오래되었다. 마술로 고치려면 다른 사람의 안구를 빼앗거나, 인조 인간이라도 만들어서 그 눈을 이식하는 수밖에 없다. 그리고 그 **빌린** 눈이 살아 있을 수 있도록 계속해서 마력을 공급해주어야 한다.

그건 '완전한' 치료라 부르지 못한다.

네피의 마법은 그것을 뒤집을 가능성이 있다. 네피는 자신의 그런 힘을 탐탁치 않게 생각하지만, 그 힘을 필요로 하는 사람을 위해서라면 망설임 없이 사용한다.

어쨌든 좋은 이야기인데도 쿠로카의 표정은 어두웠다.

"그때, 어째서인지 대답할 수가 없었어요……."

아무래도 풀이 죽어 있었던 이유는 패배보다 이 일 때문이었나 보다. 아니, 풀이 죽었다기보다는 고민하고 있었다고 해야 되나.

자간은 흐음 하고 고개를 끄덕인다.

"빛을 보는 게, 무서운 거냐?"

"……네."

사정없는 질문에 쿠로카는 두려운 듯 고개를 끄덕인다.

"마술사에게 일족 모두가 죽임을 당하고 〈아자젤〉에 들어간 후, 이건 당연한 복수라고 생각하며 마술사들을 죽여왔어요."

그렇게 중얼거리더니 무릎을 끌어안고 얼굴을 파묻는다.

"……아주 많이, 죽였어요."

"신경 쓰지 마. 어차피 마술사는 죽어 마땅한 놈들이니까. 그 정도는 다 자각하고 마술사가 되는 거야. 그러고도 죽임을 당하는 놈이 멍청한 거지."

"그럴까요……. 제가 죽인 마술사 중에 오빠 같은 사람이 있었다면요? 어쩌면 제게 손을 내밀어주려고 한 건지도 모르는데."

——눈이 보이게 되면 그 죄가 좀 더 확실히 보일 것 같은 느낌

이 든다——.

쿠로카는 그런 말이 하고 싶은 것이리라.

그래서 무섭다.

"멍청하긴. 그런 말을 하는 마술사가 있다면 그건 틀림없이 함정이야! 죽이는 게 정답이라고."

갑자기 머리가 아픈 것처럼 머리를 싸매는 쿠로카.

"……으음, 제가 표현을 잘못한 것 같네요. 서로 이해할 수 있었다면, 그러니까 죽이는 것 외에도 다른 방법이 있지 않았을까 하는 거예요."

"그것도 딱히 칭찬해줄 만한 방법은 아니군."

그렇지만 네피가 무슨 말을 하려는지 전혀 모르는 건 아니다.

——이런 건 네피나 샤스틸이 잘하는데…….

팔짱을 끼고 고민하던 자간은 이렇게 말한다.

"쿠로카, 넌 류카온의 캐트 시의 마지막 생존자지?"

"……네."

"그럼 이렇게 생각해라. 넌 반드시 살아야만 해. 네가 살아 있는 한 네 일족이 살았다는 증거는 남는 거니까. 그래서 넌 살기 위해 마술사를 죽여온 거다. 마술사를 죽이면 교회의 은혜를 받을 수 있으니까 말이지. 즉 필요한 일이었다. 그렇게 생각하도록 해."

다소 강제적인 논법에 쿠로카는 다시 어안이 벙벙해진다.

그러더니 어쩔 수 없다는 듯 씁쓸하게 웃었다.

"오빠도 제가 죽고 싶어 하는 것처럼 보이세요?"

"죽고 싶어 하는지는 모르겠지만, 살아갈 의미를 모르는 것처럼 보이긴 해."

쿠로카의 어깨가 축 늘어진다.

"같은 일로 릴리스에게도 야단맞았어요. 난 앞으로 지금까지 죽인 사람들에게 속죄하며 살아야 한다고 말했더니……."

그 말을 들은 자간은 어이가 없었다.

"화낼 만도 하군. 릴리스 입장에서는 두 번 다시 만나지 못할 줄 알았던 소꿉친구와 재회했는데, 그 녀석에게 살아갈 의미가 없다는 말을 들으면 어떨 것 같냐?"

"사, 살아갈 생각은 있어요!"

"그런 건 살아간다고 말하지 않아. 살아간다는 건 오락을 향유하고 욕망을 이루며 환희를 얻는 것이다. 그저 죽지 않고 있는 상태를 살아 있다고 하진 않아."

쿠로카는 당황한 듯 고개를 숙인다.

"……하지만, 그런 식으로 정당화해도 되는 걸까요?"

"무슨 문제라도 있냐?"

"살아간다는 건 좀 더 아름답고 숭고하지 않을까 생각해요."

자간은 그제야 칭찬하는 것처럼 웃었다.

"뭐야, 잘 알잖아. 살아간다는 건 저속하고 비열하며 보기 흉한 것이다. 그래서 열심히 살아가는 사람은 아름답고 숭고해."

"보기 흉하지만, 숭고……?"

"그래. 따라서 네게 부족한 건 욕망이다. 우선 소망부터 가져봐. 꼴사납게 발버둥 치더라도 원하는 것을 가지는 거야."

그 말은 어떻게 전해졌을까.

쿠로카는 고개를 숙인 채, 하지만 머뭇거리며 입을 연다.

"빛을 보는 건 여전히 무서워요. 그렇지만 딱 하나, 하고 싶은 일이 있어요."

그러더니 자간을 향해 똑바로 고개를 들었다.

"전 오빠가 어떤 얼굴을 하고 있는지 알고 싶어요."

눈이 보이지 않는 그녀에게 그것이 어떤 행동을 가리키는지는 자간도 알고 있다.

"좋아. 만져봐."

자간이 그렇게 말하자 쿠로카는 머뭇머뭇, 손가락 끝으로 자간의 얼굴을 만진다.

제일 먼저 접촉한 것은 두 손의 중지로, 손가락이 닿은 순간 겁에 질린 듯 떨었다. 마치 자신이 만지면 더러워지기라도 하는 것처럼.

그래도 그곳에 자간이 있다는 사실을 확인하는 것처럼 검지, 약지, 엄지, 새끼손가락 순으로 손가락을 더해간다.

어느새 해가 완전히 졌고, 밤바람에 노출된 쿠로카의 손가락은 차가웠다.

——왠지 얼굴을 내주고 있는 나까지 긴장되는군.

열 개의 손가락을 하나씩 움직이며 가만히 한숨을 흘린다. 그 움직임은 아주 느릿느릿했는데, 왠지 손가락을 떼기 아쉬워하는 것처럼 보이기도 했다.

마침내 자간의 얼굴을 확인하는 작업이 끝났다.

곤혹스러운 미소를 지으며 손을 내렸다.

"감사합니다. 오빠는 이런 얼굴을 하고 있었군요."

"상상대로였나?"

"아뇨, 상상했던 것보다 조금 무서운 얼굴이었어요."

"그럼 정답이다. 만족했나?"

그렇게 묻자 쿠로카는 고개를 옆으로 흔들었다.

"다음은 아버지의 얼굴을 알고 싶어요. 릴리스와 셀피의 얼굴도, 예전과는 달라졌겠죠."

그 대답에 자간은 쿠로카의 얼굴을 쓰다듬어 주었다.

"좋은 대답이다. 이제야 제대로 알게 된 것 같군."

"후후후. 어린 모습으로 변했던 오빠의 얼굴도 확인해둘 걸 그랬어요."

"……그건 그만 잊어."

자간은 떨떠름한 얼굴로 신음을 흘린다.

——뭐, 그래도…….

재미있다는 듯 웃는 쿠로카의 웃는 얼굴이 너무나 자연스러워서, 그 웃는 얼굴이 보상이라고 생각하니 그리 나쁜 기분은 들지 않았다.

◇

자간이 한숨을 쉬는데, 숲이 있는 쪽에서 가까이 다가오는 발소리가 들렸다.
"이런 곳에 있었나. 한참 찾았다, 왕."
시치미 뗀 말투로 그런 말을 한 건 고메리 일행이었다.
그 외에도 포레와 네피, 네프테로스, 릴리스에 셀피 등. 즉 샤스틸을 제외한 여자들의 모습도 보인다.
사실 그녀들은 조금 전부터 멀찍이서 이쪽을 보고 있었다. 자간과 쿠로카가 진지하게 대화를 나누는 모습을 보고 분위기를 보면서 기다리고 있었던 것이다.
뒤를 돌아본 자간은 눈썹을 찌푸렸다.
"너희, 그 모습은 뭐냐?"
"키히히, 류카온의 민족의상으로 유캇타라고 하는 것이다. 릴리스 아가씨가 준비해준 거라서 한번 입어봤지."
쿠로카의 평상복과 꽤 비슷한데 이쪽은 옷자락이 발목에 닿을 정도로 길어서 왠지 움직이기 힘들어 보였다. 초목과 나비 같은 아름다운 문양이 수놓아져 있어서, 화려하지만 왠지 묘하게 차분한 인상을 준다.
자간이 제일 먼저 주목한 사람은 물론 네피였다.
의외라고 할까, 네피가 입고 있는 것은 심홍색 민족의상이었다. 소매와 가슴에 하얀색과 분홍색 꽃잎이 수놓아져 한층 밝은 느낌이다. 평소 입는 차분한 시녀복을 생각하면 꽤 모험적인 시도다.
——네피는 이렇게 화려한 의상도 어울리는구나.
자기도 모르게 넋을 잃고 보고 있자, 네피는 얼굴이 새빨개져서 귀 끝을 떨더니 자간을 올려다봤다.

"어, 어때요, 자간 님?"

"으, 음. 좋아. 응. ……굉장히 아름다워."

자간 나름대로는 상당히 솔직한 감정을 말한 것이다.

네피는 황금색 부채로 얼굴을 가리며 고개를 끄덕였다.

"가, 감사합니다……."

그런 네피의 뒤에서 릴리스와 셀피가 고개를 내민다.

릴리스는 네피보다 조금 연한 분홍색 의상. 셀피는 하늘색 옷이었다.

"어떤가, 왕. 나와 셀피가 옷을 입는 걸 도와줬는데."

"아주 잘했다. 나중에 포상을 내리도록 하지."

자간이 진지한 얼굴로 대답하자 릴리스는 아연실색했다.

"이게 포상을 받을 수 있을 정도의 일이었어?"

"와아, 자간 씨에게 용돈을 받을 수 있겠어요!"

뒤이어 다다다닷 달려온 사람은 포레였다.

이쪽은 초록색 머리에 맞추었는지 귀여운 주황색 옷이다. 테마리라고 하는 공과 반달 모양의 빗 등이 수놓아져 있는 어린아이다운 의상이다.

"자간, 나는?"

"음. 잘 어울리는구나. 공복은 좀 괜찮아졌고?"

낮에 한 낚시 덕분에 배는 제법 채워졌을 거라 생각하지만, 〈용식〉으로부터 떨어져 있다는 점은 변함이 없다. 자간의 질문에 포레는 하암 하고 하품을 했다.

"괜찮아. 그런데 졸리기 시작했어."

"날이 저물어서 그렇겠지. 이제 곧 밥을 먹을 거니까 일찍 자도록 해."

"응."

마지막으로, 따분한 듯 이리저리 시선을 주고 있는 네프테로스를 본다.

"네프테로스. 네 옷도 좀 보자."

"으, 응. ……어때?"

처제는 차분한 보라색 유캇타를 입고 있었다. 무늬는 네피의 것과 한 세트인지 똑같은 꽃잎 자수가 놓여 있다.

——이 모습을 본 리처드 녀석은 네프테로스에게 어떻게 구애할까.

조금 짓궂긴 하지만, 이 둔한 네프테로스에게 열심히 구애하는 성기사를 한 번 보고 싶긴 했다.

"호오, 잘 어울리는군. 역시 내 처제야."

"그, 그래?"

네프테로스는 그리 싫지만은 않은 듯 웃더니 소매를 잡고 빙글 돌아 보였다.

그 모습을 본 네피도 즐겁게 웃는다.

"예뻐요, 네프테로스."

"너도 그래, 네페리아."

아직 어색하긴 하지만 서로 마주보고 웃는 두 사람은 분명 자매가 맞다는 생각이 들었다.

자간이 한차례 감상을 이야기하고 나자 고메리가 쿠로카를 손짓해 불렀다.

"자, 쿠로카 아가씨. 너도 옷을 갈아입어야지. 라파엘의 딸이라면 너도 신하나 마찬가지. 왕의 눈을 즐겁게 하는 것도 신하가 할 일이다."

"즐겁게 하다니, 적이 나타났나요? 오빠는 그렇다 쳐도 우리가 이렇게 놀고 있으면 어떻게 해요? 놈이 샤스틸 님도 노리고 있을 텐데."

"키히, 걱정하지 마라. 덜렁이 아가씨에게는 〈연옥〉 녀석이 붙어 있으니까. 뭐, 데카라비아라는 놈과는 상성이 안 좋아 보이긴 하지. 끝장을 내려면 조금 수고해야겠지만, 그 정도면 될 거다."

그리고 기이한 미소를 짓더니 쿠로카에게 얼굴을 가까이 가져간다.

"무엇보다 나의 왕이 내린 '휴가를 즐겨라'라는 명령은 아직 철회되지 않았다. 즐기지 않으면 주군의 명령을 어기는 것이나 다름없지 않겠나?"

그런 고메리의 말에, 쿠로카는 분노조차 배어나는 표정을 지어 보였다.

"……무슨 말을 하는 거예요? 그놈은 오빠의 마술을 튕겨냈단 말이에요! 마술사가 어떻게 그런 놈을 쓰러뜨릴 수 있다는 거죠?"

그러자 고메리를 비롯한 다른 사람들의 눈이 동그래졌다.

"아니, 그건 그렇게 대단한 능력이 아니야. 인조생명(골렘)은 가지고 오지 않았지만, 나라도 1분도 걸리지 않아서 쓰러뜨릴 수 있고 포레 아가씨라면 진짜 몇 초 만에 죽일 수 있단 말이다."

그 말에 포레는 고개를 살짝 기울이며 생각하다가 작게 고개를 끄덕였다.

"아마도, **한 입**?"

딸의 말에 자간은 똑똑한 학생을 칭찬하는 것처럼 미소 지었다.

"음. 지지 않으려고 기를 쓰는 마음이나 모욕도 없고 비하도 없는 정확한 분석이다."

"에헤헤……."

머리를 쓰다듬어주자 포레는 기쁘게 웃는다.

그래도 쿠로카는 납득이 되지 않는 것처럼 중얼거린다.

"그렇다면 왜 오빠가 그렇게 고전한 거죠?"

"글쎄? 나의 왕은 변덕이 심해서 그 진의를 헤아리기가 어려워서 말이지. 혹시 다른 생각에 잠겨 있었던 건 아닐까?"

핵심을 찔린 자간은 신음을 흘렸다.

──그 자식, 나를 알고 있는 것 같았어. 게다가…….

데카라비아가 사용한 '재주'. '재주'에도 여러 가지 형태와 유파가 있는데, 아무리 봐도 자신이 알고 있는 것과 아주 비슷한 것 같았다. 게다가 알시에라에게 기묘한 말을 들은 직후에 일어난 사건이다. 아무 관계도 없다고 보기는 힘들다.

그리고 무엇보다 그 기분 나쁜 의안.

──은안의 왕──.

알시에라가 끈질기게 말한 이름. 여기서 은안을 가진 사람이 두 명이나 나타난 것이 과연 우연일 수 있을까.

그래서 그 남자가 누구인지 알고 싶어서 죽이지 않았다.

마술사 주제에 '재주'에 의지하는 놈을 그냥 죽여봤자 기분만 찝찝하다. 라는 게 첫 번째 이유인 것 같기도 하지만.

고메리는 시원하게 웃으며 쿠로카의 뺨을 만진다.

"나의 왕이 죽이지 않았다는 건 그럴 필요가 없거나 살려두는 쪽이 더 유리하기 때문이다. 죽이는 게 좋을 때는 왕도 의외로 가차 없거든. 즉, 네 걱정은 기우라는 뜻이란다."

그러더니 갑자기 뭔가 생각난 것처럼 말한다.

"앗! 그러고 보니, 왕. 나만 칭찬을 받지 않은 것 같은데?"

"뭐야, 꼭 해야 되나?"

"당연하지!"

고메리의 의상은 검은색이 베이스였는데, 품위 있는 나비가 수놓아져 있었다. 미녀의 모습을 한 노파는 그 자리에서 빙글 돌아 보인다.

"어떤가? 이런 옷을 입으니 나도 제법 괜찮아 보이지?"

"그런 말은 키메리에스에게나 해. 오래 알고 지낸 사이잖아?"

그렇게 되받아치자, 고메리는 얼굴을 붉히며 손가락을 베베 꼬기 시작했다.

"에우? 키메리에스와는 딱히 그런 사이는……. 아니, 그렇다고 싫다는 건 아니고……."

——이 자식, 다른 사람에게는 사랑의 힘이 어쩌니 영문을 알 수 없는 말을 늘어놓으며 놀리면서, 막상 자기 일이 되니까 영 서투르잖아?

하여간에 성가신 노파다.

자간이 어이없어하자 고메리도 정신을 차리고 일어난다.
"에잇, 키메리에스는 지금 일과는 아무 상관없잖아! 이 유캇타를 보란 말이다. 아니, 나를 보라고. 그리고 칭찬을 하는 거다!"
"너, 오늘따라 왜 그렇게 텐션이 높은 거냐?"
고메리는 눈물까지 글썽이며 격렬하게 외쳤다.
"왕도 알고 있지 않나. 난 오늘이 마지막 밤일지도 모른다고. 빈말이라도 좋으니까 인생 최후의 순간 정도는 다른 사람에게 예쁘다는 말을 듣고 싶단 말이다!"
비통한 호소에 쿠로카도 동정을 금하지 못하겠다는 듯 말한다.
"저기, 오빠, 이 사람, 무슨 일이라도 있나요?"
"아—……. 스승인 〈마왕〉을 화나게 했는데 벌도 받지 않고 도망쳤거든. 도망쳐서 저 좋을 대로 하고 있다는 사실을 들키면 그냥은 끝나지 않을 거다."
"으으, 보름이나 소녀들을 사랑하지 못하고 마술 연구에 절어 지내는 걸 살아 있다고 할 수 있나? 아니지! 산 채로 죽을 바에는 차라리 펑 하고 터져서 죽는 쪽이 나아!"
모래사장을 팡팡 두들기면서도 속이 시원할 정도로 깔끔한 말이었다.
그리고 고메리는 자간을 올려다본다.
"그러니까 누구라도 좋으니까 나를 좀 칭찬해달란 말이다."
"아——, 괜찮아. 아주 잘 어울린다, 그 유탓카. 누가 봐도 칭찬해줄 거다."
너무 가여워서 그렇게 대답하자, 고메리는 멋쩍은 듯 뺨을 긁적였다.

"뭐야. 칭찬을 받으니까 꽤 쑥스럽군."

"도대체 어떻게 해주길 바라는 거냐……."

이젠 머리가 아파 올 지경이었지만, 그와 동시에 살짝 옛날 생각이 나기도 했다.

——그러고 보니 스텔라 녀석도 이런 엉뚱한 소동을 좋아했지.

부랑아 시절에 같이 어울려 다녔던 세 명 중 한 명이다. 마르크는 다소 떨떠름한 부분이 있었지만, 그녀가 그 후에 어떻게 되었는지는 자간도 모른다. 마르크가 훌쩍 사라지는 건 늘 있는 일이었지만 스텔라까지 어느새 사라지고 없었던 것이다.

보통의 경우를 생각해보면 죽었거나 인신매매자에게 잡혔을 것이다. 지금은 그저 살아 있기를 바랄 뿐이다.

문득 떠오른 추억을 머리에서 떨쳐낸 자간은 못 말리는 노파를 가리키며 말한다.

"쿠로카. 이렇게까지 하라는 뜻은 아니지만, 사리사욕을 챙기는 이 녀석의 모습을 보고 배우는 정도는 괜찮을 거다."

쿠로카 역시 당혹스러운 표정을 지었지만, 그래도 엷은 미소를 지으며 고개를 끄덕였다.

"네. 이렇게 삶에 집착하는 사람은 처음 봤어요. 그렇군요. 짓궂고 보기 흉하지만, 그렇기에 아름답다……는 말은 바로 이런 거군요——앗?"

쿠로카의 대답을 듣더니, 고메리가 갑자기 코에서 선혈을 파악 내뿜었다.

"좋아, 그것이 사랑의 힘. 내 인생에 후회는 없다."

그리고 스스로 만들어낸 시뻘건 물웅덩이에 엎어진다.

"자간, 고메리가 또……."

"그냥 놔둬."

그런 다음 자간은 쿠로카의 머리를 톡 하고 두드린다.

"늘 있는 일이다. 너도 이 녀석들과 같이 예쁘게 입고 놀다 와."

"놀다 오라니, 오빠는요?"

"난, 그게……."

네피를 향해 슬쩍 시선을 준다.

모처럼 네피가 이렇게 예쁘게 **차려 입고** 있다. 게다가 밤의 해변도 평소에는 맛보지 못하는 운치가 있을 것 같다.

그래서 단둘이 있고 싶었다.

그 마음을 알아준 건지 때맞춰 입을 연 사람은 네프테로스였다.

"그러고 보니, 저녁 식사 말인데, 누구 요리할 줄 아는 사람 있어? 난 해본 적 없는데."

그 한마디에 절망적인 침묵이 퍼졌다.

릴리스는 마음이 영 불편한지 계속 땅만 보고 있고 그 앞에서는 고메리가 행복한 얼굴로 뻗어 있다. 샤스틸과 성기사들도 도움이 될 것 같진 않다.

아니, 정확히 말하면 그들은 데카라비아에 대응하기 위해 섬을 순찰하는 중이었다. 그러니 밥을 챙겨 먹을 상황이 아니다. 여기서 자간이 네피를 데리고 가면 누가 요리를 한단 말인가.

그런 무거운 침묵을 깬 이는 분위기 파악을 못 하는 한가한 목소리였다.

"저요, 저요! 제가 또 성에서 요리를 담당하고 있거든요!"

"잠깐, 셀피……. 넌 왕가의 자긍심 같은 건 없어?"

"그런 건 호수 위에 있던 배에서 익사해버렸지!"

그러자 포레도 졸린 듯 눈을 비비며 말한다.

"나도, 조금은, 할 수 있어. 언니, 니까."

하긴 꾸벅꾸벅 졸기 시작한 포레는 그렇다 쳐도, 셀피는 라파엘이 직접 돌보고 있으니 요리 정도는 할 수 있을 것이다. ……아마.

네프테로스가 흥미진진하게 중얼거린다.

"흐음. ……나도 할 수 있으려나?"

"할 수 있고말고요! 다들 저만 따라오세요!"

제일 믿을 만한 사람이 셀피 밖에 없는, 무섭고 불안한 상황이긴 했지만, 자간은 그들을 믿고 배웅해주는 것 외에 아무것도 할 수 없었다.

어쨌든 저 멍청한 소녀가 보기 드물게 열심히 만들어준 기회다. 자간은 네피에게 손을 내밀었다.

"그럼 잠깐 산책이라도 할까, 네피?"

"네, 자간 님."

그렇게 해서 자간과 네피가 산책을 가려고 하는데, 쿠로카가 부르는 소리가 들렸다.

"저기, 네피 님."

"네. 무슨 일인가요?"

쿠로카는 무릎 앞에서 떨리는 손을 꼭 잡는다.

그리고 결심을 굳힌 것처럼 말했다.

"전 바깥세상을 보는 게 아직은 두려워요. 그렇지만 언젠가 마주할 결심이 서면 그때는 부탁드려도 될까요? 한 번 더……."

말끝을 흐리긴 했지만 쿠로카는 확실하게 호소했다.

"한 번 더, 제 눈으로 세상을 보고 싶어요, 그러니 제 눈을 고쳐 주세요……."

네피는 쿠로카를 향해 돌아서더니 떨고 있는 소녀를 가만히 안아주었다.

"네. 언제든 기다리고 있으니까 서두르지 않아도 괜찮아요. 초조해하지 말고 스스로를 아껴주도록 하세요."

그러자 그제야 긴장이 풀린 것처럼 쿠로카도 고개를 끄덕였다.

"감사, 합니다."

그 말을 등 뒤로 들으며, 자간과 네피는 손을 잡고 걸어간다.

'……대단해. 이 사람이 오빠가 좋아하게 된 사람이구나.'

그런 소녀의 속삭임은 그 누구의 귀에도 들리지 않고 파도 소리에 묻혀 사라졌다.

◇

"흠. 이 유캇타라는 것은 남자와 여자 옷의 형태가 꽤 다르군."

네피는 자간의 옷을 챙겨 왔다.

아마도 둘이서 해변을 거닐게 되리라 짐작하고 고메리가 챙겨 보낸 것이리라. 귀찮은 노파이긴 하지만, 이런 점에서는 눈치가 빨라서 골치 아프다.

자간이 입은 것은 어두운 잿빛 유캇타로, 여자 옷에 비하면 소매도 팔랑거리지 않고 다리 부분도 조금 넉넉하다.

네피는 뺨을 살짝 붉히며 고개를 끄덕였다.

"잘 어울리세요, 자간 님."

"으, 음. 로브가 없어서 조금 허전하긴 하지만 가끔은 이런 것도 나쁘지 않군."

그렇게 대꾸하자 네피는 기뻐하며 중얼거린다.

"어린 자간 님이 입으셨던 옷도 근사했어요."

"……그때 일은 이제 그만 잊고 싶다만."

자간에게 과거란 너무 괴롭고 힘들어서 다시는 떠올리고 싶지 않은 것이다.

그럼에도 불구하고 어려졌다가 다시 돌아온 지 얼마 되지 않아, 이번에는 부랑아 시절에 같이 어울려 다녔던 동료의 이름이 계속 나오고 있다. 과거라는 것은 언제까지고 그림자처럼 자신을 따라다닌다는 생각이 절실하게 드는 요즘이다.

——네피와 만난 지 얼마 되지 않았을 무렵에도 심한 것을 먹였었지.

말라비틀어진 말린 고기와 반쯤 상한 우유를 내놓았을 때 본 네피의 얼굴을 잊을 수 없다.

엘프의 숨겨진 마을에서 있었던 사건 때문에 살아갈 희망도 찾지 못한 채, 감정과 표정의 변화도 거의 없었던 네피가 동정도 사명감도 아닌, 굳은 표정을 지은 것이다.

자간은 그때 일을 떠올리고 중얼거린다.

"예전에도 말했던 것 같은데, 네피도 참 많이 변했어."

"그런가요?"

"그래. 다양한 표정을 보여주게 되었거든."

물론 표정에 변화가 없더라도 그녀의 귀가 다양한 감정을 전해주긴 했지만.

그렇게 지적하자 네피는 의외라는 듯 눈을 동그랗게 뜬다.

"자간 님이 더 많이 변하셨어요!"

"윽, 그런가?"

이제 어느 정도 솔직한 마음을 전할 수 있게 되었다고 생각하지만, 지금도 생각하는 것을 말로 잘 표현하지 못해서 호되게 고생할 때가 있다. 그리 많이 성장했다고 보긴 힘들다.

그렇지만 네피는 기쁘게 고개를 끄덕였다.

"이제 상처는 아프지 않으신가요?"

"상처……? 오래된 상처 같은 건 없었는데?"

머리를 갸웃거리자 네피는 고개를 옆으로 흔들었다.

"있었어요――힘을 가지는 것은 나쁜 일이 아니다――예전에 그렇게 말씀하셨던 자간 님은 정말 괴로워 보이셨단 말이에요."

그제야 자간도 생각났다.

──약한 인간은 살아 있는 것도 허락되지 않는 건가요? 힘을 과시하는 것이 그렇게 대단한 일인가요──.

상당히 옛날 일이지만 이름도 모르는 소녀에게 그런 비난을 받은 적이 있었다.

그 일이 있은 후로 자간은 다른 사람에게 기대하는 것을 포기했다. 집착하기를 그만뒀다. 자신만을 믿고, 자신만을 의지하고, 혼자서만 살아왔다.

자간은 자신의 차림새를 보고 씁쓸하게 웃는다.

──그때의 내가 지금의 나를 보면 어떻게 생각할까.

이국의 옷을 입고 한껏 들떠서 사랑스러운 소녀와 이렇게 나란히 산책을 한다. 거기다 질리지도 않고 누군가를 지키는 데다 딸과 처제, 시끄러운 부하들까지 생기다니, 그야말로 그 당시의 자신의 전부를 부정하는 것이나 마찬가지 아닌가.

그래서 아무 일도 아닌 것처럼 고개를 옆으로 흔든다.

"그런 건 다 잊었다. 이젠 아무래도 상관없는 과거야."

어떤 소녀였는지 이젠 얼굴도 생각나지 않는다.

노상강도에게 쫓기다가 길을 잃고 자간의 영지로 들어왔었는데, 그 노상강도의 얼굴은 아직 기억하고 있다. 화려한 붉은 머리를 가진 젊은 남자였다. 그러고 보니 한쪽 눈만…….

"──아──!"

자간은 자기도 모르게 외쳤다.

"무, 무슨 일이세요, 자간 님?"

"그 데카라비아라는 녀석, 누구인지 생각났어. 예전에 내가 죽인 노상강도다."

"에, 노상강도? 아니, 죽인……? 분명 살아 있었……, 죠?"

"죽여도 죽지 않는 녀석이 드물게 있긴 하지."

예를 들자면 알시에라 같은 밤의 일족. 불사신도 움직이고 있다는 의미에서는 죽임을 당했지만 죽지 않는 것이고, 비프론스 같은 〈마왕〉 클래스의 마술사 정도 되면 머리나 심장이 날아가도 아무렇지도 않게 부활하곤 한다.

다만 데카라비아가 그렇게 무시무시한 존재인가. 고개를 갸웃거리지 않을 수 없다.

"그나저나 그 자식, 마술사였군. 노상강도인 줄 알았는데. 아니면 내 손에 죽은 후에 마술사가 된 건가……. 아니, 그렇다면 역시 살아 있는 게 이상하단 말이지. 음──."

일단 그 당시의 자간은 신출내기를 갓 벗어난 정도로 '마술 먹어치우기'도 지금 같은 형태를 갖추지 못했었다. 지금 생각해보면 어중이떠중이 마술사였던 셈이다.

그런 자간의 기억에도 남지 않았을 정도로 간단히 죽었던 마술사다.

누가 봐도 하찮은 송사리에 지나지 않았다.

──그런 자가 어떻게 〈마왕〉에게 싸움을 걸 정도의 마술사가 된 거지?

미하엘의 이야기가 사실이라면 이미 혼자 〈마왕〉을 이겼다는 뜻이다.

물론 성장했을 수도 있지만, 노상강도로 밖에 보이지 않았던 하찮은 인간에게 그런 잠재력이 있었는지는 의문으로 남는다.

하긴, 아무것도 없는 부랑아였던 자간이 〈마왕〉이 되었으니 세상일이라는 건 모르는 법이다.

자간이 고개를 갸웃거리고 있자 네피가 납득한 것처럼 고개를 끄덕였다.

"그럼 **자간 님의 마술이 도둑을 맞은 것**도 그때일까요……?"

그 지적에 자간의 눈이 동그래졌다.

——그러고 보니 네피에게는 '마술 먹어치우기'의 원리에 대해 이야기했었지.

그래서 마술을 반사시키는 것이 **가능**하다는 것도, 그 힘으로는 다른 어떤 마술사를 쓰러뜨려도 자간에게는 미치지 못한다는 점 역시 알고 있는 것이다.

자간은 똑똑한 학생을 칭찬하는 것처럼 네피의 머리를 쓰다듬는다.

"그래. 그때 놈에게 도둑질 당했다고 생각하는 게 합리적이지."

"그럼 다른 가능성은 없나요?"

그 의문에 자간은 즉시 대답하지 못했다.

하지만 숨길 일도 아니다. 자간은 어쩔 수 없다는 듯이 입을 열었다.

"그 녀석의 눈, 나와 똑같은 은색이었어. 알시에라가 하도 부채질을 해서 그런지 오히려 그쪽이 더 신경 쓰여."

"어, 하나도 비슷하지 않았는데요?"

"……뭐?"

진심으로 이상하다는 듯 말하는 네피를 보자 자간도 말문이 막히고 말았다.

"아니, 의안인 것 같긴 해도 똑같은 색이었잖아."

게다가 신체 강화로 특화해서 주먹을 무기로 삼아 싸우는 스타일도 흡사하다고 하지 않을 수 없었다. 그 전투를 목격하고 그런 생각을 한 사람은 자간 혼자만이 아닐 텐데.

"그렇지만 조금도 비슷하지 않아요."

네피가 이렇게 완강한 태도를 보이는 것도 드문 일이라서 자간은 어안이 벙벙해졌다.

"자간 님은 적에게는 가차 없으시지만, 약한 사람을 등쳐서 가지고 놀거나 하진 않잖아요. 모두가 왕이라 부르며 따르는 자간 님과 그 천박한 사람은 비슷한 것 같아도 전혀 비슷하지 않아요. 비슷하게 보이려고 하는 거라면 가여울 정도로 **노력이 부족**해요."

자간은 자기도 모르게 씁쓸하게 웃었다.

――이거 참, 당해내지 못하겠군.

언제였던가, 네프테로스가 네피 흉내를 내며 접근해 온 일이 떠오른다.

그때 자간도 똑같이 분노하고 이렇게 비난했었다.

――조금이라도 비슷해 보일 노력을 하고 오라――는 건가.

분명 데카라비아와 자간에게 접점은 있다. 원망을 사기에 충분한 이유도. 자간과 비슷한 힘을 가지고 있는 것도 보복을 위해 모방한 것이라 생각하면 설명이 된다.

다만 그 이유는 알겠지만…….

“또 이상한 곳에서 연결이 되네…….”

“알시에라 님이 말씀하셨던 것 말인가요?”

“어. 괜히 더 의미를 알 수 없게 되었지만…….”

데카라비아가 마술사가 된 것은 자간이 그를 죽이기 전일까, 아니면 후일까. 애당초 그때 그 노상강도가 맞긴 한 걸까. 만약 그때 그 노상강도가 맞다면 그게 마르크와 어떤 관계가 있는 걸까.

――알시에라 자식. 역시 대충 아무 말이나 해서 얼버무린 건 아니겠지?

신음을 흘리며 걷던 자간은 문득 걸음을 멈췄다.

“자간 님?”

“쉿, 발바로스와 샤스틸이다.”

자간 이상으로 서툰 두 사람이 밤의 해변에 가만히 서 있었다.

◇

해변에 몸을 숨길 만한 곳은 없다. 자간과 네피는 재빨리 숲으로 이동해서 덜렁이와 원수 같은 친구의 모습을 지켜봤다.

이어서 주의 깊게 주위를 살펴보니 그들과 똑같이 나무 뒤에서 샤스틸과 발바로스를 지켜보는 성기사 몇 명의 모습이 보였다. 그

중에는 리처드도 있다.

——아——, 이럴 때 하는 생각은 마술사나 성기사나 똑같구나.

뭐, 그중에는 검에 손을 올리고 있는 사람도 있으니 발바로스가 잘못이라도 저지르면 그대로 벨 생각인지도 모르겠지만.

그런 모습을 보고 있다가 문득 리처드와 눈이 마주쳤다.

——흠. 저 녀석에게 물어볼까.

자간은 재빨리 허공에 마법진을 그려서 리처드 아래로 날려 보냈다.

"상황은?"

멀리 떨어진 곳에 목소리를 전달해주는 마술이다. 발바로스의 텔레파시 만큼 고도의 마술은 아니지만, 이 자리에서 몰래 대화를 나누기엔 충분하다.

마법진에서 직접 목소리가 들리자 리처드는 흠칫 놀랐지만, 이내 자세를 바로 하고 대답한다.

"류카온 의상으로 갈아입으신 샤스틸 님에게 발바로스 님이 마술사를 찾자는 이유로 말을 걸고 계신 중입니다."

"뭐? 발바로스가 먼저 말을 걸었다고? ……의외로군."

"네. 그래서 우리 중 몇 명이 미처 살기를 숨기지 못해서 이렇게 숲에 숨은 겁니다."

몇 명이라고 해봤자 샤스틸과 미하엘을 제외하면 성기사는 세 명밖에 없다. 전원 살기등등해 있다가 그나마 정신을 차린 한 명이 말렸다는 뜻이리라.

다시 샤스틸이 입고 있는 옷을 본다.

이번 옷은 푸른색으로 아름다운 새 자수가 수놓아져 있다. 보아하니 지금 샤스틸은 사생활 누리는 중인 덜렁이인데, 묘하게 어른스러워 보였다.

발바로스도 긴장했는지, 두 사람 모두 아무 말 없이 바다만 바라보고 있다.

"녀석들, 얼마나 저러고 있는 거지?"

"슬슬 15분 정도 됩니다."

"……거 참, 감질나게 하네. 어서 사과하라고, 발바로스."

포레나 부하 마술사들이 들으면 '네가 그런 말을 할 처지냐'라고 탄식할 것 같은 대사지만, 그 점을 지적할 수 있는 사람은 이 자리에 없었다.

리처드가 공감한다는 듯 고개를 끄덕인다.

"맞는 말씀입니다. 덕분에 동료들도 기다리다 지쳐서 검을 뽑아 들려는 참이에요."

"그 심정은 모르는 것 아니지만, 진정해. 섣불리 손을 댔다가는 괜히 둘 사이만 더 망치게 될 거다."

"저기, 자간 님, 성기사 님들도 그렇지만, 적인 마술사를 찾아 순찰 중이셨던 것 아닌가요?"

"그런 시답잖은 일보다 샤스틸과 발바로스가 어떻게 맺어지는가 훨씬 중요하지! 네피 너도 신경 쓰일 것 아냐?"

"아, 그건. 저……, 네."

결국 네피도 자간과 나란히 엿보기 행렬에 가담했다.

그렇게 한동안 기다리자 샤스틸이 무슨 말인가 중얼거렸다.

"크, 이 거리에서는 무슨 말을 하는지 들리지가 않잖아."

속삭이다시피 하는 작은 목소리인지 마술로 청각을 강화해도 들리지 않았다.

——너무 가까이에서 마술을 사용하면 들킬 수도 있지만 어쩔 수 없다!

자간은 다시 허공에 마법진을 그린다.

아까 리처드에게 날렸던 마법진이다. 그 마법진을 이번에는 샤스틸의 발밑을 향해 원반이라도 던지는 것처럼 날렸다.

"응? 방금 뭔가 움직인 것 같은데……?"

"앙? 파도나 게 아니야?"

다행이 들키지 않은 것 같다.

자간은 검지와 엄지로 원을 만들어서 다른 사람들에게 작전이 성공했음을 알린다. 성기사들도 얼굴 옆에서 주먹을 힘껏 쥐어 보이며 기쁨을 표현했다.

그렇지만 이 마술은 이쪽의 목소리도 들리기 때문에 자간은 검지를 세워서 네피에게 목소리를 내지 말라고 주의를 준다.

한편 샤스틸은 한껏 들뜬 관객들이 보고 있는 것도 모른 채, 수줍은 듯 긴 머리를 손가락으로 배배 꼬아가며 가만히 중얼거렸다.

"——이번에는 휴가로 온 거라서 세례 갑옷을 챙겨 오지 않았어. 그렇지만 수영복 차림으로 전투를 하는 건 아무리 나라도 내키지 않아서……."

아무래도 왜 유캇타를 입고 있는지 변명하고 있는 것 같다.

——그럴 때는 잘 어울리는지 물어보면 되잖아!

답답한 대화에 마음속으로 욕을 퍼부으며 성기사들에게 수신호로 상황을 전한다. 답답한 건 그들도 마찬가지인지, 성기사 중 한 명이 진지한 얼굴로 검을 뽑으려고 하자 다른 사람이 필사적으로 말렸다.

그러고 있는 동안 발바로스도 횡설수설하듯 대꾸한다.

"그, 그러든지 말든지 상관없지 않냐? 네가 무슨 옷을 입었는지 누가 신경 쓴다고."

아이고, 자간과 네피는 동시에 얼굴을 가렸다.

——멍청한 놈! 그럴 때는 어떤 차림이든지 잘 어울린다고 해줘야지!

저 자식은 머리도 좋으면서 왜 저렇게 멍청한 짓을 하는 걸까. 샤스틸도 방금 그 말을 듣더니 어깨를 축 늘어뜨렸다.

그런 두 사람의 반응에 성기사들도 의아해하는 시선을 보냈다.

있는 그대로 설명하면 흥분한 기사가 당장이라도 검을 휘두를 것 같았지만, 실황을 전해주지 않을 수도 없는 노릇이다.

그래도 수신호를 보내려고 하던 자간은 '잠깐' 하고 손바닥을 내보였다.

"아——……. 아니, 그렇다고 딱히 바보 취급하는 건 아니야. 네가 좋아하는 걸 입으면 되잖아? 그걸 보고 기분 나빠할 놈은 없을 거고."

"어어? 에, 음, 그, 그런가……."

서툰 친구의 말에 샤스틸도 그리 싫지만은 않은 듯 시선을 피한다. 아무래도 칭찬하고 있다는 건 제대로 전해진 모양이다.

자간이 주먹을 꽉 쥐고 성기사들에게 '상황은 나쁘지 않다'라고 전했다. 리처드도 예측을 불허한다는 듯 굳은 얼굴로 고개를 끄덕인다.

이번에는 발바로스가 먼저 입을 열었다.

"그때도 바보 취급해서 그런 건 아니었어."

"응?"

생각지도 못한 말에 샤스틸이 깜짝 놀란 표정을 짓는다.

자간은 발바로스가 행동에 나섰다는 사실을 성기사들에게 즉시 알렸다. 살기등등한 성기사가 더는 못 참겠다는 듯 검을 뽑았지만 동료가 죽어라 말린다.

발바로스는 주변에서 무슨 일이 일어나고 있는지도 모른 채 말한다.

"뭐라고 할까, 덜렁이는 그렇게 나쁜 뜻이 아니지 않아? 거만하게 구는 놈들보다는 훨씬 낫잖아."

너무 이해하기 힘든 변명에 샤스틸도 당혹스러운 듯 이마를 짚는다.

네피도 가슴이 조마조마해서 더는 못 보겠는지 자간의 팔에 매달렸다. 두 사람 일도 신경 쓰이긴 하지만, 이런 신부도 미칠 듯이 귀엽다. 자간은 일단 볼을 맞대고 비비며 위로해줬다.

"히읏?"

네피가 귀를 떨며 목소리를 내고 말았다.

"앙? 방금 뭐라고 했냐?"

"앗, 아니, 난……. 아니, 내가, 그랬나……?"

동요한 두 사람이 알아서 납득해주자 자간과 네피는 가슴을 쓸어내린다.

"……자간 님. 장난치지 마세요."

네피는 귀엽게 뺨을 부풀리며 노려보고 실황 중계를 기다리는 성기사들은 재차 그를 쳐다보지만, 지금은 비상사태다.

얼마 지나지 않아 조금은 진정되었는지 샤스틸은 의아해하며 되물었다.

"음, 그러니까, 늘 나를 덜렁이라고 부르는 건 바보 취급해서 그런 게 아니란 말이야?"

"뭐어? 그건 그냥 바보 취급하는 건데?"

"……."

더는 참을 수 없어진 자간과 네피는 위 언저리를 눌렀다.

발바로스도 방금 그건 실수라는 걸 알았는지 말을 바꾼다.

"아――, 아니. 그게 아니라, 놀리는 건 사실이지만 진짜 화나게 만들고 싶은 건 아니라고 할까, 어쨌든 그런 말이야!"

"무슨 뜻인지 전혀 모르겠는데……?"

자간도 당장이라도 때리러 가고 싶을 정도로 이해가 되지 않는 말이었다.

하지만 샤스틸은 어이없음을 넘어선 것처럼 씁쓸하게 웃었다.

"뭐, 당신은 원래 그런 사람이니까. 하고 싶은 말이 뭔지 대충 알 수 있을 것 같아."

"그걸 안다고 할 수 있나?"

"글쎄……?"

일단 교착 상태는 벗어난 것 같다.

자간은 상황이 수렁에서 호전되고 있음을 수신호로 알린다. 너무 답답한 상황에 실황을 듣고 있는 리처드도 이마에 난 땀을 닦았다.

그리고 샤스틸은 어쩔 수 없다는 듯 중얼거린다.

"저기, 그때는, 나도.미안했어."

"엉? 무슨 일이 있었더라?"

"그, 아니. 내가 빰을 때렸잖아. 그런 짓을 할 생각은 없었어. 미안해, 발바로스."

"어, 어어……."

자간은 꽉 쥔 주먹을 붕붕 휘두르며 상황이 크게 변했음을 전한다. 성기사들도 몸을 앞으로 내밀고 마른 침을 삼킨다.

그리고 발바로스도 겸연쩍은 듯 이렇게 대꾸했다.

"아――, 나도……. 저기, 미안했다. 네가 그렇게 화를 낼 줄은 몰랐어. 두 번 다시 그런 말을 하지 않겠다는 약속은 못 하겠지만 조심은 하지."

"약속해주면 좋을 텐데……."

힘이 빠진 것처럼 어깨를 축 늘어뜨렸지만, 그래도 샤스틸은 분명 웃었다.

"그래도 뭐, 그런 게 당신이니까. 나도 이러쿵저러쿵 따지지 않을게."

"핫, 잘난 척은."

"당신한테 그런 말을 듣고 싶진 않네요."

원래대로 잘 돌아온 것 같다.

자간은 긴 한숨을 내쉰 다음 두 손을 들어 작전 성공을 알린다.

성기사들의 반응은 기뻐하거나 분노하는 등 다양했지만, 이 답답함에서 해방된 안도감은 모두가 느끼는 것이었다.

그리고 누가 먼저랄 것 없이 미소를 흘린다.

분명 자간도 웃고 있을 것이다.

——왠지 즐거웠어.

고메리를 비롯한 다른 사람들의 마음을 조금은 이해할 수 있을 것 같다. 자신들이 구경거리가 되는 건 싫지만 그래도 묘하게 유쾌했다.

바로 그때였다.

“히하하햐! 다들 즐거워 보이는데 나도 좀 끼워주지?”

맛이 간 웃음소리가 밤의 해변에 울려 퍼졌다.

——데카라비아!

샤스틸과 쿠로카를 노리겠다고 선언하긴 했지만 최악의 타이밍이다.

그 다음으로 이어진 자간의 행동은 재빨랐다.

우선 첫 발을 내딛는 사이에 바람의 결계를 펼친다. 몇 겹이나 되는 바람의 벽을 만들어서 소리를 차단하는 것이다. 저녁에 섬을 한 바퀴 돌면서 작업해둔 결계는 순식간에 전개되어 데카라비아와 발바로스, 샤스틸 사이의 소리를 단절시켰다.

그 다음에 발을 내디딜 때는 섬의 풍경이 일그러져 있었다.

공간이 일그러진 게 아니다. 〈봉서〉를 응용해서 주위 풍경을 자간이 상상하는 대로 다시 그린 것이다. 샤스틸과 발바로스가 뒤돌아봤을 때, 그곳에는 자간도 성기사도 물론 데카라비아도 보이지 않는다.

세 번째 걸음은, 없었다.

자간의 몸은 이미 공중에 있었고 데카라비아에게 등을 보인 채 돌려차기를 했다. 아비세케리라고 하는 '재주'이다. 발바로스와 샤스틸에게 주의를 빼앗긴 데카라비아는 발뒤꿈치가 얼굴에 박힐 때까지 자간을 인식조차 못 하고 있었다.

그리고 땅바닥에 내동댕이쳐진다. 나무들을 부러뜨리고 대지를 파헤치면서 섬의 반대쪽으로 날아간다.

시간으로 따지면 0.3초도 되지 않는 사이에 일어난 일이다.

자간의 몸은 아직 공중에 있지만, 결계에 가로막힌 발바로스와 샤스틸은 마지막까지 보지 못했다.

자간이 데카라비아를 격추시켰을 때, 샤스틸과 발바로스도 뒤를 돌아보고 있었다.

"——어라? 방금 그 자식의 웃음소리가 들린 것 같은데."

"웃음소리가 아니라 비명 아닌가? 한순간밖에 들리지 않던데. ……아마 자간에게 들켜서 흠씬 두들겨 맞은 거 아닐까?"

"……가능한 이야기야. 일단 자간을 비롯해 다른 사람들을 찾아보자."

"그래."

해변을 달려가는 두 사람. 발바로스는 샤스틸의 옆 얼굴을 보면서 이런 말을 중얼거렸다.

"……뭐, 그 옷도 나쁘진 않은데?"

그 직후, 샤스틸이 요란하게 넘어진 건 또 다른 이야기였다.

◇

"——네가 데카라비아였냐? 너 아주 운이 좋은 줄 알아! 지금 내가 기분이 좀 좋거든. 그러니 만족할 때까지 놀아주마."

지면에 가볍게 착지한 자간은 기분 좋게 말했다. ……쓰러진 나무와 땅바닥에 파묻혀 있는 데카라비아에게 들릴지는 모르지만.

——다른 사람이 연애하는 모습을 구경하는 게 그렇게 즐거운 일인 줄은 몰랐어.

그러다 둘 사이가 깨지면 이쪽까지 우울해질 것 같으니 적당히 해두는 게 좋겠지만, 어찌 됐든 너무 즐거웠다.

그러다가 문득 생각난 것처럼 두 손을 마주친다.

"그래도 우리 부하 말로는 그렇게 답답한 커플은 멀리서 지켜보면서 흐뭇해하는 게 제일 좋다고 하더군. 그러니 죽고 싶지 않으면 방해하지 않는 쪽이 좋을 거다."

그대로 돌진했으면, 아마 이 남자는 열 받아서 폭발한 발바로스와 샤스틸의 손에 참살당했을 것이다.

그런 그를 발차기 정도로 끝나게 해준 자간은 오히려 그를 구해준 셈이기도 하다. 감사를 받아도 모자랄 정도였다.

데카라비아는 무표정한 얼굴로 몸을 일으킨다.

좀 세게 걷어찼는지, 자기가 어디 있는지도 모르는 것처럼 멍한 상태였다.

——음? 이 자식, 예전보다 상처가 더 커진 것 같은데?

안대를 잃고 훤히 드러난 오른쪽 눈 주위가 피투성이였다. 성검에 베인 상처가 낫지 않았다기보다는 자기 손으로 마구 긁어 대서 그런 것 같았다.

그때 리처드 일행이 달려왔다.

"〈마왕〉님! 저희도 돕겠습니다!"

"음. 그래도 조용히 하도록 해. 너무 시끄럽게 하면 샤스틸과 발바로스도 아까 그 뒤를 이어갈 생각이 들지 않을 것 아냐? 난 계속 놈들을 구경하고 싶단 말이다."

아니, 그쪽은 이제 그만 놔두고 다시 네피와 느긋하게 해변을 거니는 게 즐거울지도 모르지만.

자간이 진지하게 생각에 잠겨 있자, 데카라비아도 그제야 정신을 차렸는지 요란한 웃음소리와 함께 벌떡 일어났다.

"히햐아, 제법이군, 자간! 네놈은 나중에 상대해 주겠다고 했을 텐데!"

상체를 비틀어 힘껏 당긴 활처럼 주먹을 내지른다.

그 일격에 자간은 가볍게 쥔 두 손을 똑바로 내밀었다.

"그렇게 섭섭한 말 하면 안 되지. 먼저 장난친 쪽은 너잖아?"

"——히익?"

씁쓸하게 웃는 자간의 오른손 주먹이 데카라비아의 얼굴에 그대로 꽂혔다.

성기사들이 웅성거린다.

"〈마왕〉님의 주먹이, 명중했어?"

낮에 교전을 벌였을 때, 놈은 자간의 주먹을 죄다 피했었다. 그건 성기사들도 목격했었다.

자간은 추첨에 당첨되기라도 한 것처럼 웃는다.

"오, 명중했군. **오랜만에** 해봤는데 아직 녹슬지 않았네. 다음에 큐아노에이데스의 꼬맹이들에게라도 가르쳐줄까?"

자간은 앞으로 내민 두 손 중에 왼손을 데카라비아의 주먹에 대고 **미끄러뜨려** 오른손 주먹을 그대로 박아 넣은 것이다.

부랑아 시절에 배운 '재주'라는 것이다. 마술사를 상대로도 어느 정도의 효과를 기대할 수 있다면 호수인(狐獸人)인 쿠우처럼 쉽게 위험에 노출되는 아이에게 가르쳐주는 것도 나쁘지 않겠다.

데카라비아의 코에서 피가 뚝뚝 떨어진다.

하지만 그 얼굴은 미칠 듯이 기뻐하는 것처럼 일그러져 있었다.

"이히히, 바로 그거야. 시답잖은 허세나 부리지 말고 '재주'도 사용하도록 해. 그래서 최강인 널 내게 보여달란 말이다, 히햐햐햐햐햐!"

데카라비아는 큰 소리로 웃다가 갑자기 뚝 멈춘다.

"그런데 왜 마술을 사용하지 않는 거지? '재주'를 사용하면 마술을 사용하지 못할 정도로 약한 거냐? 아니지? 나의 자간이 그렇게 약할 리 없지. 심술이냐? 심술 부리는 거냐? 그렇게 심술을 부리면 나도 심술 부린다?"

깔깔거리고 웃으며 머리를 흔드는 미치광이를 보니 자간도 조금 멈칫하게 된다.

"기분 나쁜 말 좀 하지 마. 이건 강자의 여유라는 거다."

"이히, 역시 심술이 맞네!"

데카라비아의 눈이 향한 곳에는 이쪽을 향해 달려오는 네피의 모습이 있었다.

"히햐앗! 네가 아끼는 녀석은 이거지?"

데카라비아는 성기사들의 포위를 뛰어넘어 네피를 향해 달려들었다.

"——음. 내가 가장 사랑하는 신부다. 그 모습을 볼 수 있게 된 것을 평생의 영광으로 생각해라."

데카라비아의 행동을 예상하고 있었던 자간은 이미 그와 동시에 도약하고 있었다.

그리고 그 목에 다리를 걸어 지면으로 떨어뜨린다.

"커헉?"

목을 조르면서 낙하한다. 데카라비아의 목은 잠시도 버티지 못하고 부러지면서 피를 토해냈다.

그런 그를 자간이 걷어차자 데카라비아는 목을 이상한 방향으로 비튼 채, 별다른 타격을 받은 모습도 없이 일어난다.

"쿨럭, 재미, 있군……. 쿨럭, 저쪽을 노렸는데, 왜 최선을, 다하지, 않는 거지?"

데카라비아는 물속에서 말하는 것 같은 기묘한 목소리로 그렇게 말하더니 두 손으로 목의 위치를 고쳐서 즉시 재생한다.

자간은 곤란한 것처럼 눈썹을 찌푸리며 대꾸했다.

"그래. 이건 자비라고 하는 거다. 네가 그렇게 불완전한 힘을 휘두륵 있는 건 내 책임이고 하니까."

데카라비아는 깜짝 놀란다.

"왜지?"

"흠. 어디서부터 말하면 좋을지, 네가 어디까지 자각하고 있는지 모르겠지만……."

그렇게 전제를 두고 자간은 이렇게 고했다.

"네 그 반사 마술은 원래 내가 만든 것이다."

부랑아였던 자간이 마술사 안드라스를 죽인 마술이다. 하지만 그래봤자 초보자가 즉흥적으로 생각해낸 마술이다. 메우기 힘든 결함이 몇 가지 있어서, 자간은 그 마술을 좀 더 발전시켰다.

그것이 바로 '마술 먹어치우기'이다.

――예전에 이 녀석을 죽였을 때는 나도 아직 반사**밖에** 못 했으니까.

그 마술을 훔쳤다면 반사밖에 못 다루는 것도 이해가 된다.

"헤아……?"

입을 쩍 벌리는 데카라비아를 보고 자간은 계속 말을 이어간다.

"그 마술로는 자신을 향한 마술밖에 튕겨내지 못한다. 신체 강화는 막을 수 없어. 발바로스의 '그림자' 같은 간접 공격도 막아내지 못하지.”

상대의 ‘그림자’에 숨어서 저항할 틈조차 허락하지 않고 발밑에서 목숨을 빼앗는, 암살이라는 스타일이 발바로스의 원래 스타일이다. 데카라비아의 ‘재주’가 아무리 뛰어나더라도 뒤에서 갑자기 나이프에 찔리면 죽는다.

“게다가 용의 입김이나 마인족의 마안, 몽마라면 꿈 같은 공격법도 있지. 그런 종족 특유의 힘도 막아내지 못해. 불시의 습격이라면 또 모를까, 일단 들키면 더 이상 통하지 않아.”

그래서 고메리와 포레도 데카라비아를 그리 대단하게 생각하지 않았다.

그녀들도 마왕 후보에 이름을 올렸던 마술사들이다. 한눈에 결함이 있다는 걸 간파했을 테고, 자간의 ‘마술 먹어치우기’와의 관계도 알아차렸을 것이다.

“그런 결함품 밖에 다루지 못하는 네게, ‘마술 먹어치우기’라는 힘을 완성시킨 내가 마술까지 사용하는 건 **비겁**하지 않을까?”

그리고 자간은 ‘재주’의 자세를 잡는다.

“그러니 넌 재주만으로 상대해주마.”

데카라비아는 자간의 목소리가 들리지 않는 것처럼 멍하게 있었지만, 이내 무언가 생각난 것처럼 손을 마주쳤다.

“잘 모르겠지만, 마술을 사용하지 않아도 이길 수 있다고 생각하는 거지? 그럼 마술을 사용하게 만들면 내가 이기겠네?”

"……뭐, 어떤 의미에서는 그렇겠지?"

대화가 성립되지 않는 사람을 상대하는 것이 이렇게 피곤한 일인 줄은 몰랐다. 자간도 더 이상 한숨을 참지 못한다.

어찌 되었든 자간이 긍정하자, 데카라비아는 또 재미있다는 듯 웃음을 터뜨렸다.

"히히햐하, 그럼 내 비장의 카드를 보여주지!"

데카라비아의 수갑에 마력이 모인다.

하지만 수갑 이상으로 흉흉한 마력을 발하고 있는 건 안대에서 해방된, 은색을 띤 오른쪽 눈이다. 구역질이 날 정도로 더러운 마력이 주위를 세차게 뒤흔들었다.

——저 의안, 역시 마술 도구 같은 건가?

저 눈이 마력을 제공하고 있는 건지도 모른다.

그렇게 관찰하는 사이에 데카라비아의 마술이 완성되었다.

"히햐, 날아가라 〈선파(旋波)〉!"

수갑에서 나온 것은 마력의 소용돌이였다.

소용돌이에 닿는 모든 것을 산산이 부셔버리는 세찬 힘이다. 마왕 후보가 다룰 고도의 마술은 아니다. 그저 강대한 마력을 방류하는 듯한 힘을 이용한 기술이다.

하지만——.

"크……. 뭐지, 이 힘은……!"

성기사들이 후퇴한다.

은색 눈동자에서 흘러나오는 마력이 얼마나 방대한지, 〈마왕의 각인〉에 육박하는 건 아닐까 하는 생각이 들 정도였다.

——흠. 왜 안대 같은 걸로 가려두고 있나 했더니 이걸 봉인해 둔 것이었군.

그 마력은 누가 봐도 데카라비아의 마력을 능가하는 것이다. 제어는 애당초 불가능하고 그저 토해내고 있을 뿐이다. 이런 마력을 늘 방류하고 있었다면 데카라비아의 머리 상태는 더 심각해졌을 것이다.

저주를 막는 효과도 있었겠지만 어차피 지금 그 안대는 사라지고 없다.

그리고 거기에 '재주'까지 휘두른다니, 앞으로 나올 일격은 〈마왕〉조차 피하지 못한다고 봐야 한다.

그런 무시무시한 힘을 눈앞에 두고도 자간은 앞으로 발을 내디뎠다.

"자간 님!"

네피가 비명을 지른다.

당연하다. 자간은 자신이 선언한 대로 마술을 전혀 사용하지 않고 파괴의 소용돌이를 향해 발을 내딛고 있다.

지금 자간은 방어와 '마술 먹어치우기'는 물론이고 신체 능력조차 강화시키지 않은 상태다. 갑옷을 입지 않은 성기사들보다 약하다. 이 파괴의 소용돌이에 휩쓸리면 순식간에 검은 숯으로 변할 것이다.

——그래서 더 녀석에게는 굴욕적이다.

자간은 웃으며 말한다.

"걱정하지 마라, 네피. 마술이라고도 부를 수 없는 이딴 어린애

장난으로는 내게 상처 하나 내지 못한다."

소용돌이 속으로 한 발을 내디딘다.

그러자 눈을 휘둥그레 뜬 사람은 데카라비아였다.

순식간에 자신의 몸을 산산조각 낼 파괴 속으로 몸을 던졌는데도 자간은 아무렇지도 않게 서 있었던 것이다.

다시 한 발 더 내디딘다.

파괴의 소용돌이에 옷자락이 닿자 먼지처럼 부서졌다.

그래도 자간은 시원한 바람 속을 걸어가는 것처럼 전혀 동요하지 않는다.

――거친 마력인 만큼 온통 조잡하군.

데카라비아의 마술은 비유하자면 성긴 투망 같다. 튼튼하고 범위도 넓지만 큰 구멍이 여러 개 뚫려 있다.

자간은 점점이 존재하는 그 구멍을 골라서 걸어가는 것이다.

자신의 마술이다. 데카라비아도 그 사실을 깨달았는지 경악으로 얼굴이 굳었다.

"너, **보이는** 거냐……?"

"……? 무슨 말이지?"

자간은 무슨 말을 하는지 몰라 고개를 갸웃거린다.

그래도 발을 멈추지 않고 계속 앞으로 가는 자간을 보고 데카라비아는 확신에 찬 표정을 짓는다.

"시치미 떼지 마. 마력의 흐름이 보이잖아?"

"그 정도는 마술사라면 누구나 알 수 있는 거다."

뭘 그렇게 일일이 놀라는 건지.

자간이 어이없어하자 데카라비아는 머리를 세차게 흔들었다.

"그럴 리 없잖아! 그게 보이지 않아서 난 이 눈을 손에 넣었단 말이다!"

"그건 내 알 바 아니지. 단순히 네가 마술사에 어울리지 않아서 그런 것 아닐까?"

자간은 알 길이 없지만, 그건 데카라비아에게 해서는 안 될 한 마디였다.

의안이 떨어질 정도로 눈을 커다랗게 뜨는가 싶더니 그 얼굴에서 표정이 사라졌다.

"죽인다!"

주위에 흩어져 있던 마력이 수갑으로 모인다.

그 일격은 〈마왕〉의 일격에 비견할 수 있을지도 모른다.

――옳거니, 이 마력이 있으면 〈마왕〉 한 명 정도는 쓰러뜨릴 수 있을지도 모르겠군.

하지만 불쌍하게도 그 힘으로는 아무리 발버둥쳐도 자간에게 미치지 못한다.

데카라비아의 주먹이 다가온다.

아까 자간이 일격을 받아쳤을 때와는 달리, 닿기만 해도 저민 고기로 변한다. 닿지 못하니 미끄러뜨리지도 못하고, 심지어 공격을 가하더라도 주먹이 부서질 수 있다.

그런 극한의 일격에 자간은 처음으로 자세를 잡았다.

재빨리 허리를 낮추고 몸을 비틀어 노리는 곳. 바로 마력의 여파가 가장 적은 데카라비아의 품이다.

그때까지 선보인 느긋한 걸음에서 순식간에 날카로운 걸음으로. 느닷없이 표적을 잃은 데카라비아의 수갑은 쓸데없이 허공만 친다.

하지만 다음 순간에는 번득 눈알을 움직여서 자신을 향해 육박해오고 있는 자간을 포착했다. 수갑은 좌우 합쳐서 두 개가 있다. 이번에는 왼쪽 수갑이 자간을 향했다.

——허나, 이미 늦었어.

자간은 그보다 먼저 주먹을 휘둘렀다.

그렇지만 데카라비아의 수갑에서 나오는 마력의 여파로 인해 자세가 살짝 무너졌다.

칫 하는 작은 소리를 내며, 자간의 주먹은 데카라비아의 턱 끝을 살짝 스치고 빗나갔다.

"하핫, 빗나갔다!"

그리고 그 헛스윙만으로 자간의 주먹은 깨졌다.

피부가 찢어지고 살이 깎여나가서 뼈까지 훤히 드러났다. 마술을 해제한 이상, 통증을 완화시키지도 못한다. 한쪽 팔이 고깃덩어리로 변하자 격통이 정수리까지 내달린다.

바로 그때, 데카라비아의 왼손 수갑이 다가온다.

자간은 이를 악물고 몸을 둥글게 말아서 수갑을 피한다. 직격은 면했지만 마력의 곁가지가 등을 스치는 바람에 선혈이 분수처럼 흩어진다.

——그래도, 피했다!

자간은 발을 힘껏 번디디고 서서 나머지 주먹을 치켜든다.

마지막 힘을 쥐어 짜내다시피 내민 주먹이었지만, 데카라비아를 때려눕히기에는 너무 힘이 없었다. 게다가…….

"왜 그러냐, 자간! 그런 걸로는 명중하지 않을 텐데?"

애당초 데카라비아도 '재주'를 사용한다. 마지막 기회였던 주먹을 녀석은 몸을 살짝 돌려서 피해버렸다. 아슬아슬하게 턱 끝을 스쳤을 뿐이다.

그리고 빗나가긴 했어도 살짝 스칠 정도의 거리까지는 가까이 간 셈이다. 펑 하고 소리와 함께 왼손 주먹까지 깨지고 말았다.

그 어떤 적도 굴복시켜온 두 주먹이 끔찍한 살덩어리로 변해 있었다.

데카라비아가 낙담의 한숨을 흘린다.

"아——아, 끝나버렸네. 너라면 내가 최강이라는 증거가 될 수 있을 줄 알았는데."

두 팔을 축 늘어뜨린 자간에게는 아무 힘도 남아 있지 않았다. 발차기를 하려고 해도 두 팔이 파괴된 상황에서는 제대로 자세도 잡을 수 없다. 날카로움이 부족한 평범한 일격과 다를 게 없다.

결판은 났다.

그래서 자간은 대담하게 웃는다.

"——그래, 끝났다. 네 패배다, 데카라비아."

"뭐?"

그 말의 의미를 이해하기 전에 데카라비아가 얼굴부터 바닥에 처박힌다.

"아, ……아? 무슨 일이, 일어난, 거지?"

자간은 엉망이 된 손으로 머리를 가리켰다.

"몰랐나? 상처는 마술로 치료할 수 있다. 통증도 뇌내 물질을 조작하면 사라지지. 하지만 뇌의 **혼란**은 마술로도 치료 못 해."

즉, 뇌진탕이다.

턱에 가해지는 일격은 뇌를 뒤흔든다. 특히 직격하는 것보다 살짝 스치는 정도의 일격이 더 심하다. 자간이 좌우에서 날린 주먹으로 데카라비아의 뇌는 한바탕 춤을 췄을 것이다. 팔다리와 연결된 신경이 완전히 혼란에 빠져서 제대로 일어나지도 못한다.

물론 시간이 지나면 회복되고 데카라비아처럼 회복에 특화된 마술사라면 몇 초 안에 다시 일어날 수 있다.

——그렇지만 적의 앞에 드러내는 무방비한 몇 초는 죽기엔 충분한 시간이지.

자간은 너덜너덜한 손으로 뾰족한 돌멩이를 주워 든다.

"네 마력의 근원은 그 의안인가? 칼이 없더라도 뾰족한 돌멩이 하나만 있으면 어린애라도 도려낼 수 있겠군."

데카라비아는 현실이 이해되지 않는다는 것처럼 아연했다.

그리고 자간은 그 눈알을 향해 돌멩이를 내리찧었다.

"으악——."

짧은 비명. 그리고 툭 하는 둔탁한 감촉.

하지만 자간이 내려찧은 돌멩이는 데카라비아의 눈앞에 박혔을 뿐이었다.

"그냥 죽여도 되지만, 그 전에 몇 가지 궁금한 게 있다. 대답해 줄 거지?"

그러면서 자간은 손목을 가볍게 돌렸다. 데카라비아의 마력에 닿아서 생긴 상처가 순식간에 사라졌다. 동시에 찢어진 옷도 복원된다.

——릴리스가 신경 써서 마련해준 건데.

다른 사람에게 빌린 것을 망가뜨리면 미안해할 정도의 양심은 자간에게도 남아 있다.

바로 그때 또 복수의 발소리가 가까이 다가온다.

"어라, 벌써 다 끝난 거야?"

네프테로스였다. 옆에는 벌써 단검을 빼든 쿠로카——결국 유캇타로 갈아입었다——와 뒤에는 고메리. 고메리의 등에 업힌 포레. 미하엘의 모습도 보인다. 그리고 한발 늦게 발바로스와 샤스틸도 나타났다.

릴리스와 셀피의 모습은 보이지 않는다. 비전투원이기도 하니 아마 요리를 하고 있을 것이다.

자간은 그들에게 가볍게 손을 흔들어 보인 다음 데카라비아를 내려다본다.

뇌진탕은 이미 회복되었겠지만, 마술조차 사용하지 못한 굴욕과 충격으로 인해 넉다운된 것 같았다. 일어날 기미는 보이지 않는다.

"이것저것 궁금한 게 많긴 한데……. 그래, 왜 살아 있는 거지?"

"무슨, 말이야……?"

자간은 의아해하며 말한다.

"난 널 죽였다. 상반신을 통째로 다 날려버렸지. 되살아나는 건 불가능한 상태였을 텐데……?"

당시 아직 덜 다듬어지긴 했어도 자간은 이미 신체 강화라는 마술에 관해서는 다른 마술사들을 훨씬 압도하고 있었다. 육탄전으로 들어가면 마술사끼리 싸워도 절대 지지 않았으며, 마음 먹고 때리면 지형이 바뀔 정도의 수준에 도달해 있었다.

그 힘에 의해 맞은 가여운 노상강도는 얼굴뿐만 아니라 상반신 전체가 새빨간 먼지가 되어 사라졌다.

자간도 좀 과했다고 후회했을 정도다. 그때 구해준 소녀가 평정심을 잃었던 것도 그게 원인인지도 모른다.

데카라비아는 당혹스러운 목소리로 외쳤다.

"도대체 무슨 말이야? 네가 내 오른쪽 눈을 도려내서──."

"도려냈다기보다는 그 의안 말고 아무것도 남지 않은 거겠지."

"내 심장을 후벼 파서──."

"후벼 팠는지는 모르겠지만 같이 날아간 건 사실이다."

"나를 죽였다!"

"음. 그러니까 왜 살아 있는 거냐고 묻잖아?"

데카라비아는 오른쪽 눈을 벅벅 긁기 시작했다.

"하? 그럼 난……, 나는? 난나나나나는난나는난난나나나는?"

의미를 알 수 없는 말을 하기 시작한 데카라비아를 보자 자간도 흠칫 놀라 후퇴한다.

——이 자식, 이제 대화도 불가능한 건가?

알시에라가 했던 이야기의 단서가 되지 않을까 기대했었는데.

"잠깐, 자간."

포레가 고메리의 등에서 내려와 불렀다. 그리고 종종거리며 다가온다.

"자간, 이거, 저주받은 거야."

"뭐, 그렇지."

"저주에 먹혀서 **원래 것**이 거의 남아 있지 않아."

치명적인 상태까지 자아를 침식당했다는 뜻이리라.

"……역시, 도움이 되긴 글렀나."

낙담의 한숨을 흘리자 포레가 고개를 옆으로 붕붕 흔들었다.

"하지만 내가, 어떻게 할 수, 있을지도 몰라."

"뭐야, 진짜냐?"

"아마도. 이미 늦었는지도 모르지만."

그런 포레를 올려다본 데카라비아가 갑자기 딱딱하게 굳었다.

"너……, 넌? 내, 여동생, 지켜준다고……. 죽었어? 죽였어? 누가, 내가, 네가, 내가, 네가가가가아아아아아아아아아아아?"

이젠 언어의 형태도 이루지 못하는 고함을 지르며 데카라비아가 일어난다.

"쳇, 귀찮은 놈이군."

의안의 마력이 다시 수갑에 모이는 모습을 보고 자간도 주먹을 쥔다.

하지만 그 전에 끼어든 사람은 포레였다. 졸린 눈을 비비며 한 손을 앞으로 내민다.

그 순간, 무슨 일이 일어났는지 정확하게 이해한 사람은 몇 명 정도 될까.

포레의 손에서 검은 마력이 튀어나왔다. 그것은 순식간에 질량을 띠고 포레의 키보다 몇 배는 더 큰 거대한 입을 형성한다.

그것은 거대한 흑룡의 머리 부분이었다.

"――〈흑룡 마르바스〉――."

그것이 포레의 입에서 나온 이름이었다.

포레의 원래 모습은 아름다운 녹색 체모를 가진 어린 용이다.

그런데 여기서 나온 건 무시무시하고 강대한 검은 용――흑룡 마르바스는 류카온의 전설에 나오는 사악한 용의 이름이다.

과거에 용과 〈마왕〉의 저주가 뒤섞여 현현(顯現)한 재앙. 그 잔상이었다.

"아――."

데카라비아는 비명을 지르지도 못하고 흑룡의 입 속으로 삼켜진다.

그야말로 한 입――말 그대로 포레는 한입에 데카라비아라는 마술사를 이 세상에서 매장시켰다.

◇

그 소녀에게는 오빠 하나가 있었다.

서투르고 다소 교활하긴 해도 소녀에게만은 다정한 오빠다.

남매에게 다른 가족은 없었고, 거리의 뒷골목에서 쓰레기더미를 뒤져 먹을 것을 찾는 생활을 했다.

그래도 오빠는 나름 배운 게 있었다. 그래서 글자도 읽을 수 있었다. 소녀에게도 책을 읽는 법을 가르쳐주고 어디선가 훔쳐 온 그림책을 선물해주었다.

그림책은 보물이 되었다.

같은 부랑아 친구들에게 자랑스럽게 읽어주고, 소녀 자신도 그림책 속의 세계에 몰두했다.

그런 어느 날, 오빠는 마술사가 되었다.

한쪽 눈을 잃어 무섭게 생긴 의안을 끼우긴 했어도, 오빠는 여전히 다정했다.

예쁜 옷을 입혀주고 맛있는 음식도 먹여주고 살 집까지 마련해주었다. 깨끗하게 목욕도 해서 '보통' 사람들과 똑같이 살 수 있는 행복을 주었다.

그런데 무슨 일이 있어도 오빠의 방에는 들어가지 못하게 했다.

부랑아 친구들이 있는 곳으로 돌아갈 수 없게 되었지만, 그래도 소녀는 오빠가 고마웠다.

가끔 소녀가 잘 지내고 있는지 걱정하는 부랑아 친구들이 소녀를 만나러 와주어서 외롭지는 않았다. 부랑아 친구들은 다른 사람으로 보인다면서 비웃었지만.

그런데 그 후로 얼마 지나지 않아 오빠는 이상해졌다.

혼자 방에 틀어박혀서 소녀가 아무리 불러도 모습을 보여주지 않게 되었다. 가끔 얼굴을 보여주는 날에는 피가 날 정도로 의안을 마구 긁어 댔다. 오빠의 방에서는 이상한 냄새가 감돌고 오빠가 주는 금화에도 핏자국 같은 것이 묻어 있었다.

더 이상 참을 수 없어진 소녀는 오빠가 외출한 틈을 노려 방으로 들어갔다.

그곳에는 지옥이 있었다.

벽 한 면 가득 칠해져 있는 건 썩은 피와 살점. 방 한가운데에는 거대한 침대가 있고, 그곳에는 정체를 알 수 없는 도구가 널브러져 있었다.

침대에는 고통스러운 표정으로 죽은 아이의 시체. 소녀를 만나러 왔던 부랑아였다.

그리고 그때 오빠가 돌아왔다.

소녀는 울부짖으며 도망쳤다.

하지만 오빠가 쫓아왔다. 인근에 있는 숲으로 도망쳤지만 붙잡히고 말았다.

오빠는 외쳤다.

너도 나를 배신할 거냐고.

정신이 나간 오빠는 소녀의 옷을 찢고 범하려 했다.

아아, 내 인생은 여기서 끝나는구나.

그렇게 생각한 소녀의 앞에 한 소년이 서 있었다.

쓰레기라도 보듯 오빠를 노려보더니, 벌레 쫓는 것처럼 아무렇게나 오빠를 죽였다.

소녀의 몸 위에 올라타고 있던 하반신만 남겨두고, 오빠는 이 세상에서 소멸되었다. 그리고――.

◇

"……으웩, 맛없어."

포레는 흑룡의 입에서 인간을 툭 뱉어냈다.

자간은 사랑하는 딸의 등을 문질러준다.

"어이, 배는 괜찮냐? 이상한 걸 먹으면 안 된다고 했잖아."

"자간, 과보호."

그런 다음 포레는 흑룡의 입에서 또 다른 뭔가를 토해냈다.

떼구르르 가벼운 소리를 내며 굴러 나온 것은 은색 안구였다.

"포레, 흑룡 안에서 저주만 분리시킨 거냐?"

"응. 이건 원래 저주니까 저주만 먹을 수 있지 않을까 생각했어. ……그런데 너무 맛이 없어."

"……대단하긴 하지만, 이젠 그러지 마라."

"나도 싫어."

자간은 흑룡이 토해낸 인간에게로 시선을 준다.

의안을 잃은 그는 망토도 없고 기분 나쁜 느낌만 주던 붕대도 거의 다 풀어진 상태였다. 체구도 한층 더 작아진 것처럼 보인다. 그래도 살아는 있는지 기침을 심하게 하면서 발버둥치고 있었다.

"으……, 아……. 자, 간……?"

그래도 자간을 보자 그 이름을 부른다.

자간은 포레의 머리를 쓰다듬었다.

"잘 했다. 훌륭해, 포레. 대화를 할 수 있을 정도로는 정신이 돌아온 것 같구나."

그렇지만 자신의 몸에 무슨 일이 일어났는지 이해하고 있는지도 의심스럽지만.

그렇게 칭찬해주자, 포레는 아이답게 환하게 웃으며 머리 위에 올려진 자간의 손을 잡았다. 그리고 그대로 자신의 머리를 문지르게 하듯 머리를 대고 슥슥 비빈다.

——이렇게 기뻐하는 포레를 보는 게 혹시 처음인가?

사랑하는 딸의 머리를 쓰다듬어주던 자간은 문득 이변을 깨달았다.

"어라? 이 자식, 혹시……."

데카라비아의 몸은 줄어들어 있었다. 흑룡 안에서 녹은 건가 싶었지만 그렇지 않다. 그 나신은 아주 가냘프고 목소리는 가늘다. 무엇보다 남자에게 있을 리 없는 봉긋한 가슴.

——데카라비아 녀석, 사실은 여자였나?

그렇게 생각했다가 그건 아니라고 부정한다.

자간도 남녀의 신체 차이 정도는 보면 안다. 데카라비아의 튼튼한 골격은 남자의 것이었고 목에는 목젖도 있었다. 마술로 근육을 강화하면 체구도 커지긴 하지만, 그렇다고 유방까지 없어지는 건 아니다.

즉, 자간이 쓰러뜨린 데카라비아와 여기 쓰러져 있는 인물은 육체적으로는 다른 사람이라는 뜻이다.

"어떻게 된 거지? 의안의 저주 때문에 성별까지 변한 건가?"

저주라는 것은 마술의 척도로도 가늠하지 못하는 재앙이다. 아이가 되거나 어른이 되기도 할 정도이니 성별이 변한다 한들 이상할 건 없지만, 그렇다 해도 공통점이 머리카락 색 정도밖에 없다. 변해도 너무 변한 거다.

――아니지. 원래 '데카라비아'라는 마술사가 의안에 의해 만들어진 것일 수도 있지 않을까?

그렇게 되면 자간이 죽인 노상강도가 다시 나타난 것도 설명이 된다.

하지만, 그러면 이 소녀는 도대체 누구란 말인가? 적어도 자간이 죽인 노상강도 데카라비아는 아니다.

그렇지만 얼굴을 확인하려고 해도 타액과 진흙으로 더러워져서 어떤 얼굴을 하고 있는지 모르겠다.

"아니, 어라……?"

하지만 그 정도로 더러워진 덕분에 자간은 그 얼굴을 기억해낼 수 있었다.

그리고 믿을 수 없다는 듯 물었다.

"넌, 설마……, **스텔라**냐?"

자간, 마르크와 함께 어울려 다녔던 부랑아의 이름이었다.

하지만 어째서인지 그와 동시에 납득이 가기도 했다.

──나도 스텔라도 마르크에게 '재주'를 배웠었지.

'재주'가 비슷한 건 필연적인 것이고, 그 외에 이 '재주'를 배운 사람이 있는지는 모른다.

소녀는 멍한 눈동자로 자간을 올려다본다.

"스텔, 라……? 으윽……."

소녀는 머리를 잡고 신음한다.

"스텔라……? 내, 내가……? 그렇다면, 오빠, 는……? 나는, 누구야……?"

"어, 어이, 스텔라! 정신 차려."

자간도 혼란스러웠다.

──오빠와 여동생이라니……. 설마 데카라비아와 스텔라는 남매 사이였나?

하지만 그렇다면 지금까지 자간의 앞에 있었던 데카라비아는 뭐였지?

소녀……. 아니, 스텔라가 매달리는 것처럼 손을 뻗는다.

"자간, 도와줘……."

그 손을 잡으려고 할 때였다.

"──이야, 역시 〈마왕〉 자간! 네 앞에서는 〈마왕〉 안드레알푸스를 쓰러뜨린 데카라비아조차 아무것도 아니군! 응, 난 네가 이길 줄 알았어."

분위기를 깨는 찬미와 함께 과장되게 손뼉을 치는 건 미하엘이었다.

스텔라는 반사적으로 그쪽으로 고개를 돌렸다가 갑자기 어깨를 끌어안고 떨기 시작했다.

"아……. 아, 아, 아아아아……. 어떻게, **선생님**……."

그 말에 미하엘은 검지를 세우고 고개를 옆으로 흔든다.

"어라? 난 아가씨처럼 귀여운 학생이나 하인을 둔 적이 없지만, 뭐, 좋아. 성기사장으로서 방황하는 소녀를 이끌어주지."

캉 하는 날카로운 소리가 울려 퍼졌다.

어느새 미하엘이 성검을 뽑아 들었고, 그 도신이 드르르 떨렸다.

자간이 내지른 주먹을 튕겨낸 것이다.

스텔라의 어깨에 겉옷을 걸쳐준 자간은 허공에서 자신의 로브를 꺼낸다. 어린아이가 되었을 때 원래 옷을 넣어두었던 것과 동일한 마술이다.

그리고 스텔라와 포레를 감싸듯 앞에 선다.

"포레. 그 녀석을 부탁한다. 어쩌면 네피와 너희 다음으로 소중한 녀석일지도 몰라."

"……응. 나만 믿어."

자간은 딸이 믿음직하게 고개를 끄덕이는 것을 확인한 다음 미하엘을 노려보았다.

미하엘은 미안해하는 기색도 없이 어깨를 으쓱인다.

"어이, 어이, 농담은 적당히 하지? 너와 분란을 일으킬 생각은 없다고 설명했을 텐데?"

"시끄러. 언제까지 그 뻔뻔한 연기를 계속할 생각이냐, 미하엘."

자간은 그렇게 말하더니 다시 말을 고쳤다.

"아니, 이렇게 불러야 맞지."

"——〈마왕〉 안드레알푸스."

"무슨——."

경악하는 목소리가 겹쳐진다.

성기사들의 얼굴에는 경악이 떠오르고 샤스틸은 믿을 수 없다는 듯 머리를 흔든다.

"잠깐 기다려, 자간. 그 분은 성기사장 미하엘이 맞아. 내가 보장하지."

"그렇다면 그런 거겠지. 하지만 이 인간에게는 또 하나의 이름이 있다."

미하엘은 재미있다는 듯 쿡쿡거리며 웃는다.

"그게 〈마왕〉이라는 거냐? 바보 같은 소리 하지 마. 성검이 〈마왕〉을 고를 리 없고, 애당초 안드레알푸스는 거기 있는 데카라비아의 손에 죽었단 말이다."

"그런 말도 안 되는 변명은 조금 숨기는 시늉이라도 하고 나서 말하지?"

자간은 내치는 것처럼 손가락을 가리킨다.

"마르코시어스가 죽은 후, 열두 명의 〈마왕〉의 필두였던 게 바로 너다. 〈마왕의 각인〉 승계의 자리에 있었던 네 얼굴을 내가 잊을 수 있을 것 같아?"

자간이 〈각인〉을 이어받은 그 자리에서 〈마왕〉 중에서도 리더격이었던 남자, 그가 바로 미하엘——아니, 안드레알푸스라는 마술사였다. 물론 자간도 모두의 얼굴을 기억하고 있는 건 아니지만 제일 한가운데 있던 거들먹거리던 녀석의 얼굴은 잊지 못한다.

그런 남자가 성기사 차림으로 신나게 물놀이하는 모습을 보고 자간도 할 말을 잃었다. 누가 당시의 심정을 이해해 주었으면 좋겠다.

안드레알푸스는 재미있다는 듯이 어깨를 들썩이며 웃더니, **노회(老獪)한** 목소리로 속삭인다.

"흠. 대담한 건 여전하군. 〈마왕〉이 되고나서 배짱이 더 두둑해진 것 같아."

그 말과 함께 숨이 막히는 듯한 마력이 휘몰아쳤다.

안드레알푸스의 오른손에는 자간과 똑같이 〈마왕의 각인〉이 떠올라 있었다.

"그럴 수가……. 말도 안 돼……."

샤스틸이 허탈한 신음을 흘린다.

"말도 안 된다는 대답은 사고의 방기와 다를 게 없다. 〈마왕〉과 쌍을 이루는 성기사장으로서 그 말은 태만한 거다, 샤스틸."

"——!"

긴장을 늦춘 순간 베인다.

그렇게 직감한 샤스틸은 성검을 들었다.

그 자리는 말할 것도 없고 섬 자체를 뒤덮는 듯한 위압감. 자간은 지루하다는 듯 그것을 받아 넘기더니 벌레라도 때리는 것처럼 주먹을 살짝 휘둘렀다.

펑 하는 소리가 울려 퍼지고 위압감이 흩어져 사라진다.

자세히 보니 자간과 안드레알푸스, 두 사람의 〈각인〉에서 빛이 사라졌다.

"속이 뻔히 들여다보이는 짓 그만두라고 했다, 안드레알푸스."

"……어이, 어이, 사람이 모처럼 성대하게 연출하고 있는데 다 엉망이 되었잖아."

그때까지의 위압감은 어디로 갔는지 안드레알푸스는 귀찮다는 듯 머리를 긁적인다.

"그렇게 화내지 말라니까. 미리 말해두지만, 난 거짓말은 하나도 안 했다? 귀찮아서 분쟁을 일으키고 싶지 않은 것도 사실이고 〈마왕〉 **노릇을 하게 시켰던** 안드레알푸스가 그 녀석 손에 죽은 것도 사실이거든."

자간의 눈이 가느스름해졌다.

"인조 인간인가."

"빙고."

어떻게 성기사장과 〈마왕〉이라는 두 개의 신분을 가지고 있나 싶었더니, 〈마왕〉은 호문쿨루스의 복제에게 시켰던 모양이다.

——그때 내가 만난 건 진짜였던 모양이지만.

네프테로스가 입을 꾹 다문다. 동요할 정도는 아니지만 그녀 입장에서는 기분 좋은 이야기는 아닐 것이다.

"인조 인간(호문쿨루스)에서 천분의 1의 확률로 갑자기 이변이 일어나면 자아를 가진 개체가 태어나곤 하지. 그래서 그 녀석에게 〈마왕〉 자리를 맡겼는데 데카라비아의 훈육까지는 감당하지 못했던 모양이더라고. ……제법 유능했는데 말이지."

〈마왕〉이 복수를 한다는 것도 넌센스지만, 이 남자가 데카라비아의 뒤를 쫓고 있었던 데는 그 보복의 의미도 있었을지 모른다.

자간은 혀를 찼다.

"적대할 생각은 없다고? 그렇다면 왜 데카라비아라는 놈을 **데리고 온** 거지?"

데카라비아에게는 공간을 도약하는 마술은 없었다.

그렇지만 섬 근처에 배가 오지도 않았다. 자간 일행이 이 섬에 왔을 때, 이곳에 아무도 없다는 건 확인해 두었는데 말이다.

그렇다면 데카라비아는 어떻게 이 섬에 온 걸까?

"어이, 왜 내가 데리고 왔다고 생각해? 나도 배가 가라앉아서 이 섬에 표류한 것뿐이라고!"

"그 배에 타고 있던 사람이 **너 혼자**라는 말도 듣지 못했다."

그리고 자간 일행 외에 유일하게 이 섬 가까이 온 것은 그 배다.

그렇게 지적하자 안드레알푸스는 어쩔 수 없다는 듯 어깨를 으쓱였다.

"앗, 그러고 보니 깜빡 잊고 말하지 않은 게 있군. 배를 움직였던 사람은 나지만, 나 외에도 다른 누군가가 타고 있는 것 같은 느낌이 들긴 했다."

짜증 나는 말장난에 자간은 화가 났다.

이 남자의 말은 분명 거짓말은 아니다. 그러나 진실을 이야기하는 것도 아니다. 알시에라와 똑같은 부류의 인간이다. 아주 질이 나쁘다.

"네놈은……."

“그나저나, 아까부터 너만 계속 질문을 하고 있는데 이건 공평하지 않지. 연장자에는 경의를 표해야 되는 것 아니냐?”

그런 다음 안드레알푸스는 포레에게로 시선을 준다.

“그나저나 용 아가씨. 낚시 대회를 했었다고?”

“그런데?”

안드레알푸스는 사람 좋은 미소를 짓는다.

“이미 늦었지만 나도 참가하지. 내 사냥감은 저기 있는 데카라비아다. 어때? 오늘 최고의 사냥감을 낚았다고 생각하지 않아?”

포레는 뒤에 있는 스텔라를 돌아보고 조금 고민하는 척 하더니 작게 고개를 끄덕였다.

“그렇긴, 해. ……맛은 없었지만.”

그 대답에 안드레알푸스는 만족스럽게 고개를 끄덕인다.

“그래서 말인데, 우리도 경품을 받을 권리가 있는 것 아닌가?

“호오. 뭘 원하지? 말해봐.”

그 대답은 이미 다 알고 있고 들을 생각도 없지만, 자간은 그렇게 대답했다.

안드레알푸스도 그 점을 예상한 것처럼 뻔뻔하게 웃으며 이렇게 말했다.

“거기 있는 **제자**를 돌려받고 싶은데. 그 녀석에게는 제법 공을 들였거든.”

──그렇군. 학생도 하인도 아니고 제자……였군.

확실히 **거짓말은** 하지 않았다. 제자와 학생은 비슷한 것 같지만 다르다. 자기 본위인 마술사는 교편을 잡는다는 의식이 없기 때문에 '제자'라는 표현을 사용한다.

움찔거리며 떠는 스텔라를 곁눈질하며 자간은 웃는 얼굴로 대답한다.

"——거절한다."

"……그럴 줄 알았어."

그것은 결별이자 싸움의 신호였다.

자간은 주먹을, 안드레알푸스는 성검을 쥐고 두 〈마왕〉은 동시에 발을 박찼다.

◇

귀가 찢어질 것 같은 금속음이 계속 울린다.

두 〈마왕〉은 언뜻 보면 서로 노려보기만 할 뿐 미동조차 하지 않는 것 같다. 그래도 두 사람 사이에서는 눈부신 불꽃이 튀었다가 사라지기를 반복한다.

자간의 주먹에 두른 〈천린〉이 허공에 불꽃을 만들어낼 때마다 희미하게 보였다. 자간의 주먹과 안드레알푸스의 성검이 여러 번 충돌하고 있는 것이다.

성검이 정면에서 똑바로 내리치자 자간은 주먹의 손등 부분으로 검의 넓적한 면을 때려서 튕겨낸다. 그대로 코를 노리고 휘두른 주먹을 이번엔 재빨리 검을 뒤로 당긴 안드레알푸스가 막아냈다.

두 번이나 성검과 격돌하면서 〈천린〉에도 균열이 생겼지만, 그 즉시 성검의 영력을 먹어서 손상을 회복시킨다.

그리고 안드레알푸스가 다시 옆으로 검을 휘두른 일격을 정면에서 받아치자 공중에 불꽃이 튄다.

서로 상대가 어떻게 나오는지 살피느라 사용하는 것도 한 손뿐. 그래서 옆에서 보면 두 사람은 움직이지 않는 것처럼 보였다.

그런 공방을 벌이는 가운데 안드레알푸스가 먼저 지루하다는 듯 말한다.

“자간. 이 정도면 비긴 거나 마찬가지다. 언제까지고 결판이 나지 않아.”

“나만 손에 든 패를 다 보인 셈이잖아. 신중해질 수밖에 없지.”

“아, 그러고 보니 그랬군. 그렇지만 딱히 패를 훔쳐보고 싶어서 데카라비아를 부추긴 건 아니야. 사과의 의미로 나도 들고 있는 패를 보여주지.”

안드레알푸스는 공격을 멈추더니 성검의 칼날을 손으로 꽉 쥐었다.

도신을 따라 새빨간 피가 흘러내린다.

“자, 오랜만에 나온 사바 세계다. 실컷 노래해!”

자간은 주먹을 쥔다.

——성검의 영력인가.

샤스틸이 빛을, 라파엘이 불을 다루는 것처럼 이 남자도 성검의 힘을 해방시킬 수 있을 터. 〈마왕〉이 휘두르는 성검의 힘은 과연 어느 정도일까.

방심하지 않고 자세를 잡고 있던 자간은 다음 순간 간이 떨어질 뻔했다.

“천사【고해】――〈자라키엘〉.”

성검에서 검은 빛이 쏟아져 나온다.

흔들리는 도신에서는 관악기 소리 같은 연주가 흘러나오고 있었다. 분명 꺼림칙하지만 왠지 마음이 정화되는 듯한 선율이다.

검은 빛은 자간을 향하지 않고 안드레알푸스의 몸에 휘감기기 시작한다.

“잘 봐둬라, 샤스틸. 이 세상에서 이 녀석이 사용되는 건 200년 만이다. 라파엘조차 도달하지 못했던 성검의 최종 형태지.”

마침내 드러난 것은 날개를 가진 무시무시하면서도 아름다운 갑주였다. 그 크기는 장신인 안드레알푸스의 족히 두 배. 인간을 움켜쥘 수 있을 것 같은 수갑(手甲)에는 빛으로 이루어진 장대한 창이 쥐어져 있다. 그 모습은 여자처럼 보였다.

빛으로 이루어진 그 갑주는 투명해서 안드레알푸스의 모습과 겹쳐 보였다.

안드레알푸스는 세례 갑옷 안에서 양철 상자를 꺼낸다. 자간 일행의 짐에서 멋대로 꺼내온 건지 새 담배가 들어 있었다.

담배 끝부분을 물어뜯더니 그 파편을 퉷 하고 내뱉는다. 흡입구가 만들어진 담배를 입에 물고, 이번에는 마술로 담배 끝에 불을 붙인 다음 기분 좋게 연기를 토해낸다.

"성검 중에는 '천사'라 불리는 것들이 갇혀 있다. 아마도 인간 제물 같은 거겠지."

"천사……, 라고?"

자간조차 들어본 적 없는 이름이었다.

——하지만 그게 성검의 힘의 비밀인지도 몰라.

네피가 성검과 동일한 신령 문자를 새겨도 오리지널만큼의 힘은 얻지 못했다.

"넌 이미 몇 번이나 싸워봤을 거다. 이 세상에는 마족이라는 괴물이 존재하지. 제아무리 성기사장 클래스라도 **둘이** 싸워서 간신히 무승부를 얻을 수 있는 놈들이 있는데, 어째서 이 세계는 멸망하지 않는 걸까."

"그 천사라는 존재가 싸우고 있었기 때문이라는 건가?"

"그렇다고 하더군. 적어도 마르코시어스의 숙부님은 그렇게 말했다."

선대 〈마왕〉의 이름이 나오자 자간의 눈이 가느스름해진다.

——또 마르코시어스인가. 아틀라스티아에 온 후로 계속 그 이름이 따라다니는 것 같군.

그렇지만 천년 전부터 마족과 인연이 있었던 마르코시어스의 말이라면 아마 사실일 것이다.

게다가 어렴풋이 느끼고 있었던 일이기도 하다. 이 세계에는 신화에 나오는 신과 악마처럼 초월적인 '무언가'가 존재하고 있었다.

그중 악마에 해당되는 마족은 실제로 존재했다.

그렇다면 신이나 그에 준하는 것도 존재할 것이다.

마르코시어스도 그렇고 현룡 오로바스도 그렇고, 이미 사망해서 더 이상 이야기를 듣지 못한다는 점이 안타까울 뿐이지만.

"그런데 그 천사라는 놈들의 이름도 남지 않은 건 어째서지? 그렇게 강한 힘을 가지고 있다면 분명 어떤 기록이 남아 있을 텐데."

"아아, 그것 말이군."

그 물음에 안드레알푸스는 기가 막힌다는 듯 씁쓸하게 웃었다.

"마르코시어스의 숙부님이 뿌리째 없애버렸다고 하더군."

"뭐——라고?"

"어지간히도 깊은 원한이 있었는지, 존재의 흔적도 남지 않을 정도로 아주 깨끗하게 없애버렸다고 들었어. 그래서 우리도 이 천사라는 놈들이 무엇인지는 **듣지 못했다**."

은근슬쩍 끼워진 '거짓말이 아니야'라는 말을 자간은 놓치지 않았다.

——듣지 않아도 짐작은 간다는 뜻인가.

그게 뭔지 캐묻고 싶었지만, 이런 식으로 이야기를 풀어가고 있는 이상 뺀질거리며 피해갈 게 분명했다.

안드레알푸스도 더 이상 이야기할 생각은 없다는 듯 웃는다.

"아, 미안하게 됐군. 이야기가 다른 길로 샜네. 어쨌든 이 성검이라는 것에는 천사가 봉인되어 있다. 【고해】라는 건 성기사가 그 천사를 **걸치는** 궁극의 형태야."

거기까지 말하더니 아직 불이 붙어 있는 담배를 휙 던진다.

"자, 이제 휴식은 끝이다. 현역 〈마왕〉이라면 이 정도로 죽으면 안 되지."

그리고 천사의 창이 번쩍 치켜 올라간다.

자간은 로브에 두 손을 찔러 넣은 채 그 모습을 감개무량하게 올려다보고 있었다.

"——음, **걸친다** 이건가. 의외로 그 천사라는 것도 마술도 다다르는 곳은 동일한지도 모르겠군."

그리고 빛의 창이 아래로 내려쳐진다.

검은 빛으로 이루어진 창은 자간의 미간에 닿을락 말락한 거리에서 멈췄다.

"——〈천린 · 좌천〉——."

자간은 왼팔에 거대한 마력의 갑주를 두르고 있었다.

등에서 뻗어 나온 그 갑주는 안드레알푸스의 【고해】의 한쪽 팔과 동일한 크기다. 〈천린〉으로 만들어낸 왼팔이다.

그 왼팔이 【고해】의 창을 잡아 세우고 있었다.

그리고 이것은 왼팔의 형태를 띠고 있다. 당연히——.

"——〈천린 · 우천〉——."

자간의 오른쪽에 오른팔 형태의 갑주가 만들어진다.

——〈천린〉의 완성형은 〈용식〉이지만, 대인전(對人戰)에 사용하기에는 너무 크다.

〈용식〉은 방류하는 힘이 너무 크다. 표적을 제거하려면 그 주위 일대가 초토화된다. 그래서 작은 표적을 노리기엔 적합하지 않다.

무엇보다 이 남자의 빠른 속도를 따라갈 수가 없다.

그리하여 적에게 대항하기 위해 만들어낸 대인용 〈천린〉이다.

〈좌천〉은 창을 막았다. 〈우천〉은 자유롭다.

"어이, 너나 이 정도로 죽지 마라."

〈우천〉의 주먹을 휘두른다.

안드레알푸스는 오히려 재미있다는 듯 휘파람을 불면서 【고해】의 왼팔을 치켜든다. 그러자 그 끝에 검은 빛이 모이면서 방패가 만들어졌다.

〈우천〉과 검은 방패가 충돌한다.

과연 위력의 정도는——.

"호각——."

"——그렇군."

오른 주먹을 내지르는 사이에 〈좌천〉의 손에서 창이 나온다.

안드레알푸스는 검에서 창으로, 자간은 주먹에서 갑주로, 각각 무기를 바꾼 두 사람의 공격이 서로 충돌한다.

속도는 그대로이고 파괴의 규모만 더 커졌다. 성기사를 비롯해 다른 사람들은 더 이상 가까이 있을 수 없어서 뒤로 물러났다.

그러자 안드레알푸스가 다시 쓸데없는 참견을 한다.

"실책이군. 그게 아니면 혹시 미완성인가? 사람의 손 모양으로 만들었다면 무기를 들려줬어야지."

방패에 막힌 주먹은 그렇다 쳐도 창을 막는 갑주에는 잇달아 균열이 생기기 시작하고 있었다.

아무리 튼튼한 갑옷이라도 검에 계속 베이면 망가진다. 팔의 형태를 띠고 있는 이상, 〈우천좌천〉이 창에 부서지는 건 당연한 귀결이었다.

그렇지만 자간은 아무래도 상관없다는 듯 코웃음을 흘린다.

"네 눈이야말로 장식으로 달고 다니는 거냐? 이 녀석이 맨손인 건 무기 따윈 필요 없기 때문이다."

【고해】의 창은 분명 〈우천좌천〉에도 상처를 냈지만, 그 상처는 뒤이어 주먹을 내지를 때 복원되어 있었다.

주위의 마력을 제한 없이 먹어치우고 자신의 강도로 변환시키는 것이 〈천린〉이라는 마술이다. 성검의 영력도 예외는 아니다.

〈천린〉으로 만들어진 〈우천좌천〉은 적인 【고해】의 영력을 먹어치워서 재생하고 있었다.

자신의 힘이 먹히는 사태. 안드레알푸스의 얼굴에 떠오른 것은 오히려 환희였다.

"핫핫, 옳거니. 오리아스가 널 〈마왕〉으로 삼기를 주저한 이유도 이해가 되는군! 〈마왕〉도 성기사도 먹어치우다니, 아주 무서워."

일방적으로 마력과 영력을 계속 먹히고 있는데도 【고해】의 힘은 조금도 쇠약해지지 않았다.

오히려 빛의 창은 더 힘이 세져서 대지에 생긴 거대한 균열이 점점 더 커지고 있다. 그 끝은 이젠 바다와 해변까지 도달했고 그곳에서 흘러들어 오려는 바닷물이 다시 공격의 여파로 인해 멀리 흩날린다.

머지않아 이 섬은 박살이 나서 가라앉을 것이다.

"둘 다 괴물이냐……."

발바로스가 중얼거린다.

그러나 자간은 싸늘하게 내뱉었다.

"이곳은 내 영지다. 섬이 가라앉으면 손해지. 그러니 슬슬 죽어 주시지?"

"그렇게 말하면 섭섭하지. 잊었나 본데, 내 본직은 마술사거든."

【고해】는 성기사로서의 힘이다.

이 남자는 〈마왕〉으로서의 힘을 아직 보여주지 않았다.

그 순간, 샤스틸이 외쳤다.

"자간, 땅!"

그 말에 자간도 깨달았다.

어느새 안드레알푸스를 중심으로 강고한 마법진이 새겨져 있었던 것이다.

——이 자식, 공격 궤적으로 마법진을 그린 건가!

검은 창은 무의미하게 휘두른 게 아니라 창을 물릴 때, 또는 찌를 때마다 검은 빛의 마법진을 그렸던 것이다.

겉보기와 다르게 참 약삭빠르다.

——그렇지만 마술이라면 '먹을 수' 있지.

분명히 그래야 하는데 안드레알푸스는 쯧쯧 하고 검지를 휘둘렀다.

"과연 그럴까?"

그리고 안드레알푸스의 마술이 발동한다.

아마도 〈마왕〉의 이름에 걸맞게 강대한 마술이었을 것이다.

——하지만 '먹었다'!

안드레알푸스의 마술이 분해되어 자간의 양식이 되어 팔에 휘감긴다.

분명 그런 감촉이 느껴졌는데…….

자간의 어깨부터 가슴 언저리까지가 찢어졌다.

"무——슨……?"

동요를 감출 수 없었다.

——말도 안 돼……. 분명히 '먹었을' 텐데!

그 증거로 호흡을 한 만큼 자간의 마력은 증가했다.

"어? 신기하네. 효과가 있었어. 혹시 마술이 아니었나?"

그 중얼거림에 네피와 네프테로스가 숨을 삼킨다.

"설마 신령 마법……?"

"그럴 리 없어. 저 녀석은 인간이잖아?"

신령 마법은 하이 엘프에게만 허락된 기적이다. 인간이 다룰 수 있다면 비프론스가 네프테로스를 만들 일도 없었을 것이다.

자간은 자신의 상처를 확인한다.

——상처 자체는 성검에 의한 건가……?

그런데 왜 '마술 먹어치우기'와 〈천린〉을 빠져나갈 수 있었지?

상처를 누른다. 마술에 의한 치유는 이루어지고 있지만 상처가 아물지 않는다. 샤스틸의 검에 베였을 때도 그랬는데, 성검의 영력은 마술의 작용을 저해한다.

피가 뚝뚝 떨어지자 발밑에 빨간 물웅덩이가 생긴다.

무릎을 꿇기 전까지 정체를 밝혀내지 않으면 자간에게 승산은 없었다.

——마술을 만들어내고 있는 건 저 발밑에 있는 마법진이다.

성검의 영력으로 새겨진 이상 어중간한 마술로는 파괴하지 못한다.

“〈우천〉.”

【고해】의 창을 〈좌천〉으로 막으며, 바로 위에서 〈우천〉의 주먹을 내리친다.

——〈천린〉은 성검의 영기도 흡수한다.

그래야 하는데——.

“엇, 그렇게 둘 수는 없지——. 〈자라키엘〉!”

성검 본체에서 검은 빛이 나와 〈우천〉의 주먹을 튕겨냈다.

——【고해】를 조종하면서 성검도 휘두를 수 있는 건가.

더 정체를 알 수 없고 ‘먹을 수’ 없는 마술.

한 번에 세 명의 적을 상대하고 있는 것과 마찬가지였다.

“자, 생각할 시간은 여기까지다. 다음으로 가야지.”

자간은 방어를 강화하듯 〈우천좌천〉으로 벽을 만든다.

——‘마술 먹어치우기’가 발동하고 있는 이상 마술임에는 틀림없다.

문제는 ‘먹고’ 있는데 왜 마술이 발동하는가 하는 점이다.

“어이!”

안드레알푸스의 마술이 발동한다.

“윽——!”

다시 자간의 몸에서 선혈이 솟구쳤다.

——또다!

'마술 먹어치우기'는 정상적으로 기능하고 있다.

〈천린〉도 깨지지 않았다. 아니, 오히려 힘이 더욱 증가했을 정도다.

——그렇다면 접촉은 하고 있는 건가?

안드레알푸스는 어깨 위에서 성검을 통통 두드려 보인다.

"슬슬 포기하시지? 이 녀석에게 두 번이나 당하고도 여전히 서 있는 시점에서 이미 넌 대단한 놈이다. 강인함만 따지면 현역 〈마왕〉 중에서도 톱이야!"

두 번째 공격은 오른쪽 복부를 깊이 도려냈다.

첫 번째 일격보다 훨씬 더 깊어서 선혈도 무시할 수 없는 양이었다.

——첫 번째는 참격. 두 번째는……, 찌르기인가?

영력에 침식당하고 있는 걸 보면 성검이나 【고해】에 의한 것으로 보인다.

——즉, 마술 그 자체는 공격 수단이 아니야.

골치 아픈 현상을 불러일으키는 어떤 마술이다.

더없이 친절한 충고에 자간은 도려내진 오른쪽 복부를 두드려 보인다.

"아주 친절하군."

"암, 원래 아저씨들은 전도유망한 청년을 키우고 싶어 하거든."

"필요 없는 배려다. 수법은 대충 다 알았으니까."

안드레알푸스의 눈썹이 치켜 올라간다.

"헤에, 허세는 아닌 것 같군. 그럼 이번에는 봐주지 않고 **벤다**?"
이것도 힌트라는 듯한 말에 자간도 쓴웃음을 지어 보인다.
"그거야말로 불필요한 배려다. 봐주는 건 강자가 약자에게 해주는 거잖아?"
오만한 대답에 안드레알푸스는 오히려 즐거운 표정을 짓는다.
"좋아. 젊은 청년이라면 그 정도 배짱은 있어야지."
안드레알푸스는 주머니에서 담뱃갑을 꺼낸다.
"아, 마지막 한 개비인가. ……자네, 담배는 피울 줄 아나?"
"아니. 신부가 해준 요리의 맛을 못 느낄 것 같아서 안 피워."
"그것 참 안됐군. 인생의 절반은 손해 보는 건데 말이야. ……피비린내 나는 일을 한 후에는 담배 연기로 싫은 것들을 죄다 토해내지. 나를 이기면 이 녀석을 주도록 하마."
"필요 없다니까 그러네."
"거 참, 한번 속은 셈치고 피워보라니까 그러네. 자――."
그러면서 안드레알푸스는 담뱃갑을 집어던진다.

그리고 두 〈마왕〉은 동시에 땅을 걷어찼다.

안드레알푸스의 발밑에 있는 마법진이 빛나는가 싶더니 정체불명의 마술이 발동한다.
――'마술 먹어치우기'의 원리는 상대와 동일한 마법진을 그리는 것이다.
짧은 한순간, 채 1초도 되지 않는 시간에 동일한 마법을 만들어

냄으로서 마력의 흐름을 **빼앗을 수** 있다. 그것이 이 힘의 원리이고, 데카라비아의 마술의 반사도 같은 이론을 가진 힘이다.

하지만 그것이 **늦는다**고 하면 어떨까.

'마술 먹어치우기'가 발동하기 전, 1초도 되지 않는 시간에 상대의 마술이 이미 그 효과의 발동을 다 마쳤다면?

그래서 자간은 더 빠른 속도로 마법진을 모방한다.

마력의 흐름을 지배하는 것보다 빨리.

마술이 반사하는 것보다 빨리.

안드레알푸스의 마술이 완성되는 것보다 빨리.

흡수하는 것보다 빨리, 마술을 **강탈**한다.

그리고 자간과 안드레알푸스의 마술은 동시에 발동했다.

「――, 이건……?」

말을 하려고 했지만 잘 나오지 않았다.

「호오. 정말 단 두 번 만에 간파한 건가. 대단하군.」

텔레파시였다.

그것은 색채가 사라진 세계였다.

안드레알푸스가 던진 담뱃갑도, 숨을 삼키는 네피도, 틈만 보이면 가세하기 위해 성검을 쥐는 샤스틸도, 머리 위의 나뭇가지에서 떨어지는 나뭇잎도, 모두 멈춘 세계.

이 현상을 한마디로 표현하면.

「――시간 정지――. 이것이 네 마술이냐!」

안드레알푸스는 씁쓸하게 웃는다.

「그래도 진짜 멈춘 건 아니야. 아주 느리긴 하지만 시간은 흐르고 있거든. 오히려 우리가 가속하고 있는 셈이지. 1초가 15분이 될 정도의 속도로 말이야.」

1,800분의 1초의 세계. 10분의 1초나 걸리는 자간의 '마술 먹어 치우기'로는 너무 느리다.

안드레알푸스를【고해】가 뒤따랐다.

「그럼 슬슬 결판을 낼까.」

「거기엔 나도 동의하는 바다. 난 지금 휴가 중이라서 말이지.」

안드레알푸스의【고해】가 기능하는 것처럼, 〈우천좌천〉도 발동하고 있다.

이제부터는 순수한 검과 주먹의 대결이다.

「그렇지만 내 마술로 후공(後攻)은 별로 내키지 않는군. 내가 먼저 하지!」

먼저 움직인 쪽은 안드레알푸스였다.

압도적인 발구름에 대지의 균열이 더 심해진다.

하지만 그때는 이미 자간도 앞으로 나와 있었다.

주먹을 벌려서 손바닥을 내보인 〈좌천〉을 높이 치켜든다. 곧장 내려쳐진【고해】의 검은 창과 정면으로 부딪친다.

둔한 감촉과 함께 〈좌천〉에 균열이 생겼다.

그리고 그 끝이 〈좌천〉을 뚫고 자간을 향해 다가온다.

――〈천린〉을 관통하다니!

이것을 깬 사람은 라파엘을 제외하면 처음이다.

그러나【고해】의 창도 거기서 멈추고 말았다.

「제법이군! 하지만 아직 이 녀석이 있다. ――〈자라키엘〉!」

성검 본체에서 검은 빛이 나와 옆으로 휘둘러 벤다.

——그렇지만【고해】만큼의 위력은 없어!

자간은 남은 〈우천〉을 내민다.

「막아라, 〈우천〉!」

오른쪽 갑주는 검에 베이는 상황에서도 그 도신을 멋지게 잡아냈다.

「——이럴 수가!」

동요해서 중얼거렸지만 안드레알푸스는 〈마왕〉이다.

즉시 성검을 놓고 다시【고해】를 불렀다.

「허나, 너도 수중에 가진 패는 다 사용했을 터——해치우거라,【고해】!」

검은 창을 손에서 놓고 한쪽 팔에 남은 방패를 들어 몸으로 직접 부딪친다.

〈우천좌천〉을 다 사용한 자간은 무방비한 모습을 드러내게 되었지만, 그래도 자간의 얼굴에 떠오른 것은 미소였다.

「악수(惡手)를 뒀군, 안드레알푸스.」

【고해】의 손을 떠난 창을 순식간에 〈좌천〉이 먹어치운다. 그렇게 해서 얻은 영력에 의해 파손 부위는 순식간에 아물고 제기능을 되찾았다.

「저 망나니를 잡아라, 〈좌천〉!」

무방비한 모습을 드러낸 것은 오히려【고해】였다.

바로 옆에서 후려치는 〈좌천〉에 의해【고해】는 꼼짝 못하고 고꾸라진다.

안드레알푸스는 감탄마저 배어나는 목소리로 외쳤다.

「훌륭해! 하지만 결정타가 부족하군.」

안드레알푸스가 가진 패는 다 깨졌지만 〈우천좌천〉도 사용할 수 없는 상황이다.

그리고 【고해】를 조종하면서 성검까지 휘두르는 것이 바로 이 남자다. 재빨리 후방으로 물러선 뒤, 〈우천좌천〉의 공격 범위에서 벗어난다.

「결정타라면 여기 있다.」

자간은 그런 안드레알푸스를 딱 달라붙듯이 추적한다.

——본체로 싸울 수 있는 건 너 혼자만이 아니야!

성검과 【고해】를 막기 위해, 자간은 두 개나 되는 〈천린〉을 **다 사용했다**.

그리고 양손에는 지금까지 엄청나게 '먹어'온 마력이 실려 있다.

「——!」

왼손 주먹을 힘껏 박아 넣는다.

세레 갑옷이 유리처럼 깨지고 늑골이 부러지면서 장기가 파열되는 감촉이 전해져 온다.

「커, 헉…….」

피를 토해내면서 머리를 숙인 곳에 기다리고 있는 것은 자간의 오른팔이었다.

「있는 힘을 다해 싸운 건 오랜만이다. 넌 정말 최강이었다.」

그리고 오른손 주먹이 안드레알푸스의 얼굴을 강타했다.

세상에 색이 돌아오고 멈춰 있던 풍경이 움직이기 시작한다.

안드레알푸스는 뒤로 벌렁 나자빠지는가 싶더니 나무들을 부러뜨리며 멀리 날아간다.

싸움을 지켜보던 일행들은 무슨 일이 일어난 건지 모르겠다는 듯 눈을 커다랗게 떴고, 후두둑 떨어진 나뭇잎은 땅에 닿는다.

그런 가운데 자간은 허공을 향해 오른손을 내민다.

그곳에 떨어진 것은 담뱃갑이었다.

자간은 담배 한 개비를 꺼내더니, 안드레알푸스를 흉내 내며 입이 닿는 부분을 물어뜯었다. 그런 다음 입에 물고 손가락을 튕기자 담배 끝에 마술의 불이 붙었다. 자간은 담배를 한 모금 빨아들였다.

담배 끝부분이 치지직 붉게 발열하자 폭력적인 자극을 동반한 연기로 가슴속이 가득 채워진다. 처음 맛보는 자극에 숨이 막히는 것 같았지만, 한발 늦게 형용하기 힘든 고양감이 찾아온다.

그런 관능을 곱씹는 것처럼 즐기며 후우 하고 담배 연기를 내뿜는다.

"음, 나쁘진 않지만 역시 식사 전에 피울 건 못 되는군."

그것이 바로 최강의 성기사장이자 최강의 〈마왕〉과 벌인 싸움의 결말이었다.

"이 〈왕의 은안〉이라는 의안은 내가 만든 거다."

안드레알푸스는 포레가 토해낸 의안을 주워 들고 말한다.

"뭐, 넌 이미 짐작하고 있을지도 모르지만 이건 '어떤 것'의 레플리카로 연구하고 실패한 마술 도구다."

자간은 눈앞에 손을 치켜든다.

——은안……, 이라.

은안의 왕. 그리고 〈마왕의 각인〉에 가까운 힘을 발한 〈왕의 은안〉. 이 두 개의 공통점은 은색 눈이다.

——그것도 마르크 녀석과 관계가 있나?

그리고 그 뒤를 쫓는 것이 〈아자젤〉로 이어진다는 말은 무슨 뜻일까.

답답한 마음에 한숨을 참는데 안드레알푸스는 스텔라에게로 시선을 보냈다.

"연구가 실패해서 이 녀석은 심한 저주를 받게 되었는데, 몇 년인가 전에 부하가 데리고 도망쳤지. 그 녀석이 어디를 어떻게 돌아다닌 건지, 데카라비아라는 노상강도의 손에 들어갔더군."

"그리고 그놈은 내 손에 죽었다?"

신출내기 마술사라서 마술사**다운** 차림이 아니었던 걸 생각하면 그 노상강도의 차림도 납득이 간다.

자간이 확인하듯이 묻자 안드레알푸스는 고개를 끄덕인다.

"그런데 그 저주가 여기서 다시 골치 아픈 짓을 저질렀다. 저주에 집어삼켜졌는지, 아니면 녀석의 망가진 사념이 저주를 뛰어넘은 건지 의안 속에 데카라비아라는 남자의 인격이 들어간 거야."

스텔라의 얼굴을 본다. 그녀의 어깨에는 자간의 유캇타가 걸쳐져 있다. 앞머리로 가려져 있지만 오른쪽 눈은 사라지고 대신 구멍이 뻥 뚫려 있었다.

그런 스텔라를 가여운 눈빛으로 바라보더니 안드레알푸스는 이야기를 이어간다.

"의안은 저 소녀에게 씌어서 그 몸도 데카라비아로 바꾸기 시작했다. ……뭐, 원인을 따지고 보면 내 부주의 때문이야. 그래서 어떻게든 고쳐주고 싶었지만 저주의 진행을 늦추는 것밖에 할 수 없었다."

아마도 그게 그 의안과 붕대였으리라.

〈마왕의 각인〉에 버금갈 정도로 강대한 저주를 봉하는 일이 가능하다면, 그건 〈마왕〉 이외에는 없기 때문이다.

"이게 이번 사건의 전말이다. 성을 비운 사이에 저주가 다시 진행되어서 내 *카게무샤를 죽이고 도망친 데카라비아를 쫓아서 여기까지 온 거야. 우연히도 네가 질이 나쁜 저주를 풀었다는 이야기를 들었거든. 잘만 하면 어떻게든 해주지 않을까 하는 생각도 있었고."

――말은 잘도 하는군.

아마 자간이 오리아스에게 도움을 요청했을 무렵부터 이미 저

*카게무샤 : 적을 속이기 위해 대장이나 주요 인물처럼 가장해 놓은 무사.

주에 대해 파악하고 있었을 것이다. 〈마왕〉끼리의 접촉은 그것만으로도 세상을 뒤흔드는 위협이기 때문이다. 그래서 동향을 파악하고 있었던 것이리라.

그렇지만 저주를 푸는 건 너무 늦었는지도 모른다.

스텔라는 지금도 허공을 멍하게 바라보았고, 말을 걸어도 제대로 된 반응을 보이지 않았다.

안드레알푸스는 그 모습을 애처롭게 보며 고개를 갸웃거렸다.

"내 사정은 대충 이런데, 너야말로 왜 나를 죽이지 않았지?"

그 얼굴에는 시커먼 주먹 자국이 새겨져 있었지만, 자간은 목숨까지 빼앗진 않았다. 그 상황이라면 머리까지 통째로 날려버리는 것도 가능했을 텐데 말이다.

"뭐라고 하더라……. 아, 맞다. 노인에게는 경의를 표하라고 하던가? 너도 많이 봐줬으니 나도 경의를 표한 것뿐이다."

시간이 멈춘 세계에서 그렇게 자유롭게 움직일 수 있으니 단칼에 막을 필요는 없다. 이 남자는 처음 일격으로 자간을 쓰러뜨릴 수도 있었다.

"하여간에 귀여운 구석이라곤 하나도 없는 놈이라니까."

그런 다음 안드레알푸스는 진지한 표정을 지었다.

"하지만 너도 알았을 거다. 네 '마술 먹어치우기'는 **너무 편리**해. 거기에 너무 의지하면 얻을 수 있는 것도 놓치게 될 거야."

——잔소리꾼.

'마술 먹어치우기'는 마술에 대해 거의 무적을 자랑하는 힘이지만, **배울** 기회조차 먹어치워 버린다는 뜻이다.

한눈에 마술의 구조를 파악하고 모방할 수 있는 자간이라면 상대의 마술을 진정한 의미에서 빼앗는 것도 가능하다. 안드레알푸스의 시간 조작 마술을 모방해 보인 것처럼.

그 점을 가르쳐주기 위해 일일이 손을 멈추고 잡담을 끼워 넣었던 모양이다.

그런 자간의 표정을 어떻게 봤는지 안드레알푸스는 말한다.

"원래 이런 건 스승이 가르쳐줘야 하는데, 넌 혼자 힘으로 마술사가 되었지. 그건 그것대로 대단하지만, 혼자 얻을 수 있는 시야에는 한계가 있어. 그러니 지금이라도 스승을 얻을 것을 권한다."

"네놈의 제자가 되라고?"

노려보자 안드레알푸스는 항복하는 것처럼 두 손을 들었다.

"너처럼 골치 아픈 제자는 나도 사양이다. ……하지만 그것도 이젠 쓸데없는 참견인지도 모르겠군."

그렇게 말한 그의 눈이 향한 곳에 고메리와 발바로스가 있었다.

——하긴, 다른 사람과 함께 마술을 만들어가는 것도 그리 나쁘지는 않았어.

스승은 아닐지 몰라도 함께 마술을 배우는 동료이기는 하다.

안드레알푸스는 작게 쓴웃음 짓더니 다시 스텔라를 바라본다.

"난 이미 손이 많이 가는 제자가 있어서 다른 녀석까지 챙길 여유는 없다."

그리고 안드레알푸스는 느닷없이 머리를 숙였다.

"그래서 말인데, 거기 있는 내 제자를 돌려줄 수 있을까? 잘 돌보겠다고 약속하지."

"……장난치는 건, 아니겠지?"

그렇지 않다면 〈마왕〉이 다른 사람들이 보는 앞에서 머리를 숙이는 짓 따윈 하지 않는다.

망설였다.

——어린 시절에 함께 어울려 다녔던 세 사람 중 한 명은 〈마왕〉이 되고, 또 한 명은 어떤 비밀을 쥐고 있고, 남은 한 명은 〈마왕〉의 제자…….

도대체 이 세 사람 사이에 무슨 일이 있었던 걸까.

스텔라는 그 실마리다.

——무엇보다 형제자매 같은 녀석들이다.

마르크가 형이라면 스텔라는 누나였다.

못본 척 버릴 수 없다.

자간은 스텔라의 앞에 무릎을 꿇었다.

"스텔라. 나를 알아보겠나?"

"자, 간……."

여전히 멍한 눈동자로, 그렇지만 분명히 자간의 이름을 불러주었다.

"그럼 마르크는 기억나? 어렸을 때 같이 어울려 다녔던 녀석 말이다."

"마르, 크……."

스텔라는 고통을 호소하는 것처럼 머리를 눌렀다.

——네피의 마법으로도 마음은 고치지 못하는구나.

자간에게는 스텔라를 구해줄 방법이 하나도 없다.

그런 가여운 소녀를 바라보며 자간은 되물었다.

"안드레알푸스. 너라면 이 녀석을 도와줄 수 있나?"

"네가 믿을지는 모르겠지만 적어도 난 그럴 생각으로 그 녀석을 제자로 삼은 거다."

"……알았다. 자, 스텔라, 일어나봐."

자간은 스텔라를 일으켜 세우더니 안드레알푸스 앞으로 데리고 갔다.

"스텔라를, 부탁한다."

"약속하지."

스텔라는 자신이 어디로 가게 되는지 알고 있는지도 확실하지 않았다.

그 손을 놓으려고 하자 스텔라가 문득 걸음을 멈췄다.

"……? 무슨 일이라도 있나?"

자간이 고개를 갸웃거리자 스텔라는 다시 한 번 그의 손을 잡아 왔다.

그리고 한 마디, 한 마디, 조심스럽게 말을 꺼냈다.

"미안, 해. 자, 간……. 심한 말, 해서……."

그제야 그 정경이 자간 안에 있는 광경과 겹쳐졌다.

언제였을까, 도와줬는데 욕을 했던 소녀. 그때 자간이 죽인 노상강도가 데카라비아라면 그 소녀는 도대체 누구였을까.

자간은 한숨을 쉬었다.

"……뭐야, 너였냐? 너무 예뻐져서 못 알아봤잖아."

자간이 아는 스텔라는 늘 지저분하고 새까만 얼굴이었다. 그런데 그때 위험에 처해 있던 소녀는 깔끔한 옷차림이라 딱 봐도 양갓집 소녀 같았다.

너무 동떨어져 있어서 그 두 사람이 동일인물인 줄은 꿈에도 몰랐다.

——아니, 사실은 알고 있었는지도 몰라.

누나처럼 생각했던 소녀에게 심하게 거절을 당하는 바람에 그렇게 생각하고 싶지 않았던 건지도 모른다. 왜냐하면 그 사건 이후, 자간은 부자연스러울 정도로 스텔라와 마르크를 떠올리지 않게 되었기 때문이다.

스텔라는 눈물을 뚝뚝 흘리며 호소한다.

"고맙다고, 말하고 싶었, 는데……. 말해야, 했었, 는데……."

그때 스텔라가 자간을 어떻게 인식하고 있었는지는 모른다.

그렇지만 만약 자간이 누구인지 알아봤다면, 그런 그가 벌레처럼 가족의 생명을 빼앗았다면 어땠을까.

——나를 먼저 알아본 건 이 녀석이었는지도 몰라.

훌쩍훌쩍 우는 연상의 소녀를 자간은 어쩔 수 없다는 듯 안아주었다.

"알았으니 그만 울어. 난 네가 살아 있는 것만으로도 기쁘니까."

그렇게 말한 뒤 이마를 대고 비빈다.

"……이제 그만 가봐. 그리고……, 가능하면 마술 같은 것과는 상관없이 행복하게 살도록 해. 그게 내가 바라는 바니까."

그 말이 잘 전해졌을까. 스텔라는 작지만 고개를 끄덕인 것처럼 보였다.

그렇게 해서 자간의 옆에서 떠난 스텔라는 안드레알푸스와 함께 사라진다.

——나도 사과해야 했는지도 몰라…….

그래도 자간은 데카라비아라는 마술사를 죽인 일을 사과하지 않았다.

그런 일로 머리를 숙인다면 자간은 평생 사과를 해야 될지도 모른다는 이유도 있긴 하다.

하지만 지금의 스텔라에게서 자간을 **원망해도 될** 이유까지 빼앗는 것은 너무 잔인하다는 생각이 들었다.

안드레알푸스의 기척이 완전히 사라지는 것을 확인한 자간은 일부러 한숨을 쉬었다.

"이거 참, 모처럼의 휴가가 이게 뭐야."

"저어, 자간 님……. 한 가지를 여쭈어봐도 될까요? 방금 그분은, 저……."

머뭇머뭇, 불안해하며 묻는 네피를 향해 자간은 조금 지친 듯한 미소를 지어 보였다.

"가족이다. 마술사가 되기 전의 가족. 그것뿐이야."

지금까지 완전히 잊고 떠올리지도 않고 살아왔다. 그런데 이제 와서 걱정한다는 건 너무 속보이는 짓이다.

그래서 자간은 네피를 향해 손을 내밀었다.

"돌아갈까."

지금은 지금의 가족이 있다.

과거의 고통으로 인해 지금 움츠리고 있을 필요는 없다.

그러자 포레도 따라온다.

"나도 이제 그만 성으로 돌아가고 싶어."

"공복은 이제 괜찮냐?"

"이제 편식은 질렸어. 라파엘이 해주는 밥을 먹고 싶어."

——뭐, 이번에 먹은 간식으로 마력도 꽤 회복된 것 같으니 괜찮겠지.

자간은 포레의 머리를 쓰다듬는다.

"그럼 돌아갈까. 우리 성으로."

어떤 과거를 캐내더라도 그곳이 돌아갈 곳이니까.

◇

그 소녀는 바람이 부는 초원에 가만히 서 있었다. 어디서 따온 걸까, 그 손에는 하얀 꽃 한 송이가 쥐어져 있다.

지평선이 뻗어 있는 그곳에는 검 몇 개가 꽂혀 있었다.

묘표(墓標)다.

이 땅에서 싸운 성기사들의 검이라는 것을 알 수 있다. 오래된 검은 일절 없고, 상처 하나 없는 검 역시 단 한 자루도 존재하지 않는다.

이 땅에서 격심한 전투가 있었다는 것을 엿볼 수 있다.

소녀는 그런 묘표들 사이를 걸어간 다음, 한 묘표 앞에서 걸음을 멈췄다.
그곳에 꽂혀 있는 것은 검이 아니라 나무 조각을 십자 모양으로 엮은 묘표였다. 간소하지만 다른 사망자들보다 신경 써서 만들었다는 것을 알 수 있다.
그런데 그 주위에는 풀 한포기 없었다.
소녀는 그 광경을 울적하게 바라보다가 이윽고 속삭이는 것처럼 입을 열었다.
"오랜만이에요, **오빠**."
이렇게 얼굴을 마주하는 게 도대체 얼마만일까.
한 명이 이렇게 잠드는 바람에 남매는 지금껏 단 한 번도 대화를 나눌 기회가 없었다.
"오빠는 많이 변했을까요. ……아뇨, 별로 변하지 않았을지도 몰라요."
말과는 달리 그 목소리에서는 선망하는 빛이 배어나고 있었다.
거기에 대한 벌이라도 되는 양, 소녀는 손가락으로 묘표를 탁 튕긴다.
"……그 아이들을 만났어요. 만난 지 얼마 안 되었을 무렵의 그 분들과 얼마나 비슷한지 몰라요. 정말 쏙 빼닮았어요."
눈을 감으면 어제 일처럼 떠올릴 수 있다.
그 사람이 있고, 그분이 있고, 오빠가 있고, 소녀가 있다.
행복했던 나날.
그리고 부서진 추억.
현룡이 쓰러지고 〈최장로〉도 붕어한 지금은 소녀 안에만 남아 있는 기록.

그렇지만 존재해선 안 되는 추억이다.

"그 아이들도 〈아자젤〉을 뒤쫓기 시작했어요."

소녀는 기도하는 것처럼 가슴 앞에 두 손을 모은다.

아무쪼록 답을 찾을 수 있기를 바라는 것처럼.

――그렇지 않으면 나와 똑같은 일을 겪게 될 거야.

그렇게 기도한 다음 가냘픈 한숨을 내쉬며 웃는다.

"어머, 그러고 보니 밤의 일족인 저는 도대체 어떤 기도를 하면 될까요? 아아, 정말 우습지 않나요?"

그리고 손에 든 꽃에 새빨간 입술을 맞추더니 묘표에 바친다.

"아무리 동경해도 저는 그곳에는 가지 못해요. 이젠 이 세상에서도 사라질 뿐이에요. 그런데……."

――**죽을 수 없어**졌어요.

불사신이 사용하기에는 다소 어울리지 않는 말.

그래도 커다랗게 뜬 황금색 눈에는 확실한 의지의 빛이 타오르고 있었다.

"네, 알고 있어요. 앞으로 제게 어느 정도의 시간이 남아 있는지 모르지만, 지켜 보일게요."

옆구리를 꽉 누른다. 검은 드레스 안에서 그 부분만 축축하게 젖어 있었다.

소녀의 몸에 피가 흐르고 있을 리 없는데, 마치 그곳에서 수명이 흘러내리는 것처럼.

그래도 그 고통이 자신이 이곳에 있다는 증거라도 되는 것처럼.

"저는 여기 있어요. 여기 있어요, 아자젤!"

그러니 부디 그 아이들을 그냥 놔둬요——.

한탄하는 듯한 기도는 그 누구에게도 닿지 않고 바람 속으로 사라졌다.

후기

여러분, 오랜만에 뵙습니다. 『마왕인 내가 노예 엘프를 신부로 삼았는데 어떻게 사랑하면 되지?』 7권을 들고 찾아온 테시마 후미노리입니다.

바다다! 수영복이다! 유카타다! 그렇다면 스승을 배신하더라도 달려가는 것이 사랑의 힘 아니겠는가? 지금 고메리 할머니의 목숨을 건 싸움이 시작됩니다. 과연 이국의 바다에서 기다리고 있는 것은?

……대충 이런 느낌의 도입부로 시작되는 여름 편(겨울이지만)입니다.

이번에는 오랜만에 새로운 성기사장 아저씨와 중2병에 걸린 마술사 오빠가 등장합니다. 딱 봐도 지저분할 것 같네요.

그렇지만 다들 수영복과 유카타를 입기 때문에 그림은 화려하답니다. 그러니 안심하세요. 그리고 흡연은 20세가 되기 전에는 안 되는 것 알죠?

지난번에는 다소 심각한 이야기였기 때문에……. 아니, 그렇지도 않았나? 어쨌든 이번에는 모두 마음 편하게 놀 수 있는 여름 편으로 꾸며봤습니다. 그리고 여름 이벤트 하면 사소한 오해로부터 시작되는 갈등! 이라고 할까, 두 사람이 이야기의 첫머리를 장식한 건 이번이 처음?

어쨌든 전편에 걸쳐 고메리 할머니가 원하는 대로 한풀이를 하다 보니 제 스스로도 깜짝 놀랄 정도로 글이 술술 써지더라고요. 원고도 너무 빨리 완성되는 바람에 담당자가 '이렇게 빨리 주시니까 당혹스럽네요'라며 씁쓸하게 웃으시더군요.

어찌 되었든 이 시리즈는 꽤 오래 이어질 것 같아서, 앞으로 있을 이야기를 위한 복선을 여기저기 깔아둔 중요한 회입니다. 아니, 복선을 깔아두었다기보다는 엎어두었던 패를 하나씩 뒤집기 시작했다는 표현이 더 정확하겠네요.

이번에 처음으로 이름이 나오는 것 같은 캐릭터도 있지만 1권이나 2권을 보시면 이미 나왔던 사람입니다. 다만 그런 복선(캐릭터)은 개시하지 않고 끝나버리면 '그건 결국 뭐였지?'라는 반응이 나오기 때문에 애매한 형태로 밖에 등장시키지 못한다는 게 어려움 점이긴 하지만요.

덕분에 만화판에서 그 복선 장면으로 돌입하는 시기와 이번 권의 캐릭터 디자인 작업이 정확하게 겹쳐서, COMTA씨와 이타가키 씨에게는 동시에 폐를 끼치게 되었습니다. 그렇지만 덕분에 만화책의 제7화는 최고의 완성도를 자랑하게 되었답니다.

그러니 코믹 파이어와 니코니코 세이가에서 대호평을 받으며 연재 중인 만화판 마왕노예도 잘 부탁드립니다! (갑작스러운 선전)

그럼 원래 하던 이야기로 돌아가서, 그런 복선을 아는 사람이 보면 씩 웃을 수 있는 것도 넣어봤습니다. 담당자에게 야단을 맞으면 그만둘 생각이었는데, 아무 말도 하지 않아서 그대로 밀고 나갔죠. 그렇지만 아직 이 책을 읽지 않은 독자가 소외감을 느낄 정도는 아니라서 씩 웃을 수 있는 이상의 의미는 없습니다.

휴우, 대충 이 정도 되려나. 이번에는 오랜만에 후기를 4페이지나 받는 바람에 내용(?)에 대한 이야기도 해봤습니다.

이어서 작가의 근황……, 지금 보고할 만한 정보는 딱히 없네요.

이 일은 원고를 다 썼다고 해도 ○○ 일을 했다거나 언제 나온다는 말을 할 수 있는 게 아니에요. 그 덕분에 옆에서 보면 매일 프라모델이나 만지작거리는 백수로 보인다는…….

아, 프라모델 이야기가 나와서 말인데, 얼마 전에 있었던 한 콘테스트에서 가작을 받았습니다! 수상자의 이름은 작가 이름과는 다르지만 전 신인상이라도 가작을 받아서 작가 데뷔를 했거든요. 왠지 가작과 인연이 많은 것 같아요. ……그래도 일도 열심히 하고 있답니다!

이번에는 다음 권 이야기를 해볼까요. 음, 빠르면 내년 봄 즈음에 선보일 수 있지 않을까 싶네요. 어쩌면 그 타이밍에 재미있는 일에 대해 보고해드릴 수 있을지도 모르겠어요.

그럼, 이번에도 신세를 진 분들에 대한 감사 인사를 드리려고 합니다.

늘 신세를 지고 있는 담당 K님. 이번에 수영복에 유카타와 대량의 신규 의상을 디자인하게 만들어서 죄송합니다, COMTA 님(커버 러프도 최고였어요!). 매번 갱신을 기다리고 있답니다, 만화판 이타가키 하코 님. 코믹 파이어 담당 편집자 님. 그 외에 표지 디자인, 교정, 광고 등에 힘써주신 여러분. 전시 이벤트에 초대해주신 키리오 님, Rikka님. 지금도 같이 쇼핑을 가주는 아이들. 그리고 이 책을 구입해주신 당신.

감사합니다!

다음 회 예고! 옛 친구 마르크의 행방을 쫓는 자간. 하지만 오랫동안 성에 틀어박혔던 그는 몰랐다. 남녀에게 특별한 시간——크리스마스가 다가오고 있다는 사실을!

2018년 11월 코타츠를 꺼낸 밤에 테시마 후미노리

아틀리에 달의 창신관(窓新館) https://teshima.exblog.jp/

NEXT

마왕인 내가 노예 엘프를 신부로 삼았는데 어떻게 사랑하면 되지? 7

2019년 11월 5일 제1판 제1쇄 인쇄
2019년 11월 10일 제1판 제1쇄 발행

지음 | **테시마 후미노리**
일러스트 | **COMTA**
옮김 | **권미량**

발행인 | 오태엽
편집팀장 | 김충영
편집담당 | 안세연
한국어판 디자인 | Design Plus
라이츠사업팀 | 이은선, 조은지, 이선, 백승주
출판영업팀 | 안영배, 이풍현, 경주현, 김정훈
제작담당 | 박석주

발행처 | (주)서울미디어코믹스
등록일 | 2018년 3월 12일
등록번호 | 제 2018-000021
주소 | 서울특별시 용산구 새창로 221-19(한강로2가)
전화 | (02)799-9174(편집), (02)791-0752(마케팅)
팩스 | (02)799-9334(편집)
인쇄처 | 코리아 피앤피

ISBN 979-11-6501-615-9
ISBN 979-11-89126-22-3 (세트)